Op een koude winte
Evert Struyk, gelukk
cesvol zakenman, komt daarbij om het leven. Zijn vrouw en kinderen weten ternauwernood te ontsnappen. Hun vriendenclub, 'de eetclub', is geschokt en verbijsterd. Karen vangt haar vriendin bij haar thuis op, maar al spoedig komt zij tot de ontdekking dat de vriendschappen binnen de eetclub niet zo onvoorwaardelijk zijn als zij lijken. Langzaam maar zeker wordt het voor Karen duidelijk dat bepaalde mensen belang hebben bij de dood van Evert.

De eetclub is een razendspannende thriller over een club mensen die de uiterlijke schijn van hun succesvolle leven willen ophouden, en hun succes en geluk tegen elke prijs zullen verdedigen.

Saskia Noort (1967) is de meest succesvolle Nederlandse thrillerschrijfster van dit moment; van haar thrillers werden tot nu toe in totaal meer dan een miljoen exemplaren verkocht. *De eetclub*, dat werd genomineerd voor de Gouden Strop en wordt verfilmd, werd al in zestien landen aangekocht, waaronder Engeland en Spanje. Saskia Noort werd verkozen tot auteur van de Maand van het Spannende Boek 2007 en schreef daarvoor het geschenkboek.

'Een complex web van bedrog, overspel en financiële malversaties.'
– *The Times*

'Een heerlijke, Nederlandse thriller.' – *Margriet*

'Een volvette thriller, uitmuntend geschreven, puntig en vol vaart.'
– *Juryrapport Gouden Strop 2004*

Van Saskia Noort verscheen eveneens bij uitgeverij Anthos

Terug naar de kust
Aan de goede kant van 30
Nieuwe buren

Saskia Noort

De eetclub

Anthos | Amsterdam

www.saskianoort.nl
www.literairethrillers.nl

Eerste druk 2004
Veertigste druk 2007

ISBN 978 90 414 0921 8

Omslagontwerp Roald Triebels, Amsterdam
Omslagillustratie Photonica Image Store
Foto auteur Eline Klein

Verspreiding voor België:
Veen Bosch & Keuning uitgevers n.v., Wommelgem

Voor mijn geliefde Marcel

Hij schonk zichzelf nog een glas rode wijn in en morste, waarna hij vloekte en met de mouw van zijn jasje de wijn wegveegde, iets wat eigenlijk helemaal niet bij hem paste. Doorgaans was hij zeer netjes, maar nu maakte het niet meer uit of er vlekken op zijn grijze jasje zaten, of op de eikenhouten tafel. Zijn leven, hun leven was toch kapot. Hij kon net zo goed met volle vaart tegen een betonnen muur aan rijden. Iedereen verlossen van zijn overbodige aanwezigheid op deze wereld. Ergens had hij altijd al geweten dat het zo met hem zou aflopen. Dat hij ooit alles kwijt zou raken, maar hij had het risico genomen.

Hij probeerde zich te herinneren wie hij was voordat zij zijn leven was binnengestormd. Hij wist het niet meer. Een eenzame, hardwerkende zombie. Zoiets. Zuinig en sober levend. Op zoek ook. Totdat het meisje met de blonde paardenstaart zijn winkel was in gezweefd, hem had overrompeld met haar charme, verblind met haar passie en bin-

nen een maand bij hem was ingetrokken, het meisje dat ooit angstig en huilend bij hem op schoot kroop, dat hij wilde beschermen, dat hij alles wilde geven en bereid bleek de zijne te zijn, moeder te willen worden van zijn kinderen, wilde hem nu alles afnemen dat hij bezat.

Zijn oogleden drukten zwaar op zijn ogen, zo zwaar dat hij al zijn kracht nodig had om ze open te houden, maar hij wilde niet naar bed, al was hij nog zo verschrikkelijk moe. Niet weer alleen slapen, op de stoffige zolder, wakker liggen, verlangend naar haar warme lijf. Zijn lichaam gloeide van de slaap, maar hij zou hier blijven zitten, aan de keukentafel, rokend en drinkend, totdat hij had bedacht hoe het verder moest. Hij kon niet leven zonder de jongens. Het idee wakker te worden en op te staan zonder hun vrolijke geluiden, hun slaperige, blije gezichtjes te zien aan het ontbijt, zonder hun lijfjes zo nu en dan op schoot te voelen, maakte hem zo bang dat hij nauwelijks nog kon ademen. Niets zou meer zin hebben, hij zou langzaam afglijden en gek worden, dat wist hij zeker.

Hij dommelde, schrok wakker, en het drong weer tot hem door hoe de zaken ervoor stonden. Het was een nachtmerrie, en hij kon maar niet geloven dat hem dit overkwam, na alles wat hij had geslikt. Wankelend kwam hij overeind, maar zijn benen waren slap als spaghetti, hij gleed uit en viel met zijn hoofd tegen de scherpe hoek van de tafel. Hij was blijkbaar dronken. Hij voelde warm bloed langs zijn wang sijpelen. De dood lonkte naar hem. Hij was er niet bang voor, in ieder geval niet zo bang als voor het leven dat hem te wachten stond. De kloppende pijn in zijn hoofd was aangenaam, troostend, in vergelijking met de pijn in zijn hart. Zijn oogleden sloten zich en hij wilde liggen, slapen, en nooit meer wakker worden. Maar zo gemakkelijk kon hij het haar toch niet maken? Zou zij niet ook moeten boeten voor alles wat ze hem had aangedaan? Moeten lijden, totdat ze net zo zou verlangen naar het einde als hij dat nu deed? Hij kromp ineen van de pijn in zijn zware hart en voelde zich mislukt en eenzamer dan ooit. Waarom konden ze niet gewoon weggaan, met elkaar? Verdwijnen. In zijn hoofd doemde het beeld op van een azuurblauwe zee, fijn, hagelwit zand, een armoedig houten bootje, waar zijn jongens behendig op klauterden met hun glanzende, donkerbruine lijven, om er vervolgens weer stralend van af te springen. Hij hoorde ze zijn naam roepen. Zo was het geweest, pas geleden nog, aan het Thaise strand. En zo hoorde het te zijn. Dit gezin, bij elkaar, tot het bittere einde. Hij rook het vuur. De jongens schaterden van het lachen. Hij porde nog eens met een stok tussen de blokken hout. De vlammen laaiden op. Hij snoof en genoot van de geur van brandend hout. Dit was geluk, het ware geluk en zo zou het altijd moeten zijn.

I

Het was midden in de nacht toen Michel mij zachtjes wakker schudde en slaapdronken mompelde dat de telefoon ging. Ik kreunde, duwde mijn hoofd dieper in het kussen, hopend dat het rinkelen op zou houden, waarna langzaam het besef doordrong dat telefoongerinkel midden in de nacht doorgaans betekent dat er iets vreselijks is gebeurd. Ik knipte mijn nachtlampje aan en keek op de wekker. Het was drie uur. Het gerinkel stopte. Michel zei dat we maar weer moesten gaan slapen. Het was waarschijnlijk een of andere gek, verkeerd verbonden, zoiets.

En precies op dat moment rinkelde de telefoon weer. Het geluid leek harder en indringender te klinken, als een sirene. Mijn schoonmoeders hart had het begeven. Mijn zus had haar baby verloren. Ik haastte me uit bed, schoot in mijn ochtendjas en rende de trap af, gevolgd door een naakte Michel. Beneden vond ik het driftig rinkelende apparaat op de bank. Mijn hart bonkte. Ik nam op, kijkend naar Michel, die zijn armen beschermend om zijn blote lichaam sloeg.

Aan de andere kant van de lijn hoorde ik geschreeuw en veel ruis. Een man riep paniekerig 'Patricia!'. Ik hoorde voetstappen en gehijg. Een hoog, ingehouden gepiep van iemand die naar adem hapte en toen een lage, fluisterende stem.

'Karen! Sorry dat ik jullie wakker maak...'

'Patricia? Wat is er aan de hand?'

'... Het is verschrikkelijk. Je moet komen. Het huis van Evert en Babette staat in brand... We moeten redden wat er te redden valt... Iedereen komt hierheen. Ik heb ze allemaal gebeld...'

'O god...' Michel pakte mijn hand en keek me vragend aan.

'Evert en Babette... de jongens... hoe zijn ze eraan toe?'

'Luuk en Beau zijn ongedeerd. Babette is gewond... Ze zoeken Evert nog...'

Het voelde alsof alles bevroor. De tijd, mijn bloed, mijn hart. Michel begon paniekerig te vragen wat er aan de hand was, waar, waar moesten we naartoe?

'Er is brand bij Evert en Babette...'

Hij vloekte. Op de trap zag ik onze jongste dochter Sophie zitten, die ons met haar duim in de mond en met grote ogen observeerde.

'We moeten erheen. Iedereen is daar. Kijken of we iets kunnen doen...'

In de verte hoorde ik sirenes loeien. Ik realiseerde me dat ik ze in mijn droom al had gehoord.

Ik rende de trap op om me aan te kleden, en vervolgens weer af omdat ik me bedacht dat we de kinderen niet alleen achter konden laten, maar ook beter niet mee konden nemen. Ik belde Ineke, de buurvrouw, die zei ook wakker geworden te zijn van de sirenes en ja, ze kwam met alle liefde oppassen. Met de hoorn in mijn hand rende ik door de woonkamer en schoof de gordijnen open. Ik rook de brand en zag in de verte een geelrode gloed achter de bomen hangen.

We schoten in onze kleren, gadegeslagen door Sophie en Annabelle, die ons bestookten met vragen: waarom we naar de brand toe gingen, waarom zij niet mee mochten, of al het speelgoed van Luuk en Beau ook was verbrand, waar ze nu moesten wonen en of ze dood waren. Mijn gedachten werden zo opgeslokt door wat we waarschijnlijk zouden aantreffen, dat ik alleen maar snibbig kon reageren op hun vragen. Sophie begon te huilen.

'Ik ben bang!' snikte ze. 'Straks gaan jullie ook dood in het vuur! Jullie moeten hier blijven!'

Ik kuste haar op haar hoofd, veegde de tranen van haar wangen en zei dat ik mijn vrienden graag wilde helpen en dat we, als we allemaal ons best deden, misschien wel wat speelgoed van Luuk en Beau konden redden.

Ineke stond beneden aan de trap op haar roze pantoffels. Ze had een trenchcoat over haar pyjama heen geslagen. Ik haastte me naar haar toe, twee nog altijd huilende meisjes achter me aan hobbelend, gaf haar een kus en griste mijn jas van de kapstok. Haar grijze haren stonden rechtovereind en haar waterig blauwe ogen keken zorgelijk. 'Iedereen is op straat,' zei ze. 'Het is echt een enorme fik.'

Ze sloeg haar armen om de meisjes heen.

'Ga maar snel, ik regel het hier,' waarna ze gemaakt vrolijk vroeg waarom die twee kleine meiden niet in hun bedje lagen. Michel en ik trokken onze jassen aan, sloegen de deur achter ons dicht en sprongen op de fiets. Buiten lag een dun laagje sneeuw. Een sikkelvormige maan stond aan de heldere hemel en als we niet op weg waren geweest naar iets vreselijks, hadden we waarschijnlijk tegen elkaar gezegd dat het een prachtige nacht was.

Manshoge vlammen sloegen uit de rieten kap, de eens wit gestuukte buitenmuren waren nu pikzwart geblakerd. Dikke, donkergrijze rookwolken bolden op uit de ramen en het dak. Buren renden rond, zeulend met hun huilende kinderen, schreeuwden naar elkaar, terwijl anderen met ingehouden adem en rode ogen naar het vuur keken dat het landhuis gretig opslokte. De straat was afgezet en brandweermannen renden af en aan, rolden slangen uit en liepen gemaskerd het rokende huis in. Het bluswater bulderde, maar de vlammen leken sterker, alsof ze steeds opnieuw gevoed werden.

Een week geleden vierden we in dit huis de zevende verjaardag van hun oudste zoontje Beau. Zaten we rond de open haard en dronken we geurige rode wijn, terwijl de kinderen door het huis raasden. Nu vrat het vuur alles op wat Evert en Babette samen hadden opgebouwd.

We wurmden ons tussen de toeschouwers door, op zoek naar bekende gezichten. We wilden iets doen, al realiseerden we ons direct dat hier niets meer te redden viel. Een agent kwam ons tegemoet en verzocht ons ruimte te maken voor de loeiende ambulance, die stapvoets achter hem aan reed. Iedereen deinsde achteruit. Michel greep mijn verkleumde hand en we keken de zwaailichten na tot ze om de hoek uit het zicht verdwenen. Het vuur had zo snel om zich heen gegrepen dat het een wonder was dat er nog overlevenden waren, zeker gezien het nachtelijke uur, hoorden we om ons heen fluisteren. Wat er precies gebeurd was, kon niemand ons vertellen. Alleen Evert bevond zich nog in het huis.

Weer werden we opzij geduwd door schreeuwende agenten, en een tweede ambulance raasde voorbij. Patricia kwam erachteraan gehold, haar donkerrode krullen hingen rafelig langs haar licht beroete gezicht. Toen ze ons zag, stopte ze. Haar mondhoeken trilden gespannen en haar blik flitste alle kanten op, als van een opgejaagd dier. Ze kuste me snel, en ze rook zwavelachtig. Met haar hoofd wenkte ze in de richting van haar zwarte Range Rover, die slordig tussen de bomen geparkeerd stond.

'Ik ga mee naar het ziekenhuis, Babette en de jongens zitten in die ambulances... De rest staat daar.' Ze wees hijgend naar een politiebusje, waar een groepje mensen ontredderd bij elkaar stond.

'Er valt niets meer te doen, jongens... We kunnen alleen maar hopen en bidden dat ze Evert nog kunnen redden...'

Bij het noemen van zijn naam haperde ze even. Ze wist dat het hoogst onwaarschijnlijk was dat hij levend uit dit brandende huis zou komen. Het duurde te lang.

We persten ons door de menigte richting onze vrienden die verbijsterd naar de fik stonden te staren. Toen Angela mij zag, spreidde ze haar armen en begon te huilen. We omhelsden elkaar en ik voelde haar hete tranen op mijn wangen. 'O god, Karen! Dit is zó erg! Zo verschrikkelijk erg...'

Simon kreeg het te kwaad in Michels armen en begon met overslaande stem te schelden.

'Het is godverdomme zo oneerlijk! Wat een ontzettende teringzooi! Godverdomme! Gisteren was hij nog bij me...'

Hij klampte zich aan Michels schouders vast, klauwde met zijn vingers in zijn jas.

'En nu... Hij is dood! Het kan niet anders! Het is onmogelijk dat hij zoiets overleeft. Hij is dood! Mijn vriend is dood!'

Ik keek over Angela's schouders en zag Hanneke verdwaasd tegen een boom zitten, kleine trekjes nemend van haar sigaret. Ze leek in shock. Ik maakte me los van Angela en liep naar Hanneke toe. Op dat moment hoorden we geschreeuw. Ik draaide me om en zag iedereen naar achteren stuiven, ineenduiken, gillen. Het brandende dak zakte in elkaar. Ik keek weer naar Hanneke, die haar armen om haar hoofd geslagen had en zachtjes heen en weer wiegde. Brandweermannen renden voorbij, naar elkaar roepend dat er zich geen collega's in het huis bevonden, gevolgd door vier agenten, die een grote grijze zak droegen. Angela kneep in mijn arm. Ik voelde hoe mijn maag zich omdraaide en ik werd zo duizelig, dat ik vreesde dat ik flauw ging vallen. De zak werd voorzichtig de derde ambulance in gedragen. Langzaam reed hij weg, ditmaal zonder gillende sirenes.

2

Het werd langzaam licht toen de brandweer het vuur eindelijk onder controle had en wij verkleumd en nat van het bluswater onze toevlucht zochten in de keuken van Simon en Patricia, die om de hoek bij Evert en Babette woonden. Hun buurvrouw, een oudere, mollige weduwe, zette koffie. Thom, Thies en Thieu, de drie zoontjes van Simon en Patricia, zaten in hun pyjamaatjes tegen elkaar aan gekropen op de bank.

'Ze wilden niet naar bed,' fluisterde de buurvrouw. 'Ze wilden hier wachten op hun papa en mama. Ik heb ze maar gelaten.'

We luisterden zwijgend naar het vriendelijke geruttel van het koffiezetapparaat en het gerommel met kopjes, lepeltjes en schoteltjes. Ik werd nerveus van de gespannen stilte waarin niemand elkaar aan durfde te kijken, en stond op om te helpen. Simon zat er het meest verslagen bij. Hij leek zich niet bewust van zijn drie zoons, die hem angstig en met vragende ogen aan zaten te staren. Michel pakte een sigaret uit een pakje dat op tafel lag en stak hem aan. Hij inhaleerde diep en blies de rook vervolgens driftig uit, alsof hij daarmee het beeld dat op onze netvliezen gegrift stond wilde wegblazen. Mijn handen trilden bij het serveren van de kopjes koffie. We probeerden allemaal op onze eigen manier greep op de situatie te krijgen.

Het geluid van zuchten, sniffen en slurpen werd haast ondraaglijk. Gelukkig begon Simon als eerste te praten.

'Waarom horen we niks van Patricia? Waarom belt ze niet even? Wil iemand haar bellen? We moeten toch weten hoe het met Babette is... En met de jongens...'

We zwegen weer, pakten onze kopjes koffie en staken sigaretten op, al rookten de meesten van ons eigenlijk al jaren niet meer. Simon stond op, liep naar de koelkast en pakte er een fles wodka en zes bevroren glaasjes uit, die hij met een doffe klap op tafel zette. Hij schonk de wodka in de glazen. Michel steunde met zijn ellebogen op tafel en verborg zijn gezicht in zijn handen. Zachtjes vroeg ik aan Simon of Everts moeder al op de hoogte was gesteld. Hij knikte en zei dat zij waarschijnlijk ook in het ziekenhuis was.

We hoorden de voordeur opengaan. Angela veerde op en liep naar de hal. We hielden allemaal onze adem in en vermeden elk oogcontact.

Het gejammer van Everts moeder sneed door mijn ziel. Haar wanhoopskreten kwamen van diep en klonken precies zoals ik altijd dacht dat ontreddering zou klinken. Ik dronk mijn glas in één teug leeg, in de hoop dat het brandende spul me zou beschermen tegen het verdriet dat in me opborrelde. Simon schonk zonder me aan te kijken mijn glas weer vol.

Patricia stapte de keuken binnen en opende haar mond om iets te zeggen, hief haar handen in de lucht en kon alleen nog maar met haar hoofd schudden, terwijl de tranen over haar wangen liepen. Evert had de brand niet overleefd. Babette was nog steeds buiten bewustzijn, maar stabiel. Met Luuk en Beau ging het goed, maar ze hielden hen nog een nacht in het ziekenhuis ter observatie. Ze gebaarde naar de gang, waar nog steeds het dierlijke gehuil van Everts moeder klonk.

'Ik kon haar daar niet alleen achterlaten... Het is haar enige zoon...'

Simon sloeg zijn arm om haar heen en duwde haar zachtjes op een stoel. De buurvrouw stamelde dat ze zich niet goed voelde en rende de keuken uit. Ik nam haar taak over en zorgde ervoor dat het koffiezetapparaat bleef pruttelen, dat mijn handen bezig waren, dat ik niet zou breken van radeloosheid. Ik was bang dat ik anders dit met verdriet gevulde huis zou ontvluchten. Ik voelde me een machteloze toeschouwer, een indringer in het drama dat deze familie overkwam, een buitenstaander. Maar vluchten was geen optie. We waren vrienden. Een van ons was in één nacht dakloos en weduwe geworden. Wij hoorden hier en nergens anders.

'Het ene moment heb je alles en het volgende moment niets meer,' mompelde iemand. We wisten niets anders uit te brengen dan dit soort clichés. Maar we wilden nog niet naar ons eigen huis. We stelden de confrontatie met de buitenwereld zo lang mogelijk uit. Het leek onmogelijk hier met andere mensen over te praten. Buiten hoorden we kinderen naar school gaan. Geluiden van het alledaagse leven dat voor ons ineens ontzettend ver weg leek. Wij zaten nog steeds aan de wodka. Bij gebrek aan sigaretten rookten we Simons sigaren.

3

Ineke zette thee en bakte eieren voor ons toen we thuiskwamen. Ze had de kinderen naar school gebracht en hun broodjes voor tussen de middag meegegeven. We hadden tot kwart over drie om nog even te slapen. We lieten de eieren koud worden, we konden geen hap door onze keel krijgen. Steeds weer zagen we de grijze zak voor ons, hoorden we het ijselijke gegil van Everts moeder.

Ik ging douchen om de brandlucht van me af te wassen. De geur van zwavel en verkoold hout die me misselijk maakte, omdat het me deed denken aan het verbrande lichaam van Evert. Ik stond wel een uur onder het hete stromende water, waste mijn haar drie keer, borstelde mijn nagels met zeep en toch roken mijn handen en haren nog steeds naar afgelopen nacht, naar rook en roet.

Daarna stapte ik in bed om te proberen wat slaap in te halen, naast Michel die lag te draaien en te zuchten. Ik kroop tegen zijn blote lijf aan en legde mijn koude hand op zijn warme, gloeiende buik. Hij huiverde.

Hij draaide zich naar me om en keek me met zijn blauwgrijze ogen verdrietig aan.

'Ik vraag me steeds af... We wisten dat het niet goed ging met Evert. Hadden we niet meer moeite voor hem moeten doen?'

'Denk je dat zijn crisis iets met de brand te maken heeft?'

'Ik weet het niet. Ik voel me alleen klote... Alsof we als vrienden gefaald hebben. Hebben we ooit echt naar hem geluisterd?'

'Ik denk niet dat wij ons schuldig hoeven te voelen. Evert keerde zich op het laatst van iedereen af... Ook van Simon, zijn beste vriend. Niemand kon hem helpen, zelfs zijn eigen vrouw niet.'

Ik legde mijn hoofd op zijn borst en dacht aan Evert. Ik kende hem eigenlijk vooral uit verhalen van anderen. De laatste maanden gingen de gesprekken met mijn vriendinnen bijna alleen maar over zijn psychische problemen. Hoewel we daar afgelopen nacht over hadden gezwegen, alsof dit vreselijke ongeluk uit de lucht was komen vallen en onze onbekommerde levens plotsklaps had verstoord. Maar we hadden de dreiging allemaal al eerder gevoeld, de rotte geur van naderend onheil geroken, we wisten dat het niet goed ging tussen Evert en Babette. Misschien hadden we moeten ingrijpen. Minder laf moeten zijn.

Toen ik mijn dochters ging halen, werd ik aangeklampt door moeders die me normaal nooit aanspraken. Ze wilden alles weten over de brand en de dood van Evert en ze hadden via de kinderen gehoord dat wij erbij waren geweest. De juffen van Beau en Luuk hadden er met de klas over gesproken. Ze hadden allemaal een tekening gemaakt voor hun verdrietige klasgenootjes en door de klassenouders was besloten om twee grote knuffelberen voor hen te kopen. Of ik deze aanschaf en de overhandiging daarvan op me kon nemen. Tenslotte kende ik ze goed. Sommige vrouwen, die Evert en Babette nauwelijks kenden, begonnen te huilen toen ze mij zagen, omhelsden me zelfs. Liefst had ik ze van me afgeduwd, mijn kinderen bij de hand gegrepen en me uit de voeten gemaakt, maar ik wist me te beheersen en alle vragen vriendelijk te beantwoorden. Kinderen stroomden joelend en rennend uit de schooldeuren, gevolgd door Marijke, de juf van Annabelle en Beau, met

Patricia's zoontjes aan de hand, in haar kielzog gevolgd door mijn dochters. Sophie sprong in mijn armen. Ik had hen niet meer gezien sinds ik die nacht van huis was vertrokken. Ze hadden op school moeten horen dat de vader van Beau en Luuk overleden was en dat hun vriendjes in het ziekenhuis lagen.

Met ernstige gezichten keken ze me aan en vertelden dat Beau en Luuk in het ziekenhuis lagen, hun moeder ook. Ze vroegen of we nog wat van hun spulletjes hadden kunnen redden en fluisterden dat hun vader dood was. Mochten zij ook mee naar de begrafenis?

Marijke condoleerde me en vroeg of ik Patricia's jongens mee wilde nemen. Zij kon ze zelf niet komen halen, omdat de politie bij haar thuis was. De kinderen renden naar het klimrek.

'De politie is ook hier op school geweest,' zei ze, terwijl ze me ernstig aankeek.

'Ik ben helemaal van slag.'

'Ja. Dat zijn we allemaal,' zei ik.

In mijn duffe hoofd zocht ik naar woorden die werkelijk konden beschrijven hoe leeg en verslagen ik me voelde.

'Ik kan me gewoon niet voorstellen dat híj... Hij was een echte familieman. Een leuke, betrokken vader. Ik wist wel dat er problemen waren de laatste tijd... Daar heb ik regelmatig gesprekken over gehad met hun moeder.'

'Dat hij wat?' Een koude rilling kroop over mijn rug.

'Nou, de politie denkt dat de brand is aangestoken. Ze bleven me maar vragen naar de gezinssituatie: hoe Beau en Luuk het op school deden, of ze ooit iets loslieten over thuis. Ik werd er misselijk van... Het idee! Stel dat het anders was gelopen... Dat ze alle vier...'

Via het bospad liep ik met de kinderen richting het huis van Simon en Patricia, dat achter de school lag. Op een vreemde manier verlangde ik ernaar weer bij de mensen te zijn die hetzelfde hadden meegemaakt, die zich net zo verscheurd en vertwijfeld voelden als ik. De kinderen holden voor me uit, klommen in bomen en gilden opgewonden, zoals ze altijd deden, of misschien waren ze nog wel drukker. Dit was hun manier om zich te uiten. Een waterig zonnetje scheen even door de bomen en het leek of er niets gebeurd was, alsof dit een gewone dinsdagochtend was en ik straks Patricia's huis binnen zou lopen en Evert daar aan zou treffen.

Toen ik hun oprijlaan had bereikt, kwam Simon net aanrijden in zijn zilverkleurige BMW. Een licht gevoel van opwinding dartelde in mijn onderbuik en verjoeg voor een paar seconden mijn treurigheid. Hij stapte uit zijn auto, zijn ogen waren bloeddoorlopen. Als een voetballer na een verloren wedstrijd slenterde hij naar me toe, sloeg een arm om me heen en drukte een zachte kus op mijn slaap.

'Het wordt allemaal met de minuut verschrikkelijker,' zei hij zacht. Ik snoof stiekem zijn geur op, sigarenrook vermengd met een kokosachtige aftershave, en klopte hem troostend op zijn rug. Arm in arm liepen we het huis in. Dat we elkaar zo aanraakten leek volkomen vanzelfsprekend. We wilden onafgebroken contact met elkaar hebben, zowel fysiek als geestelijk, alsof we daarmee de horror van het gebeurde uit ons systeem konden verdrijven.

Binnen was het een en al bedrijvigheid. Er zaten mensen in de keuken, in de kamer, overal stonden bloemen in cellofaan en er liep een meisje rond met koffie.

'Het is ongelooflijk...' mompelde Simon en hij krabde op zijn hoofd, waarna hij zijn hand licht nerveus door zijn zwarte lokken haalde.

'Ons huis is veranderd in een soort mortuarium... Typisch Patricia...'

Hij vermande zich, toverde zijn welbekende grijns op zijn gezicht en begon iedereen te condoleren. Buren, een aantal personeelsleden van Evert, enkele zakenrelaties, familieleden, moeders van vriendjes van Beau en Luuk, iedereen was langsgekomen om medeleven te betuigen. Patricia had hun huis beschikbaar gesteld om hen te ontvangen.

Ik liep wat onhandig achter Simon aan en wist me geen houding te geven tegenover deze snikkende vreemden. Ik volgde hem naar zijn kantoor, waar Angela en Hanneke zaten te roken.

'Luister...' Simons vingers trilden.

'Ik kom net bij de politie vandaan... Patricia is naar Babette en de jongens toe… En ja, het ziet ernaar uit dat het waar is.'

Hij plofte neer in zijn bureaustoel. Hannekes ogen vulden zich met tranen, Angela stond op en begon te schelden. Ik had als enige geen flauw idee waar het over ging.

'Heb jij de brief gezien?' vroeg Angela.

Hij knikte.

'Ze vroegen of ik zijn handschrift herkende…'

'Wat stond erin?'

'Ze hebben deze afscheidsbrief in zijn auto gevonden. In het dashboardkastje. Het is zijn handschrift, dat heb ik kunnen bevestigen. Er staat geen aanhef boven, maar het is duidelijk dat hij gericht is aan Babette. Evert schrijft dat hij er alles aan zal doen om zijn gezin bij elkaar te houden. Koste wat het kost. Dat hij van haar houdt… Hij vraagt om vergeving… Het is heel warrig opgeschreven en er is ook een stuk van het papier afgescheurd. Ook hebben ze in het bloed van Babette en de jongens sporen van tranquillizers gevonden. En in de keuken, waar Evert gevonden is, lag een jerrycan.'

Mijn knieën werden slap, alsof ik werd overvallen door hoogtevrees, alleen stond ik niet aan de rand van een afgrond, maar in het kantoor van Simon, te luisteren naar een bizar verhaal, en dit verhaal speelde zich af in mijn vriendenkring. Bij mij om de hoek. In mijn leven. Een van ons had zijn eigen huis, met zijn gezin erin, in brand gestoken. Dit gebeurde in achterstandswijken, in probleemgezinnen, bij sociaal verstoten of in isolement levende mensen, maar toch niet hier in ons dorp, in een villawijk, in een alom geliefd en gewaardeerd gezin?

Angela huilde en jammerde. Hanneke mompelde dat ze naar het toilet moest. Ik zat verdoofd voor me uit te staren. Simon wreef over mijn bovenbeen en vroeg of het ging. Ik knikte.

'Het kan raar lopen,' zei hij schor. Hij rolde een sigaar heen en weer tussen zijn vingers. Toen begon hij te schreeuwen.

'Jezus christus! Waarom? Waarom?'

Hij schopte een paar keer tegen zijn bureau en vermande zich toen, ging weer zitten en drukte zijn vuisten tegen zijn slapen.

's Avonds verzamelden we ons weer rond Simon en Patricia's keukentafel. Hoe moesten we het onze kinderen vertellen, wat zou dit met ze doen? We konden ze hier niet tegen beschermen. Een nieuwsploeg van *Hart van Nederland* had zich al gemeld bij het afgebrande huis, evenals een journalist van de regionale krant. De woordvoerder van de politie sprak over 'problemen in de relationele sfeer'. Morgen zouden hierover stukken in de krant staan. Hoe dan ook kregen onze kinderen te horen dat de papa van Beau en Luuk zijn eigen vrouw en kinderen had geprobeerd te vermoorden. Het vertrouwen dat onze kinderen in hun ouders hadden zou beschadigd raken en niemand van ons wist hoe we deze pijn konden verzachten.

We bleven onszelf maar afvragen wat onze rol was geweest in dit drama, of we het hadden kunnen voorkomen. Tenslotte wisten we allemaal dat Evert problemen had en hoorden we dagelijks van Babette hoe zwaar haar leven het laatste halfjaar met hem was. We hadden het zelf gezien, aan zijn sombere gezicht en zijn agressieve reacties.

De week voor de begrafenis leefden we samen als in een commune in het huis van Patricia. We wilden bij elkaar zijn om onze verbijstering en vertwijfeling te delen en antwoorden op onze vragen te vinden. We rookten, dronken liters koffie, bier, jenever en wijn, aten de maaltijden die elke avond bezorgd werden en spraken over rouw, de mensen die we verloren hadden, verdriet. We vertelden elkaar onze diepste twijfels en angsten en er ontstond een intimiteit die bijna voelde als verliefdheid. De kinderen zwierven rond het huis en werden om de haverklap geaaid of omhelsd, kregen snoep wanneer ze er maar om vroegen en aten elke avond pizza of patat. Luuk en Beau fladderden ook rond tussen hun vriendjes, gingen elk gesprek en iedere aanraking uit de weg. Ze merkten op dat het wel leek alsof ze al de hele week jarig waren.

Als wij het tij konden keren
Zouden we je in onze armen nemen
Zachtjes wiegen als een baby
Je naam fluisteren
En zeggen dat we van je houden
Evert, je liet ons achter met zoveel vragen

Verbijsterd en verslagen nemen wij afscheid van

Evert Hubertus Struyk

12 juni 1957 – 15 januari 2002

wiens wanhoopsdaad we nooit zullen begrijpen.

Lieve Babette, Beau en Luuk, wij zullen er altijd voor jullie zijn. Jullie vrienden van de eetclub:

Angela en Kees Bijlsma
Lotte, Daan, Joep

Hanneke Lemstra en Ivo Smit
Mees, Anna

Patricia en Simon Vogel
Thom, Thies, Thieu

Karen v.d. Made en
Michel Brouwers
Annabelle, Sophie

4

De dag waarop wij verhuisden naar dit dorp, was ik ziek. Werkelijk ziek van angst. Tussen het sjouwen met verhuisdozen en het zetten van koffie voor onze helpende vrienden door kotste ik onze nieuwe wc onder en knaagde ik trillend aan een beschuitje, in de hoop dat mijn maag tot rust zou komen en het paniekgevoel mijn lijf zou verlaten. Ik vond de keuze om Amsterdam, de stad waar we zo van hielden, te verlaten voor meer natuur, meer rust, meer parkeerruimte en meer veiligheid, duizendmaal enger dan alle andere keuzes die ik eerder in mijn leven had gemaakt. Alsof ik mezelf nu pas, door alles waarvan ik hield in de stad achter te laten, voor het leven aan Michel verbond. Mijn vriendinnen, mijn werk, mijn favoriete bakker, de Thai om de hoek, de mogelijkheid om zomaar op een dinsdagavond door te zakken en op een heftig dansfeest te belanden en anoniem te blijven. In Amsterdam kon je geheimen hebben. Niet dat ik nog ging feesten, dat deed ik al jaren niet meer en evenmin had ik nog geheimen. Maar het idee om zo af en toe als iemand anders door de stad te lopen, om even geen moeder of 'vrouw van' te zijn, maar gewoon Karen, vormgeefster – altijd in voor avontuur – maakte mijn leven voor mijn gevoel een stuk minder saai.

Waarom gingen we ook al weer in dit dorp wonen? Michel moest me er steeds weer aan herinneren: dat we gek werden van de regelmatig opengebroken auto, van de dagelijkse stressvolle fietstocht naar school en crèche, dat we wilden dat onze dochters veilig op straat konden spelen en een tuin tot hun beschikking hadden, dat de stad steeds bedreigender werd nu we kinderen hadden. De druppel was de beroving door een agressieve junk terwijl we met de kinderen op weg waren naar de tandarts. Daarna besloten we definitief dat dit niet de plek was waar we onze kinderen wilden grootbrengen. We gingen op zoek naar een vrijstaand huis met een tuin, waar ik thuis zou kunnen werken, in een leuk dorp, niet te ver van Amsterdam.

Van de stad naar een dorp verhuizen, betekende dat we vrienden kwijtraakten. Het eerste jaar kwamen ze nog, vooral met mooi zomerweer en mits ze konden blijven slapen. We barbecueden wat af die eerste zomer. Elk weekend hadden we logés met honden, kinderen en nieuwe geliefdes en terwijl zij gingen fietsen of slapen in de zon, sjouwde ik met een uitpuilende kar vol rosé, spareribs en stokbroden de Albert Heijn uit, om vervolgens thuis logeerbedden op te maken. Het was gezellig, vooral als de kinderen eenmaal in bed lagen en we allemaal buiten rond het vuur herinneringen ophaalden aan ons oude leven in de stad, maar de tweede zomer werden de gesprekken al wat moeizamer en kwamen de verwijten. Dat we nooit meer naar de stad kwamen. Geen interesse meer toonden voor hun levens, wat hen bezighield, dat we hier maar een beetje zaten te vertrutten in de provincie. En ze hadden gelijk, al vonden we toen van niet. Zelfs al was de afstand niet zo groot, we groeiden uit elkaar. Wij misten hun verjaardagen en zij de onze. Wij zagen steeds meer op tegen 's nachts rijden, zij tegen slapeloze nachten in ons logeerbed. Onze meiden kregen nieuwe vriendinnen in de straat, mijn vriendinnen zochten elkaar op en hadden mij daar steeds minder bij nodig. Soms ging ik met ze mee stappen, om te bewijzen dat ik zeker niet verworden was tot een provinciaalse trut, maar eigenlijk zag ik altijd tegen die nachten op. Hun gesprekken gingen steeds vaker over mensen die ik niet kende, cafés waar ik nog nooit was geweest, films die ik niet had gezien en problemen die ik niet had. Het voelde alsof hun levensritme versneld was terwijl het mijne alleen maar trager werd.

Een tweede zomer ging voorbij. Het begon te regenen en te stormen en we kregen nauwelijks nog bezoek. Oude vrienden hadden afgehaakt, nieuwe hadden we nog niet gemaakt. Begin daar maar eens aan in een dorp als dit. De autochtonen haten je omdat je hun geboorteplaats naar de knoppen helpt en de nieuwkomers zitten allemaal op hun eigen eiland het anonieme stadsleven in stand te houden. Hier verplaatsten de vrouwen zich bij voorkeur per terreinwagen en verscholen ze zich achter dikke, zwarte zonnebrillen. Het leek wel of ze iedere vorm van menselijk contact uit de weg wilden gaan. Boodschappen en kinderen werden ingeladen en weer gelost, waarna de moeders achter hoge hekken in hun gouden kooi verdwenen om het huis te poetsen voor hun immer afwezige echtgenoten. En ik was hard op weg net zo doodeenzaam te worden als zij.

Ons huis was inmiddels klaar en het was prachtig geworden. Mijn werkkamer had een groot raam gekregen, waardoor ik uitkeek over de weilanden en de koeien zag grazen. Annabelle en Sophie hadden ieder hun zo gewenste eigen kamer, ik had de grote woonkeuken waar ik van droomde, met open haard en grote leesfauteuil, Michel had zijn garage waar hij kon sleutelen aan auto's en fietsen. Onze droomwens, een grote tuin met fruitbomen, een vijver en een terras met vuurplaats en pergola met rozen, had de plaatselijke hovenier in vervulling gebracht. Toen Michel ook nog eens een nieuwe Volvo kocht, als kroon op het succes van zijn bedrijf, zeiden we lachend tegen elkaar: 'Laat onze stadse vrienden maar niet zien wat voor burgers wij geworden zijn.'

Michel vertrok 's morgens om kwart over zeven naar zijn kantoor in Amstelveen. Ik bracht om halfnegen de meisjes op de fiets naar hun school in het bos. Daarna ging ik aan de slag in mijn werkkamer en zat ik de hele dag alleen tot kwart over drie, waarop het eenzaamste moment van de dag aanbrak: het van school halen van de kinderen. Ik had de keuze tussen alleen staan wachten naast de andere moeders, die wél met elkaar kletsten en voor wie ik lucht was, of net als de achter zwarte zonnebrillen verscholen vrouwen in de auto gaan zitten wachten. Pas wanneer de deuren opengingen en het opgewonden grut naar buiten rende, leek iedereen te ontdooien en bleken sommigen zelfs in staat tot communicatie met mij, over bij wie en tot hoe laat er gespeeld kon worden.

In het dorp kom je elkaar overal tegen. Bij gymles, bij hockey, in de supermarkt, bij zwemles, bij de sinterklaasintocht, bij de bakker, op de tennisbaan en in de sportschool. Heerlijk vertrouwd en veilig voor onze dochters, die dan ook in een mum van tijd hordes vriendinnetjes hadden. Ik vond het minder heerlijk. Sommige moeders, die ik wel drie keer per dag tegenkwam, zeiden me nog steeds geen gedag.

'Kind, je hebt zo weer nieuwe vriendinnen, via de kinderen, zo ging dat bij mij vroeger ook,' verzekerde mijn moeder me, maar blijkbaar is die tijd voorbij. Ik tenniste, reed de meisjes voor dag en dauw naar winderige hockeyvelden, knutselde me suf op school en bezocht met Michel met grote regelmaat het populairste plaatselijke café. Het leverde, behalve wat oppervlakkige kennissen, geen nieuwe vrienden op. En ik werd langzamerhand depressief van het hele dagen alleen zijn. Ik moest iets doen aan dit gekmakende gevoel een sociale outcast te zijn, aan de angst dat ik het niet meer kon, vriendinnen maken, dat er met mij iets ernstig fout was. Ik verlangde intens naar een vriendin, iemand om spontaan koffie mee te drinken, om tegen te komen in de supermarkt, aan wie ik iets kwijt kon over mijn kinderen, mijn man, mijn huis, mijn moeder, over van alles wat je niet bespreekt met je kinderen, je man of je moeder. Er zat niets anders op dan actief naar haar op zoek te gaan.

Het eerste doelwit van mijn vriendinnenoffensief was Hanneke, een hip geklede vrouw van ongeveer mijn leeftijd, die ik elke ochtend en middag gehaast de school in en uit zag rennen, haar zoontje aan één arm met zich meesleurend. In haar doen en laten leek ze meer op mij dan op de rest van de altijd ruim op tijd verschijnende, perfect gekapte, opgemaakte en geklede moeders. Hanneke had duidelijk ook nog een ander leven dan dat van moeder en echtgenote, en ik was erg nieuwsgierig naar dat andere leven van haar. Aangezien mijn dochter Sophie het goed kon vinden met haar zoon Mees, was het niet moeilijk een speelafspraak te arrangeren en toen Hanneke haar Mees eind van de middag kwam halen, zuchtend van de stress, had ik de chablis al ontkurkt in de koeler staan en bood haar quasi-spontaan een glas witte wijn aan ter ontspanning. Ze plofte meteen neer in mijn keuken, gooide haar tas op tafel, vroeg of ze mocht roken en voor ik ja kon zeggen, stak ze al een sigaret op. Pas daarna keek ze lichtelijk verbaasd om zich heen, alsof ze zich ineens realiseerde waar ze zat, en zei ze dat ze ons huis énig vond. Vooral de haard in de keuken. Wat een goed idee. Dat wilde zij ook. Het leek haar heerlijk om in die stoel voor de haard te kruipen met een goed boek en ik zei haar dat dat ook mijn fantasie was geweest, maar dat ik dat in de anderhalf jaar dat we hier woonden nog geen een keer had gedaan.

'Vertel mij wat,' riep Hanneke luid lachend. 'Ha, ik heb vorig jaar voor mijn verjaardag zo'n deckchair gekregen, weet je wel, voor in de tuin, en ik heb er nog nooit in gelegen. Ja, mijn man, Ivo, die gaat er rustig in liggen pitten. In *míjn* verjaardagscadeau!'

Klagend over onze mannen dronken we de fles chablis leeg, waarna zij vertelde over haar werk als binnenhuisarchitecte, dat haar in de gelegenheid stelde de mooiste huizen in ons dorp vanbinnen te bekijken en in te richten.

'Ze mogen dan bulken van het geld, smaak hebben ze niet. Die kopen ze. Bij mij. Het is heel leuk hoe dat werkt; als de buurvrouw een nieuwe witte bank heeft, willen zij er ook een, maar dan groter en bekleed met duurder materiaal. Ik vind het allemaal best, hoor.'

Ook Hanneke en Ivo bleken hier nog maar twee jaar te wonen, nadat ze jaren in Amsterdam hadden gewoond, en ook zij zagen hun vrienden uit de stad een voor een wegvallen. Ze vertelde dat ze zich op het schoolplein een *alien* voelde. We kwamen erachter dat we allebei waren beland in het soort leven waar we vroeger bang voor waren. Tijdens onze eerste zwangerschap riepen we nog vol goede moed dat we fulltime zouden blijven werken, dat de zorg voor het kind goed verdeeld zou worden, want onze mannen hadden beloofd één dag per week minder te gaan werken. Er zou niets veranderen want we gingen gewoon door met uitgaan en verre reizen maken en in de stad wonen. En daar zaten we dan, in dit dorp, in het vrijstaande huis met woonkeuken, met onze halfslachtige eenmanszaakjes, onze afwezige mannen en onze kinderen voor wie we dit allemaal deden. 'Nog even,' zei Hanneke opgewonden, 'en dan gaat hij ervandoor met een of ander jong wijf. Dan is het clichéplaatje helemaal compleet. Nou ja, dan gebeurt er weer wat. Of ík neem er een minnaar bij. Ha ha. Valt er weer wat te vechten.'

We werden dronken en gaven de kinderen magnetronpannenkoeken. Ik ontkurkte nog een fles, deed een ciabatta in de oven en zette de Franse kaasjes die ik voor het weekend in huis had gehaald op tafel. Af en toe struikelden we over onze woorden, zo graag wilden we elkaar alles vertellen wat we de afgelopen jaren hadden zitten bedenken en zo blij waren dat we in elkaar een lotgenoot hadden getroffen. Hanneke wist mede door haar werk meer over het dorp dan ik. Ze vertelde alle roddels die de ronde deden over de vaders en moeders van school en ik hing aan haar lippen. Ik maakte tomatensoep en zette de kinderen voor de video en tegen de tijd dat Michel om halfnegen thuiskwam, waren we ladderzat, hingen we luid lachend over de keukentafel en hadden we besloten een eetclub op te richten. Hanneke kende een paar 'leuke wijven', klanten van haar, die ook graag meer mensen wilden leren kennen. Zij zou de eerste bijeenkomst organiseren, bij haar thuis. Ze had de ruimte en ze kookte graag. Warm van de drank en blij als een kind schoof ik die avond mijn bed in. Ik had misschien wel mijn eerste vriendin in het dorp gemaakt. En het idee van die eetclub vond ik fantastisch.

5

Met een glas wijn in de hand en gehuld in een rode wollen jurk, opende Hanneke de houten deur van haar boerderij aan het Bloemendijkje. Ze begroette me met een opgewonden kreetje, omhelsde me en riep uit dat ik er súper uitzag en dat ze het top vond dat ik er was.

Ik had niet geweten wat ik aan moest trekken voor deze eerste kennismaking en had gekozen voor een eenvoudig zwart jurkje met daaroverheen een vestje met simpele zwarte pumps eronder, een outfit die niet al te opdringerig was en waarin Michel me altijd onweerstaanbaar vond. Met mijn opgestoken haren en nepparels om mijn nek kon mijn 'look' ook worden opgevat als een knipoog naar de jaren vijftig, waarmee ik hoopte uit te stralen dat ik humor had en geen grijze muis was. Nu ik tegenover de sexy en modern geklede Hanneke stond in deze indrukwekkend grote hal, voelde ik me ineens nietig en grijs.

We liepen samen naar de glazen deur, die geflankeerd werd door twee grote terracotta potten waaruit wonderlijke sprieten staken. Het geklik van onze hakken op de betonnen vloer in de hal had iets angstaanjagends en leek onze onhandige zwijgzaamheid te benadrukken. Ik was zo geïmponeerd door de minimalistisch vormgegeven ruimte, dat ik geen woord wist uit te brengen.

Aan de lange houten tafel zaten drie vrouwen, wier gesprek onmiddellijk verstomde toen wij de woonkeuken betraden. Ik wist even niet waar ik het eerst moest kijken. Naar het gigantische roestvrijstalen kookeiland, de vrouwen die mij zo onopvallend mogelijk van top tot teen opnamen of naar de balzaal van een woonkamer, hoewel het leek alsof daar niemand in woonde. Groot, groter, grootst, dat was kennelijk Hannekes stijl. Zelfs de wijnglazen waren emmers op pootjes. Dikke kaarsen in allerlei kleuren verlichtten de keuken en de kamer sfeervol.

Ik stelde mezelf voor aan Babette, een lange, slanke vrouw, opvallend bruin voor de tijd van het jaar; Angela, donkerharig en mollig, en Patricia, klein en eng mager. Haar auberginekleurige krullen dansten om haar hoofd. Hanneke trok haar kookschort weer aan en installeerde zich achter haar kookeiland.

'Ga lekker zitten,' riep ze. Voorzichtig schoof ik naast Angela, die het over een of ander spiritueel boek had dat ze aan het lezen was. Babette was de eerste die zich tot mij richtte, door te vragen hoe het me beviel hier in dit gat.

Ik antwoordde dat het wel ging, dat het steeds meer begon te wennen. Ze vroeg me hoe lang ik hier al woonde.

'Bijna twee jaar,' antwoordde ik en ik merkte dat ik licht bloosde.

'Zo lang al? Ik heb je nooit eerder gezien! Naar welke school gaan je kids dan?' Uit Angela's mond klonken deze vragen als een derdegraads verhoor.

'Naar de Kievit.'

'Gut, dat ik je daar nooit gezien heb...'

Daarna viel er een ongemakkelijke stilte en ik had het gevoel dat ik iets verkeerds had gezegd. Hanneke riep vanachter de pannen dat Patricia hier nog maar een week woonde. In dat schitterende witgepleisterde huis, vlak bij het bos achter school.

'En ik vind het nu al heerlijk,' riep Patricia uit. 'Die rust... Het bos, pal voor de deur. Overal kunnen parkeren. Ik heb zo'n superhuis. Mede dankzij Hanneke! Echt meiden, als jullie ooit gaan verbouwen of verhuizen, neem haar. Ze is helemaal top. Op jou, Han!'

Ik kreeg een groot glas witte wijn in de hand geduwd, waarna we proostten op de gastvrouw. Voor het eerst in jaren snakte ik naar een sigaret waarachter ik me zou kunnen verschuilen, zoals zij allemaal deden.

We aten knapperig warm brood, salade van mozzarella, parmaham en vijgen, gegrilde gamba's en coquilles, verse pasta en romige, scherpe kaas. De wijn deed zijn werk en na een aantal glazen spraken we met elkaar over school, de kinderen, de tennisbaan en andere veilige onderwerpen. Angela en Babette bleken bij dezelfde club te tennissen en dat gaf aanleiding tot een langdradige conversatie over tennistoernooien en tennisleraren. Ze maakten me duidelijk dat ik al anderhalf jaar lid was van de meest suffe tennisclub in de wijde omtrek en dat ik me snel moest inschrijven bij Tennisvereniging De Duinpan, waar zij zaten, en les moest nemen van Dennis, want hij was echt super.

'Tennis van Dennis!' gierde Angela. 'Dat verzin je toch niet!'

'Zeg meiden, hebben jullie niets anders te doen dan tennissen en lullen over tennissen,' riep Hanneke vanachter het kookeiland terwijl ze met een sigaret in haar mond een tarte tatin uit de ovenschaal stond te schudden.

'Is daar soms iets mis mee?' vroeg Angela.

'Ik haat sport en al helemaal het gelul erover. Laten we het over iets anders hebben.'

Met een klap zette ze de heerlijk geurende en dampende appeltaart op tafel.

Angela zoog gespannen aan haar sigaret. 'Ik bedoel, is er iets mis mee dat wij "niets anders te doen hebben"? Het lijkt alsof je daar moeite mee hebt.'

Weer viel er een ongemakkelijke stilte, die ik probeerde te verbreken met onnozel gebazel.

'Natuurlijk niet, kom zeg, dat is toch prima, dat moet je toch lekker zelf weten. Jeetje, wat een fantastische taart, heb je die helemaal zelf gemaakt?' kakelde ik in een laffe poging dit gespreksonderwerp te mijden, want ik wist uit ervaring waar het toe kon leiden.

Hanneke haalde haar schouders op en zette het mes in de taart.

'Ik ben in ieder geval erg blij dat ik wel wat anders te doen heb.'

Angela trok een heilig gezicht. 'En ik vind thuis zijn voor de kinderen de meest eervolle bezigheid die er bestaat.'

'Ik moet er niet aan denken om weer te werken,' vulde Babette snibbig aan. 'Na mijn laatste baan heb ik me voorgenomen nooit van mijn leven nog één dag te werken.'

'Dat moet dan een vreselijke baan geweest zijn...' zei ik, enigszins van mijn apropos gebracht door de stelligheid waarmee ze dit zei.

'Ik werkte in de sportzaak van Evert, mijn man. Zo hebben we elkaar ontmoet. Walgelijk vond ik het. Hem niet, hoor, maar het werk. Winkelmeid zijn.'

Hanneke zocht mijn blik en rolde met haar ogen.

'Er bestaat ook leuk werk,' zei ik, 'en ik kan er niet tegen om financieel afhankelijk te zijn van mijn man, dat stuit me echt tegen de borst. Als je gelijkwaardig wilt zijn, moet je ook allebei wat inbrengen, vind ik eigenlijk.' Ik flapte het eruit.

'Dus een vrouw die niet werkt, wij zeg maar,' Angela wees naar Babette en Patricia, 'is minder dan iemand die werkt? Al doen wij nog zo veel nuttige dingen als voor de kinderen zorgen, het huishouden, helpen op school...'

'Niet minder als mens, maar binnen je relatie... Degene die het geld verdient heeft vaak toch de macht.'

Babette begon heel hard te lachen.

'Niet bij ons, hoor! Al verdienen wij geen cent, we hebben thuis toch de broek aan.'

Na een bitterzoete espresso bij de open haard stapte Angela als eerste op.

'Ik moet morgenochtend om acht uur de kinderen naar hockey rijden, dus ik wil een beetje heel blijven. Het was een superavond, Hanneke. Zalig gegeten. Goed gediscussieerd ook. Echt voor herhaling vatbaar.'

Ze kuste ons allemaal, en kneep nog even in mijn wang.

'Dag meid. Leuk je ontmoet te hebben. Ik hoop dat we nog vaak met elkaar kunnen discussiëren.'

Het voelde na al die rosé alsof we elkaar niet pas één avond, maar al jaren kenden.

'Wacht,' riep Patricia, 'Voordat je weggaat: volgende week geven Simon en ik een feestje, een housewarmingparty, zeg maar, en ik zou het leuk vinden als jullie ook kwamen. Met jullie mannen uiteraard. Daar ben ik nu wel heel nieuwsgierig naar.'

Ik stapte ook op, onrustig als ik was geworden van de cafeïne, alcohol en opwinding. Ik verlangde ernaar tegen Michel aan te kruipen en hem alles te vertellen wat ik vanavond had beleefd. Voor het eerst sinds we uit Amsterdam vertrokken waren, voelde ik me enigszins gelukkig. Het zou allemaal wel goed komen. Ik had eindelijk vriendinnen gemaakt, en al waren ze dan compleet anders dan ik, dat maakte niet uit. We waren allemaal vrouwen, moeders, echtgenotes, hunkerend naar een bruisend sociaal leven.

Ik zong toen ik op de fiets sprong en ik realiseerde me dat buiten wonen ook heerlijk kon zijn. Kwakende kikkers. De geur van gemaaid gras en haardvuur. De hemel vol sterren en een knoeperd van een maan. Ik voelde me niet meer klein en onbeduidend in het landschap, maar onderdeel ervan. Hier woonde ik. Ik fietste het grindpad af en glimlachte. Mijn leven was niet half voorbij, maar half begonnen.

In de berm stond een zwarte Golf geparkeerd en uit het portierraam dwarrelde een sliert rook. Toen ik erlangs reed, zag ik dat Angela achter haar stuur met een sigaret in haar mond wezenloos voor zich uit zat te staren. Ik stopte en vroeg haar of er soms iets was. Ze nam een trek en lachte.

'Ik zit gewoon even de avond te overdenken en een laatste peuk te roken. Dat kan ik thuis niet doen, dan wordt Kees woedend.'

'O. Oké...' Ik wist ineens niets te zeggen.

'Je gaat toch niet in je eentje naar huis fietsen, midden in de nacht? Kom, dan breng ik je even.'

Ik fietste al jaren alleen door de nacht en had daar nooit problemen mee. Maar al kende ik Angela nog maar nauwelijks, ik vermoedde wel dat zij het afslaan van dit aanbod zeer persoonlijk zou opvatten.

'Laat je fiets hier maar staan. Dan pik je hem morgen op.'

'Oké,' zei ik, en ik liep terug naar het hek, waar ik de fiets aan vastzette.

De auto rook nieuw en naar sigarettenrook. Ze schakelde naar de eerste versnelling en scheurde weg, het Bloemendijkje af.

'Hoe vond jij het?'

Ze schakelde driftig van twee naar drie, naar vier. We reden minstens tachtig over het polderweggetje, met sloten aan weerskanten.

'Ik vond het enig. Echt, ontzettend leuk om jullie te leren kennen. En volgende week een feestje! Ik heb ineens weer een sociaal leven! Daar was ik zwaar aan toe. En jij?'

Angela wees naar haar pakje Marlboro dat in het dashboardkastje lag en ik gaf haar een sigaret aan. Ze stak hem aan met de autoaansteker.

'Het was leuk. Al voelde ik me wel een beetje aangevallen door jou. Over dat werken en zo.'

'Ik bedoelde het niet persoonlijk. Het is meer mijn eigen angst voor afhankelijkheid. Zelfstandig zijn is me door mijn moeder met de paplepel ingegoten, aangezien zij met twee kinderen door mijn vader in de steek werd gelaten, zonder dat hij een cent achterliet.'

'Het maakt niet uit. Het is misschien juist goed dat we allemaal zo verschillend zijn.'

Ze gaf nog meer gas. We reden nu tegen de honderd. Als ik haar beter had gekend, dan had ik haar met een grapje gevraagd of het wat rustiger kon.

'Die Babette... Ken je haar al lang?'

'Een jaartje. Niet heel goed, hoor. Onze mannen kennen elkaar. Dit is eigenlijk de eerste keer dat ik haar heb ontmoet zonder de mannen erbij. Hoezo?'

'Ik weet niet zo goed hoe ik haar moet plaatsen.'

Ik had onmiddellijk spijt van de wending die ik zelf aan dit gesprek gegeven had. Ik wilde niet overkomen als een roddeltante.

'Soms overschreeuwt ze zichzelf een beetje. Uit onzekerheid, denk ik. Ze is eerder getrouwd geweest met een enorme *creep*, die haar nog jaren heeft gestalkt. Dat heeft ze me wel eens verteld. Ik heb, als ik eerlijk ben, meer moeite met Hanneke. Zoals zij uit de hoek kan komen...'

'Hanneke zegt de dingen nogal recht voor z'n raap. Dat vind ik juist wel leuk...'

'Ja, enig. Totdat ze jou te grazen neemt. Maar dat doet ze niet, want jij bent interessant. Jij werkt! En je man is televisieproducent. Ook interessant.'

Dit was niet het soort gesprek waar ik op zat te wachten. Het gaf me een beklemmend gevoel.

'Maar goed, laat ik niet te snel oordelen. Dat van die eetclub vind ik in ieder geval een geweldig initiatief. Wat dacht je ervan om met z'n allen een cadeau te geven aan Simon en Patricia?'

We reden de bebouwde kom binnen – 30 km borden stonden langs de weg. Ze nam nauwelijks gas terug.

'Dat vind ik een prima idee.'

'Heb je het gezien, het huis dat ze hebben gebouwd?'

'Ik ben er wel eens langsgereden, het is gigantisch.'

'Die Simon is multi. Hij stond in de *Quote*.'

'Dat zal dan wel een leuk feestje worden...'

'Dat denk ik ook. Geweldig, toch?' Angela glunderde. 'Volgens mij moet Hanneke het cadeau organiseren. Zij weet vast wel wat te verzinnen, als *binnenhuisarchitecte*.' Dat laatste kwam er wat spottend uit.

'Het is eeuwen geleden dat Michel en ik een feestje hadden. Ik heb er erg veel zin in. Ik hoop dat er gedanst wordt.'

Angela ging langzamer rijden en sloeg rechtsaf, onze straat in.

'Zo, veilig en wel,' zei ze glimlachend.

Ze boog zich naar me toe en we kusten elkaar drie keer. Daarna keek ze uit het raampje.

'Wat een schattig huisje!' riep ze enthousiast. 'Ik bel je ook om een keer te tennissen! Nou, tot volgende week. Welterusten!'

Ik stapte uit, deed het portier zachtjes dicht en zwaaide haar na.

6

De ziekenhuiskamer was donker. Babette zat op bed naar de gesloten gordijnen te staren, met haar weekendtas naast zich. Haar lange, steile blonde haar hing vettig en dof over haar schouders. Ik wilde op haar aflopen, een arm om haar heen slaan, haar troosten, maar Angela hield me tegen.

'Laat haar maar even. Kom.'

Ze trok me mee de gang op, richting de koffiemachine, en begon driftig op de knopjes ervan te drukken. Er viel een wit plastic bekertje uit, de machine begon te brommen en het bekertje vulde zich met melk en daarna met koffie.

'Jij ook?'

Ik knikte.

'Cappuccino?'

'Nee, liever gewoon zwart.'

Ik pakte suiker en plastic roerstokjes en ging op een van de verbleekte oranje kuipstoeltjes zitten. Angela gaf me mijn koffie en bleef staan. Zwijgend scheurden we de suikerzakjes open, gooiden de inhoud in onze bekertjes en roerden met de slappe witte stokjes.

'Als je érgens wilt roken, is het wel hier,' mompelde Angela, terwijl ze rusteloos rondliep en met haar hand om zich heen wapperde.

'Weet je, ik heb erover nagedacht... Ik denk dat het toch geen goed idee is als Babette met mij mee naar huis gaat...'

Ik keek haar verbaasd aan. We hadden het hier uitgebreid over gehad, gisteravond nog, en Angela had als eerste aangeboden om Babette op te vangen. De jongens zouden voorlopig nog even bij Patricia blijven, totdat Babette weer helemaal op de been was. Angela had gezegd dat ze de tijd en de ruimte had, dat Kees het geen bezwaar zou vinden en dat ze dit graag deed voor haar vriendin.

'Maar het is toch afgesproken? Babette rekent er toch ook op?'

Ze ontweek mijn blik.

'Ik heb het er met Kees over gehad. Hij wil het niet.'

'En daar leg jij je meteen bij neer?'

'Hij denkt dat haar aanwezigheid in ons huis niet goed is voor onze relatie. Dat wij ruzie krijgen over haar. En het is waar, wij hebben het nu al maanden alleen maar over Babette en Evert. Ze woonde al praktisch bij ons. Laat iemand anders het nu maar even overnemen.'

'Je vriendin heeft haar man en haar huis verloren, moet verder leven met het idee dat hij haar en de kinderen ook wilde ombrengen en jij laat haar zitten?'

'Ze is ook jouw vriendin, hoor, en van Hanneke en Patricia. Jullie hebben ook genoeg ruimte. Kees is het zat om 's avonds thuis te komen en haar aan onze keukentafel aan te treffen. Hij vindt dat we ons eigen leven weer moeten oppakken.'

'Jij hebt meer met Babette dan Hanneke en ik. Ze rekent op je! Angela, haar man is dood! Morgen wordt hij begraven! En nu kom je hiermee aanzetten?'

Een doffe pijn klopte achter mijn ogen. Ik was te moe om echt kwaad te worden. Babette zat in haar kamer op ons te wachten. Ze wilde zo snel mogelijk weg uit het ziekenhuis. Wij hadden ook genoeg ruimte. Er zat niets anders op.

'Oké, ze kan wel bij ons blijven.'

'Moet je dat niet even overleggen met Michel?'

'Als ik vind dat ik dit moet doen, dan vindt hij dat goed.'

Het kwam er zeer gedecideerd uit, al was ik helemaal niet zo zeker van mijn zaak.

In de auto op weg naar huis, toen we haar vertelden dat ze tijdelijk bij mij kon komen wonen, begon Babette te huilen. Ze streelde mijn arm en bleef herhalen dat ze het zo lief van me vond, dat ze zo bang was geweest dat ze in een hotel zou moeten, of in een of ander zomerhuisje, en ik zei haar dat dat natuurlijk niet hoefde. We zouden haar nooit in de steek laten, ze kon zo lang blijven als ze wilde, echt, het was een kleine moeite. Ze zag er breekbaar uit. Kippenvel stond op haar dunne, bruine armen en haar grote bruine ogen waren rood gezwollen. Haar bewegingen waren schokkerig en ze trilde voortdurend.

'Ik dacht eigenlijk dat de kinderen wel mee zouden komen,' zei ze en Angela antwoordde dat de jongens bij Patricia waren, en dat het ons rustiger voor iedereen leek om hen lekker bij haar te laten spelen. Babette knikte en haar onderlip begon te trillen.

'Het is een wonder, weet je dat? Dat ze er nog zijn. Dat ze gewoon weer spelen met hun vriendjes.'

Ze sloot haar ogen en leunde met haar hoofd tegen het koele raampje van mijn auto. Tranen liepen over haar wangen en lieten zwarte mascarasporen achter.

'Ik dacht dat Luuk dood was. Hij lag niet in zijn bedje, hij was in ons bed gekropen... Ik kon hem niet vinden. In de rook...'

Ze kreunde. We zwegen ongemakkelijk. Ik klopte wat onhandig op haar bovenbeen terwijl ik me probeerde voor te stellen hoe het voor haar geweest moest zijn.

'Luukje. Hij lag er zo stil bij... Ik kreeg hem niet wakker. Ik heb hem zelfs geslagen... Toen probeerde ik hem uit bed te tillen, maar hij was zo zwaar, ik kreeg het niet voor elkaar. Een nachtmerrie, dat was het. Mijn benen wilden niet. Alles werd grijzer en grijzer en ik dacht: we kunnen de trap niet meer af! We moeten uit het raam springen! Beau had ik al naar buiten gebracht. Hij werd wel wakker, hij lag gewoon in zijn eigen bed, hij kon de trap nog af. Ik ben uit het raam gesprongen met Luuk. Je springt gewoon. Alles beter dan vuur, dan doodgaan in het vuur, dacht ik.'

'Je hebt het goed gedaan,' zei Angela vanaf de achterbank met schorre stem. 'Echt, we zijn allemaal trots op je. Je hebt je kinderen gered. Je hebt gevochten voor hun leven. En nu moet je nog even volhouden, schat. Met hulp van ons allemaal. We laten je niet alleen, we zorgen er met zijn allen voor dat je je leven zo snel mogelijk weer op orde hebt. Dat je weer een mooi eigen huis krijgt, en nieuwe spulletjes...'

Plotseling slaakte Babette een kreet en ik schrok zo dat ik bijna de berm in reed. Ze klapte voorover en loeide van verdriet, alsof ze nu pas besefte wat ze allemaal kwijt was.

'Alles is weg! Alles is weg!' schreeuwde ze en ze sloeg haar handen voor haar gezicht. Ik parkeerde de auto langs de kant van de weg en Babette gooide het portier open, stapte uit en keek verwilderd om zich heen. Angela ging haar achterna en greep haar stevig bij haar bovenarmen.

'Schreeuw maar lekker, liefje, gil maar, gooi het er maar uit.' Ze hingen in elkaars armen en Babette kermde dat het zo'n pijn deed, zo'n verschrikkelijke, onhoudbare pijn. Angela keek naar me, gebaarde richting Babettes tas en wees toen naar haar mond. Ik trok de rits open, graaide tot ik een doosje pillen vond en spurtte met pillen en een flesje water op hen af.

'Hier schat, neem dit maar, toe maar, dan word je wat rustiger.'

Babette slikte de pil weg en Angela veegde haar gezicht schoon met de punt van haar witte blouse. Ik stond erbij, zoekend naar woorden, iets om te zeggen wat troostend zou klinken. Opnieuw verbaasde ik me erover dat Angela haar niet in huis wilde hebben. Ze ontfermde zich als een moeder over Babette. Ineens bekroop me het gevoel dat Angela me wilde laten zien dat er maar één persoon was die Babette kon helpen, en dat was zij. Babette mocht dan bij mij in huis komen, maar ik moest niet denken dat ik haar rol zomaar over kon nemen.

Michel werd niet boos dat ik zonder overleg met hem erin had toegestemd dat Babette bij ons in huis kwam. Natuurlijk was ze welkom. Hij was juist blij dat wij nu ook echt wat konden doen en hij drukte haar op het hart dat ze zo lang mocht blijven als nodig was. Ons huis was haar huis. Ze omhelsden elkaar en haar rug schokte. Michel drukte haar stevig tegen zich aan, legde zijn handen om haar wangen en gaf haar een kus.

'Jullie allemaal, jullie zijn zo lief, zo lief...'

Angela kwam tussenbeide.

'Kom, je moet maar even gaan liggen.'

Ze pakte Babettes hand en leidde haar de kamer uit.

Michel keek me aan en maakte een hulpeloos gebaar. Hij zag er ineens oud uit. Zijn donkere krullen pluisden alle kanten op en zijn gelaatskleur was vaalgrijs van de doorwaakte nachten. Ik realiseerde me met een schokje hoeveel ik van hem hield, alsof ik dat al jaren vergeten was. Hij was een gevoelige man, met een groot hart. Ik moest mezelf gelukkig prijzen. Dit gevoel vasthouden, voor altijd, en nooit meer twijfelen. Ik sloeg mijn arm om hem heen en zoende hem op zijn verdrietige mond.

'Sorry dat ik dit zonder overleg heb geregeld, maar ik kon niet anders. Angela haakte ineens af.'

'Het is goed. Ik begrijp het. En zo lang zal het toch niet duren? Als ze weer op de been is zal ze wel iets voor zichzelf en de kinderen gaan zoeken. Kees en Angela hebben zich lang genoeg voor Babette en Evert ingezet, ik snap dat zij behoefte hebben aan rust in de tent.'

'Ik blijf het vreemd vinden. Ze zijn zulke goede vriendinnen.'

'Laat het rusten, Ka. Dit is niet het moment. We doen allemaal wat we kunnen. We zijn allemaal kapot.'

We lieten elkaar los. Michel wurmde een pakje sigaretten uit zijn broekzak en stak er een op.

'Waarom begin je daar weer mee? En je weet dat ik liever niet heb dat je in huis rookt...'

Hij keek me geërgerd aan en liep naar buiten. Het gevoel dat ik zo-even nog voor hem had gehad, verdween op slag.

7

Het was een mooie dag geweest. Te mooi voor deze begrafenis, alsof er gespot werd met ons verdriet door de zon tussen de kale bomen door te laten schijnen. De kinderen speelden buiten in de sneeuw, terwijl de mannen in de keuken en de vrouwen rond de haard zaten. Babette voerde het woord. Opnieuw vertelde ze hoe ze de kinderen het brandende huis uit had gekregen, over het stille gezichtje van Luuk, de wanhoop die haar overviel toen ze besefte dat Evert de brand had gesticht. Wij knikten meelevend, omhelsden haar en streelden haar handen. Onze wangen gloeiden van vermoeidheid en van de zware rode wijn die Simon schonk. Bijzonder, dat waren we. Vrienden voor altijd, dat kon niet anders. De liefde die tussen ons was gegroeid deze week verzachtte de pijn, in ieder geval voor ons, vrienden. We hadden elkaar verzekerd dat we geen schuld hadden, dat Evert ziek was en dat niemand dit had kunnen voorzien. Alle tragische momenten werden gedeeld, we hadden gedachten en gevoelens uitgesproken die we nooit zouden hebben geuit als we niet verbonden waren geweest door deze tragedie.

Uit de keuken klonk voorzichtig gelach. Babette glimlachte en zei dat ze het fijn vond de mannen weer te horen lachen. Ze stond op, pakte haar lege wijnglas en liep naar de keuken. We keken haar met z'n allen na. Toen ze uit het zicht was, haalden we diep adem.

'Ik heb zo'n bewondering voor haar. Ze is zo sterk,' begon ik. 'Het lijkt soms alsof ze nog helemaal niet beseft wat haar is overkomen.'

Angela staarde me aan, met die vreemde, kille blik die ze altijd opzette voor ze iets gemeens ging zeggen. Ze zei echter niks, met een snoevend lachje slikte ze haar woorden in en haar nek vlamde rood op, alsof ze ergens van geschrokken was. Op hetzelfde moment kneep Hanneke in mijn been.

'Ik word gek van dat wijf,' fluisterde ze in mijn oor en ze wenkte met haar hoofd richting Angela. 'Ga je mee, even buiten roken?'

De vrieskou beet in mijn wangen toen we naar buiten liepen, met onze glazen rode wijn nog in de hand. Ik was blij dat Hanneke me meetroonde, weg van Angela, bij wie ik me nooit echt op mijn gemak voelde. Hanneke veegde de sneeuw van een gietijzeren bankje, legde haar grof gebreide wollen sjaal neer en ging erop zitten. Haar handen beefden toen ze een sigaret uit haar pakje haalde.

'Verdomme,' mompelde ze en nam een flinke slok uit haar glas, waarna ze een traan, die over haar bleke wang gleed, wegveegde met haar duim. 'Ik trek het niet meer, weet je dat?'

'Dan ga je toch naar huis, lekker slapen? We zijn allemaal kapot. Het was een zware dag...'

'Dat bedoel ik niet... Ik bedoel, natuurlijk ben ik moe, maar...' Ze legde haar hoofd op mijn schouder. Ook in mijn ogen stonden nu tranen, ik huilde mee omdat ik al de hele week meehuilde, omdat huilen nu mocht. Niemand keek er raar van op, je kon gewoon huilen om van alles en nog wat, het was eigenlijk heerlijk om al je verdriet te laten lopen en het fijnste was dat er steeds iemand was om je te troosten, dat je voortdurend aangeraakt en geaaid werd. Ik sloeg mijn armen om haar heen en voelde haar sidderen, onze wangen nat en plakkerig tegen elkaar, en langzaam ebde de pijn weer weg, waarna we ons schokkerig zuchtend uit elkaars armen terugtrokken. Ze keek me aan.

'We zitten allemaal klem, weet je dat?'

'Hoe bedoel je?'

'Nou, zoals Evert klem zat. We zijn allemaal zoals hij. Gevangen.'

'Gevangen waarin?'

Hanneke wendde haar hoofd af en nam een diepe haal van haar sigaret. Daarna gooide ze de peuk op de grond en stampte hem uit. Ik pakte haar pols beet.

'Hanneke, waar heb je het over?' Haar uitspraak maakte me bang. Ze pakte mijn hand en richtte haar blik weer op mij.

'Ik lul ook maar wat. Soms kan het zo voelen, toch? Gevangen in je huwelijk, in je carrière, in je dorp. Het idee dat er nooit meer iets zal veranderen in je leven, dat kan heel benauwend zijn.'

'Ik geloof niet dat Evert daar last van had. Evert was ziek. Hij zat hooguit gevangen in zijn psychose.'

'Dat maken we elkaar allemaal wijs. Dat hij gek was. Lekker makkelijk. Wij hebben geen schuld, want hij was gek. Niemand vraagt zich hardop af hoe het zover heeft kunnen komen.'

'Hij is toch in behandeling geweest? Babette zegt dat hij al jaren last had van stemmingswisselingen...'

'Evert kon de druk niet meer aan! Hij wilde weg van ons, weg uit dit dorp, hij voelde zich gevangen in onze club. En het is verstikkend, ook voor mij. Karen, je bent zo naïef, je hebt echt geen idee...'

Ik staarde haar met open mond aan.

'We zijn een hypocriet stelletje. We zijn verslaafd aan veren in elkaars kont steken, maar daarvoor betalen we een hoge prijs. Evert weigerde die prijs nog langer te betalen en toen hebben wij hem afgeschreven. Zo is het.'

'En waar haal jij al die wijsheid vandaan?' vroeg ik geïrriteerd.

'Ik kende Evert. In tegenstelling tot jullie ontliep ik hem niet toen het slecht met hem ging.'

'Beweer je nu dat het onze schuld is wat er is gebeurd?'

'Ja. In zekere zin wel, ja. Jullie hebben hem in de steek gelaten. En ik ook. Uiteindelijk. Ik had dit drama kunnen voorkomen, en heb dat niet gedaan. Ik weet niet hoe ik daarmee verder moet leven…'

'Volgens mij ben je dronken. Ik kan je even niet volgen. Sorry hoor, maar ik ga weer naar binnen.'

Haar woorden tolden in mijn hoofd en maakten me misselijk. Ik wendde me van haar af en liep naar binnen. Ze riep mijn naam nog een keer, maar ik keek niet meer om.

In de keuken stond Patricia glazen om te spoelen. Twee meisjes van de catering wreven gelaten de wijnglazen droog en zetten ze op de keukentafel.

'Hé Karen. Koud buiten, zeker?' Patricia draaide zich om en droogde haar handen aan een theedoek af. Haar ogen vlogen alle kanten op, alsof ze voortdurend alles in de gaten moest houden, haar lichaam stond strak van de spanning in haar zwarte stretchjurk, waarin ze nog magerder leek dan ze al was.

'Wat een dag. Wat een week. Ik ben helemaal leeg, helemaal op, het is allemaal zo…' Ze knipperde haar tranen weg, wendde haar blik af en begon driftig heen en weer te lopen, de glazen van de tafel naar de kast verplaatsend.

'Ja, het is nog steeds niet te bevatten. Ik denk dat de grootste klap morgen komt, bij iedereen. Zeker voor Babette.'

'Houd haar maar goed in de gaten. Hoe gaat het met haar, bij jou thuis?'

'Ze slaapt veel. Of ze zit op haar kamer uit het raam te staren. Maar ze verzorgt zichzelf wel goed, ze kleedt zich aan, maakt zich op, eet goed. Tussendoor was het steeds druk, natuurlijk, met al dat geregel.'

Patricia schudde haar hoofd.

'Is Hanneke hier niet?' Ivo stak zijn hoofd om de keukendeur.

'Nee, ze is buiten.'

'Waarom? Het is steenkoud!'

'Volgens mij moet je haar naar huis brengen…'

Ivo's gezicht verstrakte. Hij wist hoe heftig zijn vrouw kon reageren met drank op.

'Hoezo?'

'Ze was nogal boos en verdrietig en... Nou ja, je kent haar. Ze is over haar toeren en heel moe, denk ik.'

'Straalbezopen dus,' zei Ivo boos en hij liep langs ons heen naar buiten. Patricia pakte een doekje en begon als een bezetene het aanrecht af te nemen.

'Aanstelster,' mompelde ze. 'Waarom moet zij altijd alle aandacht naar zich toe trekken? Zelfs op een dag als vandaag?'

Er viel een pijnlijke stilte, omdat ik hierop niets te zeggen wist en zij haar irritaties op het aanrecht uitleefde, in afwachting of ik haar zou vertellen wat er buiten precies was gebeurd. Ik voelde me nerveus, opgejaagd en een beetje schuldig.

Door het keukenraam zag ik Ivo wild om zich heen kijken en ten slotte zijn handen in de lucht steken. Hij rende weg en kwam even later de keuken weer in.

'Ik zie haar niet en ik ga niet die hele tuin door, dan ben ik vannacht nog aan het zoeken. De auto staat er in ieder geval nog, dus ze is niet gaan rijden.'

'Maak je niet druk, ze duikt wel weer op.'

Ivo griste zijn jas van de kapstok en zei dat hij haar toch ging zoeken. Hij vroeg mij of ik zijn kinderen naar huis wilde brengen. Hij kuste Patricia, bedankte haar voor alle goede zorgen en kuste daarna mij. Er hing een frons boven zijn vermoeide ogen toen hij me aankeek en probeerde te glimlachen. Ivo deed me altijd denken aan een walrus, waarschijnlijk door zijn stoppelige, korte grijze haren en zijn zware wenkbrauwen in combinatie met zijn overgewicht.

'Je kent haar,' zei hij.

'Het komt goed. Tot zo.'

8

We vonden Hanneke niet. Niemand had haar meer gezien sinds ze met mij naar buiten was gelopen. Ik bracht hun kinderen Mees en Anna naar huis, waar ik een inmiddels woedende en bezorgde Ivo aantrof, die meteen weer wegscheurde in zijn Range Rover en mij achterliet met zijn geschokte zoon en dochter. Ik maakte melk voor ze warm, gaf ze beiden een kadetje met kaas en troostte hen door te liegen dat mama nog bij Simon en Patricia zat.

'En jij komt op ons passen?' vroeg Mees met een trillend lipje. Ik glimlachte zo lief en ontspannen mogelijk.

'Eventjes maar. Tot papa en mama weer terug zijn.'

Ik bracht ze naar bed en beloofde ze dat hun moeder ze een kus zou komen brengen zodra ze weer thuis was. Dat geloofde ik ook. Ivo zou Hanneke vinden, ergens in een café of bij iemand thuis, of ze zou zelf weer op komen dagen. Zo ging het vaak met Hanneke. Als ze te veel gedronken had, zocht ze naar confrontaties, bij voorkeur met Angela of Ivo en dat eindigde meestal met haar woedende aftocht, iedereen vertwijfeld achterlatend. We vonden allemaal dat ze te veel dronk en misschien ook te veel werkte, en vroegen ons af hoe we dat tegen haar konden zeggen zonder zelf het mikpunt van haar woede te worden.

Ik vermoedde dat Hanneke ongelukkig was. Misschien hield ze wel niet meer van Ivo. Hij was in de twee jaar dat ik hem kende zeker twintig kilo zwaarder geworden, iets waar hij zelf in het geheel niet mee leek te zitten. Ik kon me niet voorstellen dat Hanneke zich nog seksueel tot hem aangetrokken voelde, al was hij nog zo lief. Hierover spraken we niet. We klaagden wel over onze mannen, maar dat ging altijd over het feit dat ze zo vaak weg waren, hun sokken naast de wasmand gooiden in plaats van erin, en dat ze de zorg voor de kinderen volledig aan ons overlieten. Veel dieper durfden we in onze gesprekken niet te gaan, uit angst dat onze huwelijken als ongelukkig te boek zouden komen te staan. En misschien ook omdat het uitspreken van onvrede, het toegeven dat onze huwelijken saai en voorspelbaar geworden waren, zou leiden tot het failliet van onze relaties en dus tot mislukking. Hoe treurig we soms ook werden van het idee dat we nooit meer overvallen zouden worden door verliefdheid, we nooit meer intens begeerd zouden worden, we tot ons tachtigste seks behoorden te hebben met die ene aan wie we trouw beloofd hadden en die ook droomde van een ander lijf, de gedachte alleen te eindigen, met een beetje alimentatie in een kleine huurwoning, was nog deprimerender. Dus zwegen we over onze twijfels en verlangens en raaskalden we liever over antirimpelcrèmes, leuke vakantiebestemmingen, de scheidingen van andere, minder geslaagde stellen en dat ons zoiets nooit zou overkomen.

Ik schrok wakker door het aanslaan van Droef, hun bruine labrador. Even wist ik niet waar ik was, toen realiseerde ik me dat ik op de rode bank van Hanneke en Ivo in slaap was gevallen. Hanneke was verdwenen, en Ivo was haar aan het zoeken. In de grote auto die het pad op kwam rijden, zat vermoedelijk Ivo, met een dronken en woedende Hanneke naast zich. Ik werd nerveus en zag op tegen haar boosheid, die zich ongetwijfeld ook op mij zou richten. Tenslotte had ik haar mijn rug toegekeerd en gezegd dat ze dronken was. Ik kwam overeind, rekte mijn stijve rug, schoof mijn voeten weer in mijn knellende zwarte pumps en liep naar de open keuken om een ketel water op te zetten.

De bel ging en de hond bleef maar blaffen. Ik haastte me door de eindeloze gang naar de deur, keek door het glazen luikje en zag in het koele licht van de buitenlamp Babette staan.

'Hoi. Michel zei dat je hier was...'

Ze wreef haar handen warm, waarna ze op haar vingers blies. Ik opende de deur en ze stapte naar binnen.

'Moet jij niet naar bed? Kom, ik heb net thee gezet. Daar word je weer warm van...'

Babette vouwde haar handen om de theekop en blies er voorzichtig in. Ze zat op het puntje van de bank en staarde voor zich uit. Ze snifte. Ik durfde nauwelijks naar haar te kijken en schaamde me voor mijn lafheid, mijn onvermogen tegenover deze rouwende vrouw. Ik was bang de verkeerde dingen tegen haar te zeggen, me te veel aan haar op te dringen, en voelde me tegelijkertijd schuldig over het feit dat ik zo weinig zei en afstand bewaarde. Ter compensatie van mijn onmacht probeerde ik haar zoveel mogelijk werk uit handen te nemen: ik deed haar was, streek haar kleren, kookte uitgebreid, bracht haar jongens naar bed, liet het bad voor haar vollopen, maakte haar bed op en hielp met het regelen van de begrafenis. Mijn eigen werk had ik voor een maand uitbesteed.

'Gaat het een beetje?' Ik reikte haar een zakdoekje aan en ze snoot haar neus.

'Ja, het gaat wel. Ik vind het gewoon zo'n rotstreek van Hanneke... Na alles wat er is gebeurd. Daarom ben ik hierheen gekomen. Om haar te vertellen wat ik van haar denk, als ze thuiskomt.'

'Ik snap het ook niet. Het werd haar allemaal een beetje te veel, denk ik. Ze had gedronken, weinig geslapen... We zijn allemaal in de war, vragen onszelf allemaal af of we Evert hadden kunnen helpen, of we niet indirect verantwoordelijk zijn.'

Babette richtte zich op en keek me met een onthutsend felle blik aan. Onder haar bruine ogen was de mascara uitgelopen.

'Ach kom, Karen. Je weet heus wel waarom Hanneke zo doet!'

Ik schrok van de ergernis in haar stem, en van haar veronderstelling dat ik zou weten wat zich in Hannekes hoofd afspeelde, dat ze dus in feite twijfelde aan mijn oprechtheid.

'Nee, echt, ik heb geen flauw idee! Ze was boos, ik weet niet waarover. Ze vond ons allemaal hypocriet, zei ze. Ik neem aan dat ze jou daar niet mee bedoelde. Ik denk dat ze bedoelde dat we Evert zo'n beetje hebben laten zitten toen hij depressief werd, dat we alleen in elkaar geïnteresseerd zijn als het goed met ons gaat. Zoiets.'

'Als er iemand verantwoordelijk is voor wat er is gebeurd, is zíj het wel.'

Babettes stem brak, alsof haar keel werd dichtgeknepen.

'Hoe bedoel je?'

Ze pakte mijn hand en frunnikte aan mijn vingers. Uit haar ogen sijpelden zwarte tranen. 'Hanneke had een verhouding met Evert,' fluisterde ze.

'Wát zeg je?'

'Zeker een halfjaar.'

'Hoe ben je daarachter gekomen?'

'Angela heeft het me verteld. Zij heeft ze samen gezien. In de duinen, innig gearmd.' Droef legde zijn zware kop op haar schoot en keek haar aan. Babette aaide zijn chocoladebruine vacht.

'Gearmd lopen betekent niet meteen dat je een verhouding hebt.'

'Hij heeft het meteen bekend toen ik hem ermee confronteerde.'

'Jezus.'

'Ik weet niet wat zij met hem heeft gedaan, maar ik weet wel dat alle ellende met haar is begonnen. Hij werd alleen maar zieker door die verhouding en toen die eindigde, is hij helemaal doorgeslagen.'

'Weet de politie dat?'

'Nee. Wat heeft het voor zin? Ik wil niet dat iemand dit weet. Jij weet het nu, omdat jij mijn beste vriendin bent. Tegen Angela heb ik gezegd dat er niks aan de hand bleek te zijn, dat ze gewoon als vrienden door de duinen liepen. Ivo weet het ook en we hebben samen besloten het geheim te houden. De vernedering is al groot genoeg. En de kinderen moeten ook beschermd worden.'

'Volgens mij ben je wel toe aan een borrel,' zei ik, en ik veerde op, terwijl mijn hart wild klopte. Ik had geen idee wat ik met dit verhaal aan moest. Het kwetste me dat Hanneke mij nooit in vertrouwen had genomen en ik was geschokt dat de vrouw die ik als mijn beste vriendin beschouwde een verhouding bleek te hebben met de man van een andere vriendin. De man die nu dood was. De vraag of Hanneke iets met zijn dood te maken kon hebben durfde ik niet te stellen, niet aan Babette noch aan mezelf, maar hij vrat zich een weg in mijn gedachten.

Ivo keek verslagen toen hij de keuken binnenliep. Zijn wangen waren rood van de kou en aan zijn neus hing een druppel, die hij als een kind met zijn mouw wegveegde.

'Nergens te vinden,' hijgde hij.

'Moeten we de politie niet bellen?'

Ik schonk drie glazen chardonnay in en gaf er een aan hem. Hij keek de kamer in en zag Babette zitten.

'Nee, dat lijkt me nog niet nodig. Die komt straks heus wel strontlazarus binnenwaggelen. Hé Babette, moet jij niet gewoon lekker in je bedje liggen?'

'Slapen kan ik toch niet,' antwoordde ze.

Op dat moment ging de telefoon. Ivo rende ernaartoe. Ik keek naar de keukenklok. Het was halftwee.

'Hanneke?'

'Verdomme, waar ben je?'

'Hoe kom je daar in godsnaam terecht?'

'Moet ik je komen halen?'

'Nee, ik wil dat je naar huis komt...'

'Jezus mens, stel je niet zo aan.'

'Nee, nee, dat kan ik niet. De kinderen slapen.'

'Heb je geld?'

'Ja, als jij dat nodig vindt...'

'Ga dan ook slapen, ja? Alsjeblieft. Neem een kamer.'

'Jij ook. Wacht...'

'Amsterdam. De trut zit in Amsterdam,' mompelde Ivo. 'Ze belt morgen weer. Ze zegt dat ze alleen wil zijn...'

Babette liep naar hem toe, nam zijn verhitte hoofd tussen haar handen en kuste hem op zijn voorhoofd. 'Het komt goed,' fluisterde ze.

9

Het was de eerste gedachte die in mijn hoofd opkwam toen 's morgens om zeven uur de wekker ging: 'Vanavond feestje. Wat zal ik aantrekken?'

Michel was al weg. De kinderen sliepen nog. Mijn maag borrelde van spanning. Enerzijds verheugde ik me erop, popelend als een kind, anderzijds voelde ik een soort verlammende angst als voor een examen. Ik bedacht hoe eenzaam ik geworden was, hoe graag ik gered wilde worden uit dit saaie bestaan van opstaan, kinderen naar school brengen, thuis werken, kinderen van school halen, racen naar de tennisclub en hockeytraining, boodschappen doen, koken, kinderen naar bed brengen, Michel bekaf thuis, tv kijken en weer naar bed.

De hele dag was er de tinteling van nervositeit in mijn buik, een aangenaam jeukerig, opgewonden gevoel dat me van kapper naar schoonheidsspecialiste joeg en vervolgens de stad in, met Hanneke, die mij aanzette tot het kopen van een rode, gipsyachtige jurk, een met water gevulde push-upbeha en absurd hoge zwarte pumps.

'Het gaat om je entree, meid, als er gedanst gaat worden schop je ze gewoon uit. En daarna in bed weer aan!'

Nooit eerder had ik zulke dure kleren gekocht, ik werd helemaal duizelig bij het afrekenen, en ook een beetje bang. In twee uur tijd had ik mijn maandinkomen erdoorheen gejaagd. Als Michel deze bedragen zou zien, zou hij woedend worden. Hanneke lachte toen ik haar dat vertelde.

'Het is toch je eigen geld? Wat denk je dat zo'n pak dat hij voor zijn werk draagt kost? Kom op, zeg. Trouwens, hij hoeft het toch niet te weten?'

Ze trok de kaartjes van mijn jurk en beha en stak ze samen met de bon in de fik.

'Zo. Straks even de hele handel in een H&M-tas kwakken en geen haan die ernaar kraait.'

We dronken prosecco in haar tuin, die uitkeek over een weiland vol boterbloemen en fluitenkruid, waar onze kinderen luidruchtig doorheen huppelden. Mijn dochters zouden hier logeren en pizza eten met de oppas. Hanneke showde haar aanwinst voor die avond: een asymmetrisch wit halterjurkje met rafelige naden, en ze vroeg me wat ik ervan vond. 'Beeldig,' zei ik, al hield ik eigenlijk niet van asymmetrische kleding, zeker niet als het eruitzag alsof het binnenstebuiten gedragen werd, maar ze was mijn vriendin, mijn eerste, echte vriendin in dit dorp en ik was de afgelopen twee jaar nog nooit zo vrolijk geweest als vandaag, met haar.

'We gaan ze helemaal gek maken vanavond, die kerels,' zei ze, terwijl ze bevallig met haar heupen wiegde, haar borsten pakte en ze omhoogduwde.

'Absoluut.' Ik hief het glas en dronk het in één teug leeg, waarna Hanneke op haar blote voeten, haar rok omhooghoudend naar binnen rende. Even later schalde *'It's Raining Men'* over het terras en huppelde ze dansend en zingend naar buiten. Ze sleurde me uit mijn rieten stoel en maande me met woeste armgebaren tot meedansen.

De avond was zeldzaam zwoel. Al aan het begin van de lommerrijke straat hoorden we de dromerige loungemuziek en roken we de petroleumlucht van fakkels. Toen we de enorme bedoeïenentent zagen oprijzen tussen de dennenbomen, schoten Michel en ik zenuwachtig in de lach. We laveerden met onze fietsen tussen de links en rechts geparkeerde terreinwagens door, ons vergapend aan de met Marokkaanse lantaarns verlichte tuin en het schitterende, volledig uit hout en glas opgetrokken huis dat tussen de dennen opdoemde. Toen Michel mijn hand pakte, voelde ik dat de zijne klam was.

'Je ziet er schitterend uit, schat,' zei hij, om me gerust te stellen, en hij drukte een kus op mijn voorhoofd.

'Dit is echt helemaal te gek, toch?' Ik kneep in zijn hand. Ik voelde me bevoorrecht dat ik hierbij mocht zijn. Ik had altijd gedacht dat ik niets gaf om rijkdom en status, had juist altijd afgegeven op dit soort mensen, hoewel ik ze niet kende, maar nu ik hier stond, op de drempel van Patricia's paleis, was ik stiekem dankbaar voor de uitnodiging.

Patricia stond bij de deur. Toen ze mij zag, verscheen er een stralende glimlach op haar gezicht.

'Ha Karen! Je bent de eerste van de club!' Ze omhelsde me hartelijk en gaf me drie zoenen. Een zoete, zware lucht walmde om haar heen en haar kleine borsten bolden bescheiden op boven een zwart satijnen topje.

'En dit is jouw, even denken… Michel! Toch?' Ze strekte haar armen naar Michel uit en gaf ook hem drie kussen. Onhandig onderging hij haar omhelzing.

'Straks geef ik jullie een rondleiding, als jullie dat leuk vinden,' zei ze, waarna ze Michel losliet en zich op de volgende arriverende gasten stortte.

'Een rondleiding. Dat wil dit soort lui altijd graag geven,' fluisterde Michel grijnzend. 'En dan bij elke tegel, deurklink en kraan vertellen hoe moeilijk het was om eraan te komen.'

Ik gaf hem een por in zijn zij.

'Doe niet zo cynisch. Sta gewoon eens open voor anderen, zonder meteen te oordelen!'

Enigszins verloren dwaalden we door de grote, lege kamer naar de tuin, richting de bar, waar iedereen wat bedremmeld bij elkaar stond. De champagne, die op een lange, met goudbrokaat beklede tafel voor het pakken stond, smaakte heerlijk.

'Voorlopig sta ik hier goed,' mompelde Michel en hij pakte een tweede glas, dat hij in drie slokken achteroversloeg. Er hing een vreemde, afwachtende sfeer en ik zocht wanhopig naar een bekend gezicht, iemand die mij het gevoel kon geven dat ik hier thuishoorde. Godzijdank kwam op dat moment Hanneke de tuin in, met een man die haar Ivo moest zijn.

De drank deed zijn werk. Een uur later stonden we allemaal te stralen alsof we elkaar al jaren kenden. Michel voerde het hoogste woord tegen Evert, Kees en Ivo en wij vrouwen becommentarieerden de overige gasten. Sommigen kenden we vaag, maar de meesten hadden we nooit eerder gezien.

'Allemaal zakenrelaties van Simon,' zei Angela en Babette vroeg wat voor zaken die Simon in hemelsnaam deed, dat hij zoveel geld verdiende.

'Iets met vastgoed. Precies weet ik het niet, heel ingewikkeld. Het komt erop neer dat hij veel poen heeft, en daarmee nog meer poen verdient,' antwoordde Hanneke, waarna ze hyper aan haar sigaret zoog en de rook sissend uitblies.

'*Speaking of the devil...*' fluisterde Angela en ze knikte bijna onzichtbaar in de richting van iemand die kennelijk achter mij stond, waarop ik me omdraaide en recht in het gezicht van Simon keek. De man die mij onbeschaamd van top tot teen opnam met zijn felle, blauwe ogen, was buitengewoon aantrekkelijk. Niet omdat hij zo mooi was. De lijnen om zijn mond waren iets te scherp, zijn zwarte haar zat te gemaakt nonchalant en hij was maar net iets groter dan ik, waardoor hij iets jongensachtigs had, maar hij straalde onverholen geilheid uit. Hij was zich bewust van zijn mannelijkheid zoals eigenlijk alleen jongens van achttien dat kunnen zijn, het soort bewustzijn dat mannen verliezen als ze de dertig passeren en het ze niet meer interesseert dat de kaaklijn slapper wordt en de buik dikker.

'Hanneke, ik krijg alleen maar complimenten over het fantastische werk dat je hebt verricht hier.'

Hij legde zijn handen op Hannekes heupen en drukte een kus op haar wang. Ik begon plaatsvervangend te blozen. Hanneke stelde ons aan hem voor als de meiden van het eetclubje en hij zei al veel over ons gehoord te hebben van zijn vrouw Patricia.

'En de heren hier horen zeker bij jullie?' Simon stelde zich joviaal aan iedereen voor. Ik kon mijn ogen niet van hem afhouden. Zoals hij volstrekt ongedwongen in zijn witte pak zat en zijn gebruinde handen nonchalant door zijn warrige haren haalde. Zijn hypnotiserende, gretige blik. Zelden had ik iemand ontmoet die zo ingenomen leek te zijn met zichzelf, zonder dat het irritant was. Zijn grijns leek de spot te drijven met wie hij was, alsof hij met veel plezier de rol van miljonair speelde en iedereen uitlachte die hem serieus nam.

We dansten, euforisch van de alcohol, als dwazen op muziek uit onze wilde jaren. Michel en Ivo vonden elkaar al luchtgitaar spelend, Hanneke huppelde blootsvoets om een in rode pull-over gehulde man heen die haar zo nu en dan vastgreep en optilde, en ik bewoog me tussen iedereen door, van de een naar de ander, in een soort gelukzalige trance. Het was jaren geleden dat ik voor het laatst had gedanst, terwijl het toch ooit mijn lust en mijn leven was. Michel en ik hadden elkaar ontmoet op de dansvloer, waar ik al mijn vriendjes leerde kennen, omdat ik daar vroeger al mijn vrije avonden doorbracht. Nergens voelde ik me lichter, vrijer en mooier dan op de dansvloer, waar ik mij kon laten gaan, aangemoedigd door de muziek, betoverd door andere bewegende lijven. Zomaar een praatje met iemand aanknopen aan de bar had ik altijd moeilijk gevonden, maar zomaar tegen iemand aan dansen, mijn billen langs zijn heupen laten glijden, dat deed ik zonder enige schroom.

Zwevend op de muziek werd ik weer een verleidster en ik vond het heerlijk me weer zo levend, jong en sexy te voelen. Michel danste me bezitterig achterna, maar ik wurmde me telkens subtiel los uit zijn greep. Hanneke reikte me wankelend een nieuw glas champagne aan en sloeg haar arm om me heen. Ze hing zwaar van dronkenschap om mijn nek en schreeuwde in mijn oor dat iedereen zo geil als boter was, waarna ze zwalkend richting de bedoeïenentent liep. Toen ik me vooroverboog om mijn glas weg te zetten, voelde ik plotseling twee gloeiende handen op mijn heupen.

'Ga je nu met mij dansen?' vroeg Simon in mijn oor, terwijl hij over me heen leunde en zijn harde geslacht tegen mijn billen duwde. Even bedacht ik me dat ik hem eigenlijk een klap voor zijn kop zou moeten geven voor zijn ongepaste greep. Maar ik deed niks, zei niks, ik draaide me om, mijn kont langs zijn liezen wrijvend, mijn borsten tegen zijn borst prikkend. De champagne gaf me lef, ik legde mijn handen op zijn harde heupen en leidde hem naar het midden van de dansvloer. Zwijgend reden we tegen elkaar aan, ons onbewust van de mensen om ons heen, en Simons handen lieten mijn lichaam geen moment los. Het interesseerde hem kennelijk weinig dat mijn man en zijn vrouw op nog geen meter afstand van ons stonden. Soms kwam zijn weelderige mond zo dicht bij de mijne dat het leek of hij me ging zoenen en ik wist dat als hij dat zou doen, ik geen weerstand zou kunnen bieden, ongeacht de consequenties.

'Je ruikt heerlijk.'

Zijn neus streelde mijn oor en ik hoorde hem snuiven. Ik sloeg mijn ogen neer en staarde naar het donker krullend borsthaar dat uit zijn witte overhemd sprong. Hij rook naar sigaren, zeep en een vleugje zweet. Zijn greep om mijn billen verstevigde en hij aaide mijn onderrug met zijn duimen, waardoor ik kippenvel kreeg en mijn hart nog sneller ging bonzen. Het ritme van de muziek versnelde en ik maakte van deze gelegenheid gebruik om hem zachtjes van me af te duwen. Onze bewegingen werden stoerder, we zwaaiden woest met onze haren, ik sprong, gooide mijn armen in de lucht en lachte om mezelf, om hem, om het feit dat ik het nog kon, verleiden, en uit pure blijdschap over zijn interesse in mij. Het zweet druppelde inmiddels van zijn voorhoofd.

'Ik moet even stoppen... Ga je mee, relaxen?' Hij legde zijn handen op mijn schouders en wenkte met zijn rood aangelopen hoofd richting de tent. Ik wilde hem volgen, toen Michel me bij mijn elleboog greep.

'Kom. We gaan,' zei hij bars.

Gênant, noemde Michel mijn geflirt met de gastheer en al wist ik dat hij gelijk had, ik ontkende het hartgrondig en beledigd. Tussen Simon en mij was er niks gebeurd, we hadden gewoon heerlijk gedanst, jezus, waarom moest hij daar zo'n punt van maken? 'Laat me, laat me eens een leuke avond hebben!' gilde ik, terwijl hij driftig wegfietste en ik begon te huilen. Snikkend ging ik Michel achterna. De koude, vochtige boslucht bracht me weer enigszins tot mezelf, al bleef er in mijn buik een brandend, gefrustreerd verlangen gloeien. Diep vanbinnen wist ik zeker dat het ooit zou gebeuren, dat er geen ontkomen aan was, dat op een dag Simons mond de mijne zou vinden. Ik hoorde me slecht en schuldig te voelen over deze gedachten, maar ik hunkerde slechts meer naar Simon.

'Laat me dit alsjeblieft nog één keer meemaken!' fluisterde ik beneveld voor me uit. En door mijn hoofd spookten beelden van Simon die zijn lippen om mijn tepel sloot, mijn benen zachtjes spreidde, mijn dijen kuste, mijn billen omvatte met zijn grote, behaarde handen en zijn geslacht in me dreef. Met een schok realiseerde ik me dat ik me voor het eerst sinds de geboorte van de jongste weer een seksueel wezen voelde, me bewust was van mijn lichaam, mijn borsten, en mijn vagina zwaar voelde kloppen op het zadel. Simon had me wakker gekust uit een lange, diepe slaap, had me met één dans mijn wellust teruggegeven, en nu al wist ik niet meer wie de zombie was die ik vóór deze avond jarenlang geweest was.

10

De zomer daarop leek eindeloos te duren en bestond uit een aaneenschakeling van etentjes, feestjes, verjaardagen en strandbarbecues met onze nieuwe vriendenclub. Sinds het feest van Simon en Patricia was het volkomen vanzelfsprekend dat we de kinderverjaardagen met elkaar vierden, spontaan langswipten voor koffie en onze mannen op vrijdagavond tennisten, waarna we elkaar in Verdi, het plaatselijke café op het plein, ontmoetten. In een paar maanden tijd ontstond er een hechte vriendschap tussen ons. We hadden met elkaar gemeen dat we van buiten het dorp kwamen en bezig waren met ons almaar groeiende succes in zaken. Everts sportzaak werd een keten, Kees opende het ene grand café na het andere, Ivo werd van accountant vermogensbeheerder en bouwde een golfvakantiepark aan de Portugese zuidkust en Hanneke had een au pair in huis genomen, zo druk had ze het met het inrichten van huizen. Michel groeide door de verkoop van een aantal programma-formats uit zijn pand in Amstelveen en ik kreeg via mijn nieuwe vriendenkring zoveel beter betalende klanten uit het bedrijfsleven dat ik stopte met het vormgeven van tijdschriften. We genoten van het inspirerende optimisme en de levenslust die al dit succes met zich meebracht, van de positieve chemie die ons als een soort collectieve verliefdheid omringde. Herkenning was misschien wel de grootste drijvende kracht: we waren halverwege de dertig, gesetteld in gezinsleven en carrière, maar ondanks dat voelden we ons verre van oud. We wilden nog woest feesten, alvorens het onvermijdelijke verval zich zou aandienen, dansen op de vulkaan, alsof we al wisten dat dit mooie leven niet lang kon duren, dat we op een dag afgerekend zouden worden op onze hedonistische levensstijl.

Tussen Simon en mij hing nog steeds een bepaald soort spanning, maar ik had mezelf de ochtend na het feestje, toen ik ontwaakte met een schuldgevoel dat even zwaar en aanwezig was als de kater, bezworen het nooit meer zo ver met hem te laten komen. Er werd ook met geen woord meer over gerept, niet door Michel, niet door Patricia en niet door Simon, en ik sloot me daarbij aan. Woorden zouden deze onschuldige flirt serieuzer maken dan die in werkelijkheid was, maakte ik mezelf wijs. Mijn soms schokkende fantasieën over hem maakten me steeds weer pijnlijk duidelijk dat mijn gevoelens voor hem dieper zaten dan ik aan mezelf durfde toe te geven. Maar dit was streng verboden terrein. Zou ik toenadering tot hem zoeken, dan zette ik daarmee niet alleen mijn huwelijk, maar ook mijn vriendschappen en het bijbehorende zoete leven op het spel.

Het was op een extreem mistige herfstnacht dat Michel na het tennissen laat en zeer opgewonden thuiskwam. Ik zat beneden in mijn ochtendjas ongerust op hem te wachten, bang dat hij misschien met een slok op tegen een boom of in een sloot was gereden. Ik had hem al meerdere malen proberen te bereiken op zijn mobiel, maar kreeg steeds zijn voicemail en van pure stress had ik een halve fles rode wijn soldaat gemaakt. Hij kwam binnen tegen halfdrie, ruikend naar kroeg, bier en sigaren en hij kuste me vol en gulzig op mijn mond, iets wat hij al jaren niet meer met zoveel passie had gedaan.

'Ik heb zo te gek met Simon zitten praten, sorry hoor, dat ik zo laat ben, maar het was gewoon heel bijzonder,' verontschuldigde hij zich en hij pakte een biertje uit de koelkast. Daarna ging hij tegenover me op tafel zitten en keek me aan met licht bloeddoorlopen maar stralende ogen.

'We gaan grote dingen doen, Simon en ik. Hij heeft zoveel poen, Ka, dat kan hij van z'n leven niet meer opmaken. Hij moet het investeren, dus hij zoekt steeds naar interessante projecten om dat geld in te stoppen. Bij voorkeur onroerend goed. Ik zoek een nieuw pand, en je weet dat ik overal heb gekeken en dat niks aan mijn eisen voldoet. Nu heeft Simon voorgesteld om samen te gaan bouwen. Bij Amstelveen. Hij koopt de grond, bouwt volgens mijn wensen, en ik huur het pand dan van hem.'

Hij glimlachte, zette het flesje bier aan zijn mond en nam een flinke teug.

'Voor een exorbitant bedrag zeker...'

'Als ik kan uitbreiden, ga ik ook meer verdienen. En met Simon als financier, jezus, Ka, dan kan ik echt grote dingen gaan doen! Hij kent ook alle grote jongens... Wat denk je dat dat voor de sponsorwerving kan betekenen?'

'Natuurlijk is het te gek. Als je op die manier met een vriend kunt samenwerken... Maar het kan ook fout gaan, toch? Ik bedoel, je wordt min of meer afhankelijk van hem, financieel. Wil je dat?'

'Of ik nu van hem afhankelijk ben of van een ander, wat maakt dat uit? Met hem kan ik praten. Hij is slim en zó positief, als je met hem hebt gepraat, krijg je het gevoel dat alles mogelijk is. Ik vind dat inspirerend. Ik heb echt een enorme kick gekregen van ons gesprek.'

Hij streek met zijn vinger langs mijn wang en hals, waarna hij met zijn koude hand mijn warme borst omvatte. Ik huiverde. Hij boog zich voorover en kuste mijn oor.

'Ik voel gewoon dat dit goed is. Dat ik op het punt van doorbreken sta... Met Simons hulp kunnen onze dromen uitkomen. Dan ben ik straks ook een van de grote jongens.'

Cynisch bedacht ik dat hij zíjn dromen – een vrijstaand huis, een grote Volvo, een bedrijf met veel personeel, een huisje in Toscane en een lidmaatschap van de plaatselijke golfclub – inmiddels kennelijk had omgedoopt in ónze dromen, hoewel al deze dingen mij gestolen konden worden, maar het leek me niet verstandig dit 's nachts om drie uur met een aangeschoten echtgenoot te bespreken.

'Zullen we dit gesprek morgen voeren, als je weer nuchter bent?'

Zijn tong likte over mijn wang en zocht de mijne. Ik draaide mijn hoofd om als reactie op de naar sigaren ruikende walm die hij uitstootte.

'Kom op, Ka, het is zo lang geleden. Ik heb zin in je...'

Ik wist dat als ik nu weigerde, we dagenlang nors zouden zwijgen totdat ik de stilte zou doorbreken en hem alsnog overtuigde van mijn liefde voor hem. En daar had ik geen zin in, dus liet ik zijn handen over mijn lichaam gaan. Mijn gedachten gingen uit naar Simon. Ik stond op en knoopte mijn badjas open. Michel greep mijn heupen en keek keurend naar mijn borsten, boog vervolgens zijn hoofd en kuste ze. Zijn hand gleed zachtjes knedend over mijn buik, naar mijn dijen. Ik spreidde toegeeflijk mijn benen en liet zijn vingers toe, waarop hij kreunde en zei dat ik een heerlijke vrouw was. Zijn eigen heerlijke vrouw. Terwijl ik zijn hoofd hardhandig bij de haren greep en hem ruw op de mond kuste, bedacht ik dat ik niet meer zijn heerlijke vrouw was, dat ik elke dag een stukje verder van hem afdreef, dat ik dit gelukkige huwelijk speelde en me allang niet meer zo voelde. Michel werd niet geil van mij, hij werd geil van geld, van hetgeen Simon hem in het vooruitzicht had gesteld, en ik werd geil van de gedachte aan Simon zelf.

II

Michel sliep toen wij midden in de nacht thuiskwamen van Ivo en Hanneke. Babette wilde nog niet naar bed. Ik ook niet. Hoewel mijn lichaam rilde van kou en vermoeidheid, draaiden mijn hersenen op volle toeren en ik wist dat als ik nu in bed zou gaan liggen, ik niet zou kunnen slapen. Dus maakte ik twee grote mokken warme melk voor ons klaar, roerde er twee flinke lepels honing doorheen, stak de kaarsen op de salontafel aan en nestelde me naast haar op de bank. De warmte en de zoetigheid van de melk brachten me geen troost, ik voelde me vreemd genoeg ontzettend gekwetst door het verhaal dat Babette me een uur geleden had verteld. Hanneke was mijn beste vriendin. We maakten soms grappen over de anderen, die zich in onze ogen vooral bezighielden met tennissen, diëten, shoppen en eindeloos keuvelen over de kinderen. Voor echt begrip, vertrouwen en intimiteit zochten Hanneke en ik elkaar op, althans dat dacht ik. Naar nu bleek had ze mij niet genoeg vertrouwd.

'Wat denk je dat ik voelde, toen ik erachter kwam?'

Babette doopte haar vinger in het vloeibare kaarsvet en keek hoe het hete spul op haar vingertop stolde.

'Verschrikkelijk. Wat een verraad. Ik vind het echt... Ik had het nooit van haar verwacht, nooit. En van Evert ook niet. Hoe kun je het opbrengen om haar nog te zien?'

'Ik heb het haar en Evert vergeven. Welke andere keuze had ik? Ik wilde mijn gezin bij elkaar houden, en ook onze vriendenclub. Dus hebben we afgesproken het geheim te houden en normaal tegen elkaar te blijven doen in het openbaar. Maar een vriendin zal ik haar niet gauw meer noemen. Eerlijk gezegd dacht ik dat Hanneke het je wel verteld zou hebben. Jullie zijn zo dik met elkaar. Beloof me dat je hier met niemand over praat. Ook niet met Michel.'

Ze boog haar hoofd en het leek erop alsof ze weer zou gaan huilen. Ik pakte haar bij haar schouders, trok haar naar me toe en streelde haar dikke blonde haar, dat rook naar parfum.

'Je kunt me vertrouwen. Ik zwijg als het graf.'

Ze tilde haar hoofd op en keek me gebroken aan.

'Evert viel in een enorm gat nadat hun relatie werd verbroken. Ik ben bang dat dat de druppel was. Hanneke maakte iets in hem los, iets destructiefs. Ze is zelf ook een beetje destructief, vind je niet? Een heftige vrouw. Veel roken, veel drinken, altijd iedereen de waarheid willen vertellen. Ik denk wel eens dat ze net als Evert depressief is. En dat ze dat in elkaar herkenden. Maar ik verwijt haar niks. De enige persoon die iets te verwijten valt, ben ik zelf. Ik had het moeten zien aankomen, ik wist dat hij het weer moeilijk had. Maar ik wilde het niet zien. Zo stom... Ik was te veel bezig met mijn eigen ellende, mijn eigen woede, ik liet hem gewoon links liggen.'

Haar lippen trilden en mijn maag kromp ineen. Ik vocht tegen mijn eigen tranen en het laffe gevoel dat ik dit allemaal niet aankon. Ik wilde er zijn voor Babette, ik kon niet meer terug. Kennelijk had ze mij uitverkoren om haar geheim mee te delen en ik mocht haar vertrouwen niet beschamen door bang te zijn. Maar ik was het wel.

Babette leunde zwaar tegen me aan.

'Het voelt goed, Karen, om bij jou te zijn,' snifte ze en ze wreef als gebaar van dankbaarheid langs mijn arm.

'Jij bent zo'n warme vrouw... Zonder jou zou ik op dit moment gek worden, denk ik. Als je ooit ergens mee zit, moet je weten dat ik ook voor jou klaar zal staan.'

Ik aaide over haar rug en rustte met mijn hoofd op het hare, me verbazend over hoe gemakkelijk het was intiem met haar te zijn, terwijl we dat nooit eerder waren. Zelfs met Hanneke was ik nooit zo lichamelijk geweest, ik had eigenlijk een hekel aan het gefrunnik van vrouwen aan elkaar als vriendschappelijk gebaar. En hier lag ik, innig verstrengeld met een vriendin, zonder me ongemakkelijk te voelen.

'Dat is fijn om te weten. Maar het gaat nu om jou, met z'n allen helpen we jou er weer bovenop. Je bent niet alleen.'

'Je bent lief. Echt lief.' Ze richtte zich op, tuitte haar lippen en gaf me een zoen. Daarna stond ze op, rekte zich uit en stak haar hand uit om mij ook uit de bank te trekken.

'Nu moeten we gaan slapen. Kruip lekker tegen die lieve man van je aan.'

'Slapen. Wat is dat?'

Een trieste glimlach verscheen op haar gezicht. 'Ooit komt alles weer goed, zeg ik steeds maar tegen mezelf. Hoe hard het ook is, het leven gaat door. En ik ben vastbesloten niet te gaan zwelgen.'

Ik sliep onrustig en werd wakker met een soort paniekgevoel. Hanneke. Er was iets helemaal mis en ik had het gisteren niet goed aangepakt. Het was duidelijk dat ze een probleem had, ze had me apart genomen om daarover te praten en ik had haar eerlijkheid afgekeurd door weg te lopen, haar in de steek te laten, haar harde woorden veroordeeld in plaats van te proberen ze te begrijpen, zoals een beste vriendin hoorde te doen. Als ik haar niet de rug toe had gekeerd, was ze nu niet weg geweest. Had ze misschien zelf haar verhouding met Evert opgebiecht, verteld waar haar verdriet vandaan kwam. Hoe kon ik haar zo snel veroordelen, zonder eerst haar kant van het verhaal te horen? Terwijl zij altijd goed voor me was geweest. De enige met wie ik echt kon praten. Ik realiseerde me hoe moeilijk het voor haar geweest moest zijn haar verliefdheid op Evert voor mij te verzwijgen en dat ze dat niet had gedaan uit wantrouwen, maar juist uit respect. Ze wilde me niet belasten met een geheim, ze had ervoor gekozen het helemaal alleen op te lossen.

Ik keek op de wekker. Het was kwart over zes. Nog een kwartier en hij zou afgaan voor Michel, die elke ochtend om zeven uur van huis vertrok. Perfect getimed, vlak voor het spitsuur hier in alle hevigheid losbarstte. Als ik daarover klaagde, antwoordde hij steeds weer dat hij ook liever met zijn gezin aan de ontbijttafel zat dan dat hij in de file stond, maar dat hij nu eenmaal een bedrijf had, waar hij als directeur vóór negen uur hoorde te zijn. Om mijn voorstel eens een dagje te ruilen, en daarna te kijken of hij nog steeds liever thuis aan tafel zat in plaats van in de file, moest hij alleen maar lachen. Het was niet gek dat wij, thuisblijvende vrouwen, onszelf overgaven aan romantische fantasieën over andere mannen, aangezien onze eigen mannen ons dagelijks in de steek lieten. En natuurlijk kon zoiets uit de hand lopen, hongerig naar aandacht als we waren.

Ik sprong uit bed, gleed met mijn voeten in groezelig roze pantoffels en liep de gang op. Ik wilde douchen voordat de meisjes wakker werden en ze het koude huis opwarmden met hun energieke luidruchtigheid. Vanuit de badkamer klonk het geruis van de douche. Babette was kennelijk net zo vroeg wakker geworden als ik.

Ik draaide de thermostaat hoger, zette een ketel water op het fornuis, haalde de krant uit de brievenbus en deed de radio aan, waarna ik aan de keukentafel broodjes smeerde voor het overblijven van de kinderen. Boven hoorde ik Michel en Babette elkaar goedemorgen zeggen. Toen ik de krant oppakte, zag ik mijn mobiel liggen.

U heeft 1 bericht ontvangen, stond er op het scherm.

> *Lieve K, sorry van gister. Kan ik je vandaag zien? Ben eind vd middag weer in B. XHan.*

12

Het rook naar haardvuur en speculaas in café De Beiaard, waar het rumoerig en druk was. Ik vond een tafeltje bij het raam en bestelde een biertje, in de hoop dat ik daar wat van op zou knappen. Ik had het soort hoofdpijn waarbij het leek alsof mijn hersenen langzaam mijn ogen uit hun kassen duwden, het gevolg van langdurig slaapgebrek en overmatig alcoholgebruik. Alleen nog meer alcohol kon deze symptomen tijdelijk wegnemen, was mijn ervaring.

Nerveus streek ik met mijn hand over het harige tafelkleed, pulkte wat aan de dikke, witte kaars en verpulverde vervolgens een bierviltje, ondertussen naar buiten kijkend, speurend naar Hannekes verschijning. Ik voelde dat ze had besloten mij vanmiddag alles te vertellen en ik had me voorgenomen dat ik onbevooroordeeld naar haar zou luisteren. Het zou moeilijk worden om tussen haar en Babette in te staan, maar ik wilde echt mijn best doen naar beiden zo objectief en begripvol mogelijk te zijn. In ieder geval wilde ik me ervoor inzetten dat de dood van Evert niet zou leiden tot het uit elkaar vallen van onze vriendenclub.

Buiten begon het schemerig te worden. Ik nam de laatste slok van mijn koude biertje en keek op mijn mobiel. Hanneke was ruim een kwartier te laat. Ik probeerde haar te bellen, maar kreeg haar voicemail. Ook bij haar thuis werd niet opgenomen. Hanneke was een notoire laatkomer en doorgaans raakte me dat niet zo, maar nu irriteerde het me mateloos. Ze kon me niet laten wachten met dit gevoel, ik had hemel en aarde moeten bewegen om de kinderen ergens onder te brengen, aangezien Babette met Angela naar de stad was om een steen voor Everts graf uit te zoeken. Ik bestelde nog een biertje en besloot te wachten tot dit op was. Daarna zou ik gaan en bekeek ze het maar.

Ik staarde uit het raam naar de kale, knoestige beuken rond de kerk. Hoe haalde ze het in haar hoofd om me hier voor aap te laten zitten, na wat er was gebeurd? Ik probeerde haar nogmaals te bellen, om in ieder geval op haar voicemail in te spreken wat ik van deze actie vond. Deze keer werd er wel opgenomen.

'Goedemiddag...'

'Eeeh, met Karen, is Hanneke in de buurt?'

'U spreekt met Dorien Jager, recherche district Amsterdam-Zuid. Bent u bekend met mevrouw Lemstra?'

'Ja, Hanneke Lemstra is mijn vriendin...'

Dit was fout nieuws. Dit was helemaal mis. Mijn handen begonnen zo erg te trillen, dat ik mijn telefoon nauwelijks nog vast kon houden.

'Misschien moet u contact opnemen met mevrouw Lemstra's echtgenoot.'

'Waarom? Wat is er gebeurd?'

'Uw vriendin is opgenomen in het AMC. Haar echtgenoot is nu onderweg. Wij hebben deze telefoon gevonden op de hotelkamer waar uw vriendin zich bevond.'

'O, god...'

'Mevrouw? Mag ik misschien even uw naam noteren?'

'Karen. Karen van de Made. Wat is er gebeurd?'

Aan de andere kant was het even stil.

'Uw vriendin heeft een ongeluk gehad. Ze is hier van het balkon gevallen.'

13

Ivo zat voorovergebogen in de zwarte plastic stoel, zijn hoofd rustend in zijn handen, zijn ogen gesloten, verzonken in zijn eigen wanhoop. Om zijn schouders hing het camelkleurige suède jasje dat hij onlangs van Hanneke voor zijn verjaardag had gekregen.

Ik legde mijn hand op zijn hoofd en hij keek op, eerst geschrokken, toen verrast en meteen daarna begonnen zijn schouders te schokken. Hij stond op, sloeg zijn lange armen om me heen en snikte, met lange, gierende uithalen.

'Ze weten het niet, ze weten het niet, ze weten niks.'

Zijn ruwe wangen schuurden in mijn nek, die langzaam nat werd van zijn tranen. Ik pakte zijn hoofd en streek met mijn duimen het zoute nat van zijn gezicht. Zo stonden we een tijdje zwijgend tegen elkaar aan, onder het kille tl-licht, ons allebei afvragend in wat voor hel we terechtgekomen waren. Eerst Evert, nu Hanneke, het leek wel alsof onze gezinnen een voor een gestraft werden.

Ivo liet me los en pakte mijn hand, waarna we samen gingen zitten.

'Niemand zegt wat. Of ze het gaat redden. Niemand kan het zeggen.'

Neurotisch wreef hij met zijn hand over zijn stoppeltjeshaar.

'Ik ben blij dat je er bent.'

'Natuurlijk ben ik er,' mompelde ik en ik bedacht me dat als ik er eerder voor Hanneke was geweest, we hier misschien niet hadden gezeten.

'Kun je me vertellen wat er precies is gebeurd?'

'Het is vaag, heel vaag. Na die rel bij Simon en Patricia is ze kennelijk met een taxi of de trein naar Amsterdam gegaan, en daar heeft ze een kamer gehuurd in een hotel in de Jan Luijkenstraat. 's Nachts heeft ze me gebeld, daar was je bij... Vanochtend vroeg belde ze weer, ze was wat gekalmeerd en zei dat ze eind van de dag naar huis zou komen. Daarna word ik om, weet ik veel, vier uur vanmiddag, gebeld dat ze van het balkon gesprongen is. Ze is er verschrikkelijk aan toe. Alles is gebroken. Ze opereren haar nu aan een, hoe heet zoiets, een hematoom. Dat is een bloeding in haar hersenen. Het is niet zeker of ze het redt. En zo ja, hoe ze het redt...'

'Maar Ivo, Hanneke springt toch niet zomaar van een balkon?'

'Nee. Ik snap het ook niet. Het ging niet goed met haar, dat wel, ze was in de war en ontzettend verdrietig om Evert. Maar dit...'

Ik pakte zijn grote hand en streelde de donkere haartjes die over zijn gezwollen aderen lagen.

'We zijn allemaal verdrietig vanwege Evert. Maar het lijkt me niet dat Hanneke daarom zoiets doet. Het moet een ongeluk zijn.'

'Dat is het ook. Dat weet ik zeker. Ze drinkt te veel. Ik zeg het al maanden tegen haar. Laat verdomme die wijn eens een keer staan. Maar wat doe je eraan?'

Zijn stem sloeg over en hij maakte een hulpeloos gebaar.

'Ik had niet in de gaten dat het zo erg was. Dat ze een probleem had.'

Hij veerde overeind en begon heen en weer te drentelen.

'Probleem, probleem. We hebben verdomme alles. Waarom is dit gebeurd? Leg het me alsjeblieft uit!'

Ik kromp ineen en mijn wangen gloeiden. Ik wilde verdwijnen, oplossen in de lucht, versmelten met de stoel. Ivo balde zijn vuisten en schreeuwde.

'Godverdomme! Mijn vrouw! Waarom mijn vrouw?'

Daarna liep hij weg, als een dronkeman zwalkend door de kille gang.

Het haastige geklik van hakken door de gang deed me opschrikken. Simon zag er adembenemend uit in een zwart, strak gesneden pak van soepel vallende wol, waaronder hij een gesteven wit overhemd droeg, waarvan de bovenste knoopjes loszaten. Langs de revers hing losjes een ijsblauwe zijden stropdas. Aan de donkere kringen onder zijn ogen kon ik zien dat hij moe was. Mijn adem stokte even. Ik durfde hem niet in de ogen te kijken, bang als ik was dat mijn hoofd dan spastisch zou trillen.

'Hé, meisje.' Hij legde zijn warme hand in mijn nek.

'Michel komt eraan. Babette blijft bij de kindjes. Hoe is het met haar?'

'Slecht, ben ik bang. Ze zijn aan het opereren. Volgens Ivo is alles gebroken...'

Hij bleef voor me staan, wijdbeens, nerveus wiebelend met zijn knieën.

'Jezus... Wat een bizarre toestand. Waar is Ivo?'

'Die is even een stukje lopen. Het werd hem allemaal te veel, geloof ik.'

'Oké, meisje, ik ga Ivo zoeken. Ben zo terug.'

Klein en eenzaam lag Hanneke in het bed, haar hoofd als dat van een mummie dik in het verband, terwijl ze werd beademd door een machine. Ik durfde niet te kijken naar de slangetjes gevuld met bloed, die uit het verband staken. Haar zo te zien liggen maakte me misselijk en duizelig, maar ik dwong mezelf erbij te blijven, haar met bloed besmeurde hand aan te raken en richting haar oor te fluisteren dat ik bij haar was, dat het me allemaal speet en dat ze moest vechten om weer bij ons terug te komen, voor Ivo en haar kindjes. Michel vluchtte naar adem happend de kamer uit, gevolgd door Simon. Ivo zat radeloos naast zijn vrouw, die nu op een buitenaards wezen leek.

Ze was nog niet buiten levensgevaar en de arts noemde het zorgelijk dat ze buiten bewustzijn bleef.

'Ze ligt dus in coma?' had Ivo gevraagd en de arts wilde alleen maar zeggen dat ze zich in 'comateuze toestand bevond, waaruit ze elk moment kon ontwaken'. Dit kon echter ook nog weken duren.

Een politieagent kwam de kamer binnen en vroeg of hij ons even kon spreken.

'Uw vrouw en uw vriendin heeft vannacht rond enen ingecheckt in Hotel Jan Luijken en zij maakte een verwarde indruk. Ze heeft 's nachts geen bezoek gehad, en vandaag ook niet, hoewel de hoteleigenaar dat niet voor honderd procent kan garanderen. Er is niet altijd iemand bij de receptie. Mevrouw Lemstra gaf vanmorgen aan dat ze rond drieën zou uitchecken. Wij troffen haar spullen ingepakt op het bed aan. Om halfvier vond het ongeval plaats. Er is geen briefje gevonden. Op de vraag of het hier een zelfmoordpoging of een ongeval betreft, kunnen we nog geen duidelijkheid verschaffen. Mijn collega en ik zouden u graag ieder afzonderlijk wat vragen willen stellen.'

Ivo had helemaal geen kleur meer in zijn gezicht en knikte afwezig. Simon sloeg zijn arm om hem heen, en klopte met zijn andere hand bemoedigend op de schouder van de agent. 'Natuurlijk jongen. Ik moet alleen zo weg, ik heb een afspraak. Ik geef je mijn kaartje en dan moet je maar even bellen, goed?' Hij drukte de agent zijn kaartje in de hand en nam met een stevige omhelzing afscheid van Ivo. Tijdens het weglopen draaide hij zich nog een keer om en wees in onze richting.

'We houden contact, oké?'

Ik werd gehoord door Dorien Jager, de agente die ik eerder aan de telefoon had gehad. Ze was mollig en had kort, borstelig bruin haar. Haar misprijzende uitstraling gaf me een onaangenaam gevoel. Ik zei haar onmiddellijk dat ik niet geloofde in een zelfmoordpoging. Dat paste helemaal niet bij Hanneke. Ze was een vechter, iemand die altijd van iets negatiefs iets positiefs maakte. Ze kon hard en cynisch zijn, bijtend sarcastisch soms, maar dat kenschetste juist haar veerkracht. Met een zuinig mondje schreef Dorien iets in haar notitieboekje.

'Drinkt uw vriendin?'

'Soms, ja. Maar ik zou haar niet willen omschrijven als een alcoholiste. De avond dat ze wegliep, had ze wel iets te veel op. Maar dat hadden we allemaal. We hadden net een van onze beste vrienden begraven.'

'Ze was dus in de rouw en dronken. Hoe was haar relatie met die vriend?'

Ik schrok van deze vraag. Als ik een eerlijk antwoord zou geven, verbrak ik mijn belofte aan Babette. Dan waren de consequenties waarschijnlijk niet te overzien. Everts zelfmoord zou ook in een heel ander daglicht komen te staan.

'Gewoon, hij was de man van een vriendin van ons. Wij vrouwen vormen met elkaar een eetclub. Op die manier hebben we ook elkaars mannen leren kennen en inmiddels zijn we met z'n allen bevriend geraakt.'

'En deze vriend, Evert Struyk, is de man die zijn eigen huis in brand gestoken heeft?'

'Ja. Omdat hij ziek was. In zijn hoofd, bedoel ik uiteraard.'

'Vindt u het niet vreemd dat binnen uw vriendenkring in twee weken tijd twee zelfmoorden plaatsvinden?'

'Dat van Hanneke was een ongeluk, daar durf ik mijn hand voor in het vuur te steken. Misschien is het gebeurd omdat ze dronken was, maar het is zeker niet haar eigen keuze geweest. Het is volgens mij toeval dat dit gebeurd is vlak na Everts begrafenis.'

'Ze is toch niet zomaar in een hotel in Amsterdam terechtgekomen? Het een heeft toch tot het ander geleid, lijkt mij? Op de dag van zijn begrafenis vlucht uw vriendin naar een hotel...'

'We zijn allemaal in de war van Everts dood en vanwege het gegeven dat hij heeft geprobeerd zijn hele gezin daarin mee te slepen... We hebben nachtenlang opgezeten met elkaar. Gepraat, gehuild, geprobeerd hem te begrijpen. Door zo'n gebeurtenis word je ook geconfronteerd met je eigen problemen, je gaat je afvragen wat je leven nu eigenlijk voorstelt. Kunt u begrijpen hoe schuldig en mislukt je je voelt als een van je beste vrienden zoiets doet? We slapen allemaal met behulp van pillen, dat kan ik u verzekeren. Ik denk dat het Hanneke allemaal te veel werd. Ze was labiel, in combinatie met drank, ze wilde even weg van alles. En Hanneke is iemand die zoiets gewoon doet.'

'Is het niet mogelijk dat zo'n impulsief iemand ook zo van een balkon kan springen?'

'Onmogelijk. Ze had me ge-sms't, en daarna nog een keer gebeld om iets af te spreken. Ze was van plan terug te komen en ze klonk ook weer normaal.'

'Kan het zijn dat iemand haar heeft geduwd?'

Even hapte ik naar adem, alsof iemand me een stomp in de maag gaf.

'Nee. Dat is onmogelijk.'

'De ervaring heeft mij geleerd dat niets onmogelijk is, mevrouw. Mag ik als laatste van u weten waar u zich bevond rond vier uur vanmiddag?'

'Onder de douche, aangezien ik bezweet was van het fitnessen. Een halfuur later had ik die afspraak met Hanneke.'

'Kan iemand dit bevestigen?'

'Ik vrees van niet. Mijn kinderen waren uit spelen en verder was er niemand thuis.'

Dorien Jager schreef het met samengeknepen lippen allemaal keurig op.

14

Iedereen bleek zich bij ons verzameld te hebben, zag ik toen ik tollend van vermoeidheid onze straat in reed. De auto's stonden slordig rondom ons huis geparkeerd en door het grote keukenraam zag ik ze aan mijn eettafel zitten. Even ging er een steek van irritatie door me heen en vroeg ik me af of het niet een keer genoeg was. Ik wilde niet praten en drinken, ik wilde zwijgend in een heet bad stappen en eindelijk een keer fatsoenlijk slapen. Maar kennelijk hadden zij nog geen genoeg van het samenzijn. Onmiddellijk onderdrukte ik deze negatieve gedachten. Ze zaten natuurlijk allemaal in mijn keuken om ons en Babette op te vangen na dit vreselijke ongeluk en het was geweldig dat ze het weer op wisten te brengen.

Toen ik de keuken binnenstapte, voelde ik meteen hoezeer ik Hanneke nu al miste. Zij was mijn buffer, mijn anker in de groep. Zonder haar voelde ik me verloren en onzeker.

Patricia knuffelde me stevig. ‘Hier zul je wel behoefte aan hebben,’ zei ze en ze drukte een bel rode wijn in mijn hand. Babette keek me veelbetekenend aan met haar roodomrande ogen.

‘Nou, meid,’ zei Angela en ze legde haar hand op mijn schouder. ‘Het houdt maar niet op. We zijn echt aan de beurt.’

Ik ging zitten, nam een slok rode wijn en voelde hoe ik rustig werd van de warme gloed die zich in mijn lichaam verspreidde.

‘Ivo is zeker nog daar?’ vroeg Patricia en ik knikte.

‘Hoe is het met haar?’ Iedereen keek me gespannen aan.

‘Slecht. Ze heeft zo ongeveer alles gebroken en ze is met spoed geopereerd aan een hematoom, een zwelling in haar hersenen. Dat is goed gegaan, maar ze komt maar niet bij bewustzijn en dat is nogal zorgwekkend.’

Er viel een bedrukte stilte, die me bij de keel greep en me dwong om verder te praten. Ik zocht naar woorden, naar iets troostends of opbeurends, maar ik kon niet zeggen dat het allemaal wel goed zou komen, of mee zou vallen. Het kwam niet meer goed, nooit meer. Evert was dood en Hanneke zo goed als. Als vrienden hadden we gefaald. Het sloeg eigenlijk nergens op dat we nog zo quasi-solidair bij elkaar zaten.

Simon verbrak de stilte.

‘Hé, kom op! Laten we alsjeblieft niet allemaal depressief worden. Het is vreselijk, maar we kunnen onszelf dit niet verwijten. Iedereen is verantwoordelijk voor zijn eigen leven, zijn eigen daden. Daarnaast weten we nog niet eens zeker of Hanneke gesprongen is. Waarschijnlijk is het een ongeluk. Een tragische samenloop van omstandigheden.’

Angela lachte smalend. ‘We weten wel dat ze zich heel vreemd gedroeg de afgelopen dagen.’

‘Hanneke is een emotionele vrouw,’ sprak Babette zachtjes. ‘Dat is ook het mooie van haar. Ze gaat er vol in als er gefeest wordt en ze gaat vol in haar verdriet. Alsjeblieft, laten we niet oordelen en vervallen in verwijten die nergens op slaan. Als vrienden moeten we nu eensgezind zijn. Er wordt al genoeg geroddeld in dit dorp, laten we daar zelf niet aan mee gaan doen…’

‘Daar proost ik op,’ zei Simon en hij stak zijn glas in de lucht.

We aten Chinees en dronken koud bier. Patricia en Angela gingen beiden op tijd naar huis om de oppas af te lossen. Babette wilde alleen nog maar slapen. Nadat zij weg waren, veranderde de terneergeslagenheid in een labiele lacherige stemming, waarbij het soort slappe lach hoort dat moeiteloos in intens huilen over kan gaan. Simon zat op zijn praatstoel en vertelde de ene na de andere anekdote over louche zakenmannen. Michel en ik hingen aan zijn lippen. Het was heerlijk weer eens te lachen en te praten over iets anders dan dood en verdriet, al voelde het ook een beetje als iets stiekems, iets dat eigenlijk niet mocht in deze periode van rouw, terwijl Babette zich boven vermoedelijk vreselijk eenzaam en verscheurd voelde.

We bleven maar praten en drinken, tot we uiteindelijk dronken aan Simons dikke sigaren zaten te lurken en alleen nog maar sentimentele onzin konden uitkramen.

'Waar zouden we eigenlijk zijn zonder elkaar?' lalde Simon met gespreide armen, die hij om Michel en mij heen sloeg.

'Dit is toch waar het om draait? Waar alles om draait? Liefde, vriendschap...' Hij drukte ons met al zijn kracht tegen zich aan en gaf ons beiden een klapzoen op onze hoofden.

'Geld, jongens, geld kan mij gestolen worden. Geloof me, het doet me niks meer. Het is het spel dat ik leuk vind, het risico, snel handelen, durven, dat is te gek. En talent om me heen verzamelen. Inspirerende, positieve mensen. Zoals jullie.'

Hij sloeg Michel jolig op zijn wang, aaide met zijn andere hand langs mijn ruggengraat omlaag en gleed zo langs mijn stuitje mijn spijkerbroek in, waarna hij plagerig aan mijn string trok. Mijn hart bonsde zo hard dat ik bang was dat de anderen het konden horen. Toen stond Simon wankel op en stamelde dat hij naar huis moest. Michel kwam ook overeind en mompelde nog dat Simon zo niet kon rijden. Daarna spurtte hij richting het toilet, waar hij vol overgave zijn hele maaginhoud uitbraakte.

Met onvaste handen hees ik Simon, die hikte van het lachen om mijn brakende echtgenoot, in zijn jas en dwong hem zachtjes naar buiten voordat Michel van het toilet af zou komen. Bij de deur pakte hij mijn hand en trok me mee de snijdende kou in. 'Moet je kijken,' zei hij en hij wees naar boven, naar de volle maan waarlangs donkere wolken joegen.

'Prachtig,' stamelde ik, bibberend van de kou. Hij sloeg zijn armen om me heen.

'Simon, wat je net deed, dat kan niet.'

'Wat deed ik dan?' Hij keek me spottend aan.

'Je hand in mijn broek. Waar Michel bij zit.'

'En wat is je probleem, dat ik je zo aanraak of dat ik dat doe waar Michel bij zit?'

'Beide.'

'Het zag er zo prachtig uit. Dat zwarte stringetje boven je broek uit... Ik kon het niet laten. Je hebt een lichaam dat aangeraakt moet worden.'

'Je gaat toch niet meer rijden?'

'Ik ben zo thuis, hoor. Gewoon rechtdoor. Maak je geen zorgen.'

Zijn intense blik maakte dat ik mijn ogen neersloeg.

'Neem Michels fiets, alsjeblieft. We hebben al genoeg ellende meegemaakt...'

'*Allright.* Geef me die fiets maar. Het is een prachtige nacht om te fietsen.'

Ik haastte me naar binnen om de sleutel van de schuur te pakken en zag nog net hoe Michel zichzelf laveloos de trap op hees.

'Ik moet naar bed, Ka, ik moet liggen... Morgen ruim ik op,' kreunde hij.

'Het is goed, schat. Ik pak even jouw fiets voor Simon. Hij kan echt niet meer rijden.'

Michel kon slechts nog kermend antwoorden.

Met mijn zwarte ski-jack om mijn schouders geslagen trippelde ik zo nonchalant mogelijk over ons kiezelpad naar het schuurtje. Ik wist dat Simon me volgde. Ik wilde dat Simon me volgde. Al toen ik Michel zo lam aan de trapleuning zag hangen, wist ik dat het zou gaan gebeuren.

Ik snoof de geur van vrieskou op, om niet flauw te vallen van de spanning en enigszins te ontnuchteren. Ik probeerde me schuldig te voelen over wat er stond te gebeuren, maar het lukte niet. Bevend probeerde ik de sleutel in het slot te steken, en toen dat niet lukte, nam Simon het over. We grinnikten om ons gestuntel en gewaggel en ik stamelde nog wat over Michel, hoe zat hij was, terwijl Simon mijn haren begon te strelen, zijn wijsvinger onder mijn kin legde en me kuste. Voorzichtig drukte hij zijn volle, ruwe lippen op de mijne en toen onze tongen elkaar traag vonden, kreunde hij. Mijn knieën werden slap, alsof ineens al mijn spieren vloeibaar werden en mijn twijfels verdwenen. Ik wilde deze man. Dit was het onvermijdelijke moment dat ik al twee jaar voelde naderen.

Zoenend strompelden we de schuur in, onze monden lieten elkaar geen seconde los en mijn hele lichaam kookte van verlangen. Het jack gleed van mijn schouders, maar de kou deerde me niet, ik was in staat al mijn kleren uit te trekken om zijn handen op mijn blote huid te kunnen voelen. Simon wurmde zich snuivend uit zijn jas, trok me aan mijn heupen tegen zich aan en schoof zijn koude handen achter in mijn broek. Zijn dronken onhandigheid was op slag verdwenen. Ik voelde zijn erectie tegen mijn buik en zonder enige aarzeling maakte ik zijn riem los, ritste zijn broek open en vouwde mijn hand om zijn warme, harde, kloppende geslacht. Ik trapte mijn laarzen uit, Simon stroopte mijn spijkerbroek naar beneden, tegelijk met mijn string, ging door de knieën en stak zijn neus in mijn schaamhaar. Met zijn handen omvatte hij mijn billen en trok mijn heupen hongerig naar zich toe. Zijn warme adem deed mijn kruis tintelen en ik sidderde toen zijn tong bij me naar binnen glipte en traag langs mijn schaamlippen streek. Hij kwam weer omhoog, likte mijn navel en greep naar mijn borsten, die nog gevangenzaten in mijn beha. Ongeduldig begon hij aan de sluiting te friemelen, intussen happend naar mijn mond.

'Proef hoe zalig je bent,' kreunde hij, waarop ik zijn lippen likte en mijn eigen zilte vocht proefde. Er viel een fles kapot, hij tilde me op, ik sloeg mijn benen om zijn middel, hij duwde me tegen Michels werkbank en mijn adem stokte toen hij met een doortastende stoot in me kwam. We neukten als hunkerende beesten in het donker, hijgend, smakkend, trillend en grommend. Als Michel binnengekomen was, waren we waarschijnlijk gewoon doorgegaan, bezeten als we waren.

‘En nu nog een wodka en een sigaartje.’ Hij streek langs mijn wang met zijn gehavende lippen en grinnikte. ‘Je bent een prachtvrouw, Karen. Jouw lijf is zo zacht, je bent gemaakt voor seks. Dat wist ik al toen ik je voor het eerst zag.’

Simon stak zijn hand tussen mijn dijen, kneep zachtjes in mijn vel en kreunde nogmaals. Ik kuste hem en begon op de tast mijn broek en string te zoeken. Het liefst wilde ik huilen, iets wat me al jaren niet meer was overkomen na het vrijen. Simon hees zijn broek omhoog, ritste zijn gulp dicht en trok zijn jas weer aan. Stuntelig wurmde ik me in mijn spijkerbroek en laarzen. Nu pas voelde ik hoe de kou mijn vingers en mijn tenen verstijfde.

‘Ik wil je niet verlaten, schoonheid, ik wou dat we de hele nacht door konden vrijen en daarna in elkaars armen in slaap vallen. Maar we moeten heel voorzichtig zijn...’ Hij omhelsde me en kuste het puntje van mijn koude neus.

‘Ga maar... Michel zal zich ook wel afvragen waar ik blijf...’

‘Je moet je geen zorgen maken, Karen. Niemand komt dit ooit te weten. Jij bent mijn geheim.’

Ik vlijde me tegen hem aan en dacht aan de beloften die Michel en ik elkaar hadden gedaan. We zouden elkaar tijdig inlichten als een van ons iets voor een ander voelde. Vreemdgaan paste niet in onze relatie en diende eerlijk opgebiecht te worden als het was gebeurd. Mocht het ooit zover komen, dan zouden we het veilig doen en nooit, maar dan ook nooit met iemand binnen onze eigen kring. Ik had alle beloften in nog geen tien minuten verbroken zonder me één seconde schuldig te voelen. Simon maakte zich van me los, stak zijn handen in zijn leren handschoenen en trok Michels fiets tussen de andere fietsen vandaan.

‘Ik verheug me nu al op het terugbrengen,’ fluisterde hij grijnzend.

Ik keek toe hoe hij met rechte rug het donker in fietste, zijn nonchalante haardos wapperend om zijn hoofd. Hij keek niet om. Ik kon niet naar binnen en naast Michel gaan liggen alsof er niets aan de hand was. Mijn hart bonsde te hard, in mijn hoofd raasde een aan paniek grenzende onrust. Het liefst wilde ik rennen, gewoon rennen om weer leeg te worden en niet na te hoeven denken.

15

Het was een cadeautje van Ivo, op de eerste verjaardag van de eetclub: een geheel verzorgd weekje Portugal, in een villa in zijn golfpark. De mannen zouden voor de kinderen zorgen. Hij had alles geregeld. Een Saab cabrio zou voor ons klaarstaan op het vliegveld, drie dagen lang golfles, een dagje beautyfarm in een van de meest vooraanstaande spa's van Portugal en ter afsluiting een diner op een zeiljacht voor de kust van Carvoeiro. We zaten net aan de tiramisu in Angela's landelijk ingerichte keuken, toen de mannen ineens flink aangeschoten en verkleed als vrouwen binnenvielen. Ze wapperden met de tickets terwijl Ivo, eruitziend als een soort Sugar Lee Hooper, gierend van het lachen binnenstommelde met de maquette van zijn golfpark. Wij gilden als een stelletje hysterische schoolmeiden van enthousiasme; een week lang zonder mannen en kinderen genieten van de Portugese zon, dat was iets waar we al een jaar lang over fantaseerden.

Een uur later stonden we allemaal met een flesje bier in de hand te swingen om de keukentafel, de kerels nog steeds in onze jurken, hun gezichten vlekkerig van de make-up. We stampten en klapten mee met de Gypsy Kings, vielen elkaar opgewonden en dronken om de hals en schreeuwden en joelden het uit. Hanneke klom op tafel en toonde haar jarretelles, Patricia ging naast haar staan en knoopte haar paarse satijnen blouse open. Op aanmoediging van de heren trok ook Hanneke haar truitje uit en tilde Patricia haar rokje op om heupwiegend haar string te laten zien. Ik wist niet of ik dit nu te gek of zeer gênant moest vinden. Ze sprongen weer van tafel, waarbij Hanneke bijna onderuitging, en dansten halfnaakt vrolijk verder.

Een voor een trokken ook de anderen met oververhitte gezichten giebelend hun kleren uit. Ik had daar helemaal geen zin in. Wat hier gebeurde gaf me een ongemakkelijk, onbestendig gevoel. Ik wilde helemaal niet bij dit ordinaire zootje horen. Het opzwepende gitaarspel van de Gypsy Kings werd vervangen door Marvin Gaye, wiens geile stem geheel paste bij de broeierige stemming die er heerste. Ik zag hoe Babette het licht dimde en vervolgens driftig Michels topje omhoog begon te sjorren. Hij lachte verlegen en onhandig, maar hij liet het tot mijn grote ergernis allemaal over zich heen komen. Angela's borsten deinden bevallig in een zwart kanten hemdje, terwijl ze met uitgestrekte armen en een stralende glimlach op me afkwam.

'Kom op, Karen, laat je 'ns gaan! Gewoon lekker gek doen!'

Met haar armen om mijn middel probeerde ze me ertoe te bewegen mee te wiegen, maar mijn lijf zat op slot, was zo stijf als een plank. Ik moest hier weg. Het was overduidelijk waarin dit feestje zou eindigen en dat ging mij een stap te ver.

Michel noemde me kinderachtig, een aanstelster en vond dat het allemaal wel meeviel. We liepen naar huis en moesten onze stemmen verheffen om elkaar te verstaan, zo hard waaide het. Takken kraakten en zwiepten dreigend boven onze hoofden en maakten dat ik me nog opgefokter voelde. Michel zag er potsierlijk uit, in mijn lange rode rok waaronder hij zijn eigen loafers weer aan had getrokken. Hij begon te grinniken. Ik vroeg hem waarom hij lachte.

'Ze liet me haar nieuwe borsten zien...'

'Wat?'

'Ja, echt, ik kwam uit het toilet en zij stond daar te wachten. Ze trok haar truitje naar beneden, pakte haar tieten en vroeg me wat ik ervan vond.'

'En?'

'Ik zei dat ik zeer onder de indruk was. Toen vertelde ze dat ze ze van Evert had gekregen, na de geboorte van Luuk. En dat ze als jong meisje al wenste dat ze zulke tieten had.'

'Jezus!'

'Ach, ze was een beetje lam. Je gaat dit niet doorkletsen aan Hanneke, hoor!'

'Ik vind dit wel stuitend...'

'Ik vind het wel geil...'

'Nepborsten?'

'Ze zagen er anders verdomd echt uit.' Hij schaterde het uit.

'En daarmee moet ik naar Portugal. Met een wijf dat mijn man haar borsten laat zien...'

'Maak je niet druk. Er is verder niets gebeurd. Iedereen sloeg een beetje door. Ik vond het juist wel leuk, een beetje leven in de brouwerij...'

'Dus volgende keer mag ik mijn tieten aan andere mannen laten zien?'

'Zoiets zou jij nooit doen.' Hij pakte mijn hand en gaf er een kus op. 'Daarom hou ik van je. Jij hebt klasse.'

Voor het eerst sinds het bestaan van de eetclub vroeg ik me af of wij wel bij deze club pasten, of onze werelden eigenlijk niet mijlenver uit elkaar lagen.

Uit Hanneke kreeg ik niets de volgende ochtend, behalve dat het zeer laat geworden was. Ze hadden gedanst en gezopen, nog wat jointjes gerookt, meer niet. Ze had knallende koppijn en ja, ze schaamde zich te pletter dat ze in haar jarretelles op tafel had gestaan. Ze gilde het uit toen ik vertelde dat Babette haar borsten aan Michel had laten zien.

'Moet ik haar hierop aanspreken?' Ik lepelde het dikke, romige schuim van mijn cappuccino en keek haar vragend aan.

'Doe even normaal! Natuurlijk niet. Laat gaan, joh. Dat soort dingen gebeurt met drank op. Je moet het niet groter maken dan het is.'

Hanneke hoestte. Een zwaar gerochel borrelde achter haar borstkas op.

'Misschien moet je nog een sigaret opsteken...' zei ik. Ze gaf me een fronsende blik.

'Ik vind het gewoon niet kunnen dat een vriendin van mij zoiets doet... En dronken zijn is toch geen excuus?'

'Ach Ka, doe niet zo serieus. Ze heeft hem toch geen oneerbaar voorstel gedaan? En dan nog... Het is gewoon een beetje lol maken. Dat doe jij toch ook? Beetje flirten, beetje kijken of je nog in de markt ligt...'

'Niet zo in het openbaar. En ik wapper ook niet met mijn borsten zodra er een man in de buurt komt. Dat vind ik wel heel platvloers.'

'Ik weet niet. Het is wel lef hebben...' Ze grinnikte en hoestte tegelijk. Ik klopte op haar rug tot de hoestbui weer voorbij was. Hanneke greep mijn pols en keek me ernstig aan.

'Je gaat niet moeilijk doen, hoor! Het levert je niks op, behalve een hoop gezeik. En dan ben jij de lul van het spul, hoor, niet zij.'

'Je zult wel gelijk hebben. Maar ik hou gewoon van openheid... Wat stelt vriendschap voor als je iemand niet kunt vertrouwen, als iemand achter je rug om haar borsten aan je man laat zien?'

'In de eerste plaats deed ze het niet achter je rug om en in de tweede plaats zit je hypocriet te doen. Als Simon aan je billen zit op een feestje, vertel je dat ook niet aan Michel en Patricia. En natuurlijk niet. Als we dat allemaal zouden doen, kunnen we wel aan de gang blijven.'

Er viel een stilte. Hanneke grijnsde triomfantelijk en ik glimlachte terug. Daar had ze een punt.

'Je wilt niet alles weten en je wilt ook niet dat Michel alles weet, toch? Het gaat erom dat je het leuk hebt met je man en met je vrienden. Hou het leuk.'

Terug fietsend naar huis, terwijl de snijdend koude wind zich door mijn zwarte wollen jas boorde, dacht ik na over Hannekes woorden. Ik wilde niet zeuren, niet de moraalridder uithangen, ik wilde het gewoon leuk hebben, net zoals iedereen. Het was heerlijk om deel uit te maken van deze groep gekke, succesvolle, creatieve mensen, om bij hen te horen. Hun glans gaf mij glans. Al kenden we elkaar nu een jaar, toch had ik bij hen nog steeds het gevoel dat ik op mijn tenen moest lopen. Het was hetzelfde knagende, ongemakkelijke gevoel dat ik had als puber op de middelbare school, te midden van mijn stralende, populaire vriendinnen: elk moment kon ik afgewezen worden, elk woord, elk gebaar, elke kritiek kon uitsluiting betekenen. In ruil voor een plek in de groep leverde ik mezelf in. Ik schudde mijn hoofd om deze gedachten te laten verdwijnen, want ik wilde niet twijfelen aan mijn vrienden en mijn eigen rol binnen onze club. Ik hoorde blij te zijn met mijn nieuwe, volle leven. Dit was het leven waar iedereen van droomde. En ik leefde het. Wat zat ik nou te zeiken?

Het lag niet aan hen dat ik me zo gespannen en onzeker voelde, zij hadden hun sympathie voor mij allang bewezen. Ik moest gewoon ophouden met bang zijn dat ik niet goed genoeg bevonden werd.

Weer zag ik Babette voor me, hoe ze zich tegen Michel aan vlijde en hem van zijn kleding probeerde te ontdoen. Zijn hand die langs haar blote rug gleed. Het hoorde erbij. Het stelde niets voor. Zo gingen we nu eenmaal met elkaar om, speels en vrij, experimenterend binnen onze eigen veilige, vertrouwde omgeving. Ik nam me voor in het vervolg gewoon mee te spelen en niet meer te vragen naar de regels.

16

De zachtgeel gepleisterde villa lag op een heuvel en keek uit over een gifgroene, glooiende golfbaan, hier en daar onderbroken door cipressen en vijvertjes, waarin de waterlelies bloeiden. Het had een veranda, een groot balkon waarover bougainville groeide en een prachtig aangelegd terras aan de achterkant. Hanneke en ik hadden dorades, courgettes, venkel, knoflook en tomaten gekocht op de markt en dit omgetoverd tot een heerlijke ovenschotel, die we nu aan de rand van het zwembad opdienden. We zaten al vanaf vijf uur aan de witte wijn en onze hoofden gloeiden van de zon, alcohol en totale ontspanning. Patricia hief haar glas en bracht een toast uit op onze vriendschap, die dankzij deze week nog hechter was geworden. Wij beaamden dit juichend. 'En wat hebben we toch heerlijke mannen, die dit allemaal mogelijk hebben gemaakt!' riep Angela glunderend.

'Al kun je je ook afvragen waaróm ze ons een week weg hebben gestuurd,' antwoordde Hanneke. De enige die nog niet aan tafel zat, was Babette. We begonnen ons net af te vragen waar ze bleef, toen ze met een somber gezicht aan kwam lopen. Haar make-up kon haar gezwollen, rode ogen niet verbergen. Patricia boog zich onmiddellijk moederlijk over haar heen.

'Hé meid, kom hier, wat is er?'

'Laat maar. Het gaat alweer. Alsjeblieft, laten we gaan eten.'

'Kom op, je kunt ons gerust vertellen wat er is.'

Hanneke schepte de borden op.

'Ja, we eten ondertussen heus wel door.'

'Nee. Ik wil jullie vakantie niet verpesten. Er is niks.'

Ze rilde en ondanks de warmte stond het kippenvel op haar bruine armen. Ik schonk een glas witte wijn voor haar in en reikte het aan. Bevend pakte ze het glas aan. Ze nam een flinke teug.

'Nou, vertel, is er iets met de kinderen? Met Evert?' Hanneke zette een dampend bord eten voor haar neus.

'Ja, Evert,' zei ze schor. 'Het gaat niet goed met hem. Al een tijdje niet, eigenlijk. Ik wil liever niet dat iemand dit weet. Dus jullie moeten je kop houden! Het is zo vernederend. Maar goed, het zal waarschijnlijk toch allemaal uitkomen.'

Tranen gleden traag over haar wangen. Het was voor het eerst dat een van ons binnen dit gezelschap huilde. En hoe. De meesten van ons werden lelijk van huilen, maar zij niet. Nog nooit had ik iemand zo mooi verdriet zien hebben als Babette. Het was het soort verdriet dat smeekte om troost en aanraking. We zwegen onhandig in afwachting van wat komen ging en Hanneke stak een sigaret op, ondanks het eten dat voor haar stond.

'Op dit moment… Er is een dokter bij hem en waarschijnlijk gaan ze hem opnemen.'

'Opnemen? In het ziekenhuis?' Met open mond staarden we Babette aan.

'Is hij ziek? Wat heeft hij?'

Babette schudde haar hoofd en hief haar handen afwerend in de lucht.

'Hij heeft niets ernstigs of zo, tenminste, hij gaat er niet dood aan. Het is geestelijk.' Ze tikte met haar gelakte nagel tegen haar hoofd.

'Noem dat maar niet ernstig.'

'Ik had Simon aan de telefoon. Volgens hem is Evert compleet doorgedraaid.'

Babette schraapte haar keel.

'Simon? Wat heeft hij ermee te maken? Belde hij jou?'

Patricia's blik veranderde van meelevend in geïrriteerd. Ze hield haar handen gevouwen voor haar mond en staarde Babette streng aan.

'Nee, het ging allemaal heel rommelig. Eerst belde Evert. Hij sloeg echt wartaal uit. Ik wist meteen dat het helemaal mis was. Ik moest onmiddellijk naar huis komen, zei hij, want ze wilden hem vermoorden omdat hij de goddelijke gave bezat, en toen ik hem vertelde dat ik pas morgen op zijn vroegst thuis kon zijn, begon hij me uit te schelden. Ik was de hoer van Babylon... spande met de duivelse krachten tegen hem samen... Ik werd zo bang. Ik kon alleen maar aan de kinderen denken. Ik vroeg hem: Waar zijn de jongens? Waarop hij mompelde dat hij ze in veiligheid zou brengen.'

'Ik ga Ivo bellen. Hij moet erheen. Of de politie, misschien moeten we de politie bellen.' Hanneke hield haar mobiel in de aanslag.

'Je hoeft niet te bellen, Simon is bij hem. Hij nam de telefoon van Evert over. Het bleek dat Evert hem in de kantine van de golfclub uit heeft staan schelden, waarna hij als een dwaas is weggereden. Simon is achter hem aan gegaan en trof hem bevend in de klerenkast van de slaapkamer aan. De jongens waren godzijdank bij vriendjes aan het spelen. Simon heeft onze huisarts gebeld. Die is gekomen. Nu is het wachten op de crisisdienst.'

Er viel een stilte. Ik staarde beduusd voor me uit, naar het witte tafelkleed en durfde niemand aan te kijken. De onmacht die ons overviel was bijna tastbaar. Dit hoorde niet. Dit paste niet binnen onze club. Te moeilijk. Te confronterend. Niemand van ons sprak het uit, maar we voelden het zo. Babette had deze situatie niet voor niets 'vernederend' genoemd.

'Crisisdienst?'

'Ja. Om hem mee te nemen. Naar de psychiatrische afdeling van het AMC.'

'Had je dit niet kunnen zien aankomen?' Hannekes stem klonk bits.

'Nee! Ik weet het niet... Hij is al maanden somber, dat wel. Slaapt slecht, maakt zich zorgen. Hij denkt dat we aan de rand van een faillissement staan, terwijl dat volgens mij wel meevalt. En hij beschuldigt mij van de raarste dingen. Dat ik zijn geld erdoorheen jaag, dat ik met Jan en alleman zit te flirten, dat ik de kinderen verwaarloos. Hij houdt elke stap die ik zet in de gaten, belt constant. Daar hadden we ruzie over, vlak voordat ik hierheen ging. Ik vroeg hem of hij mij niet om het uur wilde bellen. Toen flipte hij volledig...'

'Iemand wordt toch niet zomaar gek?'

'Luister meiden,' zei Angela terwijl ze haar handen op tafel legde en driftig de plooien van het tafelkleed glad begon te strijken. 'Evert is niet gek. Hij is misschien overspannen of heeft een burnout en dat gaat vanzelf weer over, met rust en de juiste therapie. Dat kan ons allemaal overkomen. Je moet niet vergeten onder wat voor hoogspanning die mannen werken. Babette, je moet nu even alles opzij zetten en er voor Evert zijn. Hem bijstaan. Zorgen dat hij zo snel mogelijk weer de oude is.'

Het tjirpen van de krekels zwol aan en het klonk ditmaal niet als een tropisch, maar als een angstaanjagend geluid.

'En de kinderen, waar gaan zij nu heen?' Patricia trok nerveuzig aan haar donkere krullen en keek ons een voor een met een vragende blik aan.

'Simon haalt de jongens op en neemt ze mee naar huis.'

Angela stond op en liep naar Babette. Ze omhelsden elkaar.

'Ach meid... Wat een toestand. Wat een verschrikking. Waarom heb je ons niet eerder in vertrouwen genomen? We hadden je kunnen helpen... We gaan je helpen.'

Babette begon te snikken.

'Ik ben vooral héél bang. Dat is toch vreselijk? Bang zijn voor je eigen man... Hij heeft me zelfs geslagen, tijdens die ruzie!'

'Dat was híj niet, dat was zijn ziekte. Prent dat maar in je hoofd. Hij komt er weer bovenop. Dat zul je zien. Sterker nog, waarschijnlijk komt hij er als een beter mens uit. Een burn-out kan ook een fantastisch leermoment zijn. Het ergste is achter de rug. Hij krijgt hulp...'

'Hij, hij, hij! En ik dan? Wat moet ik? Ik ben geslagen, hij beschuldigt mij van van alles en nog wat! Daar kan ik niet zomaar overheen stappen. Het doet pijn! Jullie weten niet hoe het voelt als je man zich ineens tegen je keert. Hoe het is om bang voor hem te zijn en vernederd te worden!'

Haar stem sloeg over. De wanhoop die erin doorklonk, ontroerde ons. We slikten allemaal onze tranen weg.

'Natuurlijk begrijpen we dat,' fluisterde ik, in de hoop dat zij erdoor zou kalmeren. 'Nu hij opgenomen wordt, heb jij ook even rust.'

Babette knikte verslagen en zei dat ze alleen wilde zijn. Met een glas wijn in haar hand liep ze de villa in en liet ons bedremmeld achter.

Ik kon niet slapen die nacht. Vanuit mijn bed keek ik tussen de crèmekleurige gordijnen door naar de bijna lichtgevende sterrenhemel en dacht aan de laatste keer dat ik Evert had gezien. We brachten allebei de kinderen naar school en hij had me even enthousiast en vrolijk als altijd begroet. Hij had me gevraagd of ik zin had in het weekje Portugal en grappen gemaakt over wat zij als mannen allemaal zouden uitvreten, als wij dames weg waren. Er was me niets vreemds aan hem opgevallen.

Ik kreeg het koud, al was het een zwoele nacht en ik trok de lakens over mijn neus. Naast me lag Hanneke zachtjes te snurken en ik voelde me ineens ontzettend eenzaam en bang. Ergens klopte er iets niet. Daar was ik plotseling van overtuigd. Wanhopig probeerde ik deze hersenspinsels te onderdrukken. Het sloeg nergens op wat ik me allemaal ineens in het hoofd haalde. Ik had te veel witte wijn gedronken en dat maakte me paranoïde. Wat Evert was overkomen, had niets met ons te maken. Niemand van ons had dit kunnen voorkomen, zelfs zijn eigen vrouw niet. Hij was ziek in zijn hoofd en dit was waarschijnlijk geëscaleerd omdat hij alleen was. Ik voelde ook een soort boosheid, en iets van teleurstelling. Evert had ons partijtje verstoord door gek te worden. Zijn ziekte was een scheurtje in ons vernis. Een woord zoemde voortdurend in mijn hoofd en het was een woord dat in het geheel niet bij me paste. Ik wilde zo niet denken. Voor ik in dit dorp woonde, voor ik deze vrienden kende, had dit woord voor mij geen enkele betekenis. Maar er was een nieuwe stem mijn hersenen binnengedrongen, en die stem fluisterde krachtig: 'Loser. Evert is een loser.' Het was deze stem die me bang maakte. Wat voor mens was ik in hemelsnaam geworden?

17

Het enige wat nog herinnerde aan het drankgelag van de afgelopen nacht was een ranzige sigarenlucht en de zeurende kater in mijn hoofd. Mijn lippen waren vurig gezwollen en door mijn lijf golfden herinneringen aan Simons hand tussen mijn benen, zijn mond om mijn tepel, zijn warme adem in mijn schaamhaar. Terwijl ik boterhammen smeerde voor de kinderen, werd ik opnieuw nat. Ik schudde mijn hoofd in de hoop dat deze beelden zouden verdwijnen. Het was goed geweest. Fantastisch zelfs. Onvermijdelijk ook. Maar hier zou ik het bij laten. Het was eens maar nooit weer. Hij was te dichtbij, de man van een vriendin nota bene. En hij was te leuk, had een gevoel in me losgemaakt dat ik al jaren niet meer had, waardoor ik nu geen hap door mijn keel kon krijgen en een constante neiging tot glimlachen voelde. Dit kon niet, dit mocht niet, dit was voorbij al mijn grenzen. Ik hield van Michel. En al hield ik misschien niet meer zo hevig van hem als vroeger, hij was de vader van mijn kinderen, aan hem had ik eeuwige trouw beloofd. Als hij erachter zou komen zou ons huwelijk die crisis niet overleven, vreesde ik. De waarheid zou mijn huwelijk kapotmaken en dat was het niet waard. De komende tijd moest ik Simon zoveel mogelijk mijden.

'Hallo, is daar iemand?' Babette tikte op mijn hoofd en keek me vragend aan.

'Sorry. Ik heb een megakater...'

'Dat zal wel. Niet dat je er beroerd uitziet, hoor, maar ik zag al die flessen staan vanochtend. Wodka. Hoe kun je die troep drinken? Was Simons idee zeker?' Bij het horen van zijn naam werd ik rood en ik wendde mijn hoofd af in de hoop dat zij het niet zou zien.

'Ik wil vandaag naar Hanneke. Ga je mee?' Babette gooide water in het espressoapparaat, schepte koffie in de houder en drukte op het knopje, waarna een oorverdovend gebrom losbarstte. Ze had de melk al tot dik schuim geklopt, jus geperst voor de kinderen en de vuile glazen, lege flessen en volle asbakken van de nacht ervoor opgeruimd. De kinderen renden in hun dikke winterjassen als koddige Michelinmannetjes om de tafel, totdat Babette er met stemverheffing een einde aan maakte.

'Ik breng ze wel naar school,' zei ze en ze trok haar zwarte lammycoat aan. Ze zag er prachtig en trots uit.

'Weet je het zeker?' vroeg ik, waarna ik een klein hapje van mijn beschuitje met kaas nam.

'Ik moet er een keer doorheen. Ik wil mijn leven weer oppakken. Ook voor de jongens...'

'Dat snap ik, maar je moet wel de tijd nemen. Iedereen zal bij school op je afkomen. Kun je dat aan?'

'Welnee, dat durven die vrouwen helemaal niet. Ze zullen me van een afstandje aangapen en tegen elkaar fluisteren hoe zielig ik ben. Ik ben besmet, Karen, besmet met verdriet. Daar kunnen mensen helemaal niet mee omgaan. Maar ik ben eraan gewend, het is al zo sinds Evert opgenomen werd. Ga je straks mee naar Hanneke?'

Ik knikte en schaamde me voor het feit dat Hanneke vanochtend niet als eerste in mijn gedachten was opgekomen. Ik ruimde de tafel af, gooide mijn beschuitje weg en wilde net naar boven lopen om me op te maken, toen ik mijn mobiel tweemaal hoorde piepen. Een berichtje. Het zweet stond in mijn handen. Ik vermoedde van wie het was. Ik zou het moeten verwijderen. Niet eens bekijken. Met trillende handen viste ik mijn mobiel uit mijn tas en opende het bericht.

Mogge schoonheid, van8 was hemels + voor onbeschonken herhaling vatbaar!! XXX overal

Mijn hart begon te fladderen terwijl ik haastig het bericht verwijderde. Simon was vanmorgen wakker geworden en had als eerste aan mij gedacht. Hij had duidelijk geen spijt van wat er tussen ons was gebeurd. Ik voelde me diep gevleid. Wat maakt het uit, dacht ik, waarom zou ik mezelf dit ontzeggen? We doen niemand kwaad.

Maar Patricia verdiende mijn solidariteit. Uit respect voor haar zou ik ver uit de buurt van Simon moeten blijven. Hoewel hun huwelijk eigenlijk zíjn verantwoordelijkheid was. Kennelijk zat er iets niet goed tussen hen en dat verbaasde me niets. Patricia was een controlfreak, altijd maar bezig dat huis griezelig netjes te houden. Dat moest saai zijn op den duur, zeker voor een man als Simon. En moest ik me dan opwerpen als beschermvrouwe van hun huwelijk? Beverig flitsten mijn vingers over de kleine toetsjes.

When? XXX

Ik drukte op 'Verzenden' en weg was mijn bericht. Zo eenvoudig was het. Mijn hart ging zo tekeer dat ik op de trap moest gaan zitten om weer controle over mezelf te krijgen. Ik leek wel ziek. Ik hoorde verscheurd te worden door schuldgevoel en spijt en niet smachtend van verlangen en geilheid op de trap te zitten hijgen, wachtend op het piepende geluid van mijn telefoon. Er viel op mijn vraag ook niet zo snel antwoord te geven. Waarschijnlijk schrok hij zich rot bij het lezen van mijn berichtje, dat weinig te raden overliet.

'Je bent er echt beroerd aan toe, hè?' lachte Babette toen ze me met oververhit hoofd op de trap zag zitten met mijn mobiel in de hand.

'Met wie belde je?' Ze hing haar jas aan de kapstok en bleef tegenover me staan. Ik kon haar niet in de ogen kijken.

'Ik wou Ivo bellen, maar toen bedacht ik me dat hij in het ziekenhuis zijn telefoon helemaal niet aan mag hebben staan.' Ik was verschrikkelijk slecht in liegen.

'Ik sprak Patricia bij school. Ze vertelde me dat Hannekes toestand nog niet veranderd is. Ivo had met Simon gebeld. Zij gaan ook naar haar toe. Als je het niet redt, kan ik wel met hen meerijden...'

'Nee, het gaat wel.' Mijn hoofd explodeerde bijna.

Buiten was het zachter dan de nacht ervoor en in de lucht hing een dik pak donkere regenwolken. Ik keek naar onze schuur en bedacht dat wat er ook zou gebeuren, die schuur me altijd aan Simon zou herinneren. Ik glimlachte in mezelf, terwijl mijn knieën weer week werden bij de gedachte aan hem. We stapten in mijn auto en reden de weg op. Babette haalde een cd van George Michael uit haar tas en vroeg of ze die op mocht zetten. Het was Everts favoriete muziek en het troostte haar wanneer ze ernaar luisterde. Ze zocht het nummer 'Jesus to a Child' op en begon zachtjes mee te zingen met de zalvende, melancholische stem van George.

When you find a love
When you know that it exists
Then the lover that you miss
Will come to you on these cold, cold nights

Ik keek naar haar perfect opgemaakte gezicht, waar niets van af te lezen viel, geen pijn, geen verdriet, geen slaapgebrek. Ik keek hoe ze meeprevelde met de muziek, haar tas gespannen tegen zich aan gedrukt, alsof het haar enige houvast was, en ik vroeg me af hoe ze zich voelde, hoe ze het op kon brengen elke ochtend weer op te staan, te douchen, haar haar te föhnen, foundation aan te brengen, mascara op te doen, lippen te stiften, alles in de wetenschap dat haar man dood is en hij haar en de kinderen ook dood had willen hebben.

'Hoe hou je het allemaal vol, Babette?' vroeg ik.

'Dat vraag ik me ook af, soms. Het beste is gewoon maar bezig blijven. Niet nadenken. Als ik er nu aan toegeef, kom ik nooit meer mijn bed uit. Dus vecht ik ertegen. Ik probeer me zoveel mogelijk bezig te houden met de toekomst, het regelen van een huis voor mij en de jongens en de afwikkeling van de overdracht van de zaak. Pas als dat rond is, mag ik instorten.'

'Overdracht van de zaak?'

'Ja. Alles wordt nu op naam gezet van Simon. Hij was Everts partner...'

'Wacht even, dat snap ik niet... Nu Evert dood is, ben jij toch automatisch mede-eigenaar van dat bedrijf?'

'Nee, helaas... Het is heel ingewikkeld. Maar goed, ik zou dat bedrijf toch niet kunnen runnen. Zeker nu niet. Maar ik word niet armlastig, hoor. Ik vertrouw op Ivo en Simon.'

'Ivo heeft op dit moment ook wel wat anders aan zijn hoofd.'

'Ja...'

We zwegen. Het begon zachtjes te regenen. Babette staarde naar buiten. Ik dacht aan Hanneke, geketend aan apparaten in een ziekenhuisbed.

'Weet je dat de politie me heeft gevraagd of het mogelijk is dat iemand Hanneke geduwd heeft?' We voegden in in de file. Ik remde en schakelde terug.

'Nee! Hoe komen ze daarbij?'

'Puur giswerk. Ze vinden het nogal toevallig dat vlak na de zelfmoord van Evert een van zijn vrienden van het balkon valt.'

'Heb je ze verteld dat Evert en Hanneke een verhouding hadden?'

'Nee.'

'Ik had het wel begrepen, hoor, als je het had gezegd. Ik bedoel, door Hannekes wanhoopsdaad kunnen we moeilijk blijven zwijgen.'

'Ik heb het niet verteld, omdat ik Ivo het leed wil besparen. En Hanneke. En jou. Jij hebt me toch gevraagd er met niemand over te praten? Nou, dan doe ik dat ook niet.'

Ze keek me angstig aan.

'Ze zullen het ook aan mij vragen. Wat moet ik zeggen?'

'Wat je wilt zeggen.'

'Ik wil niks zeggen. Ik wil dat het allemaal voorbij is. En ik ben bang dat als de politie hier lucht van krijgt, ze als bloedhonden achter Ivo aan gaan.'

18

Ivo stond weggedoken in zijn bruine leren jas bij de ingang een sigaar te roken. Het was duidelijk te zien dat hij niet geslapen had. Ik kuste zijn ongeschoren wangen, hij drukte me tegen zich aan en snifte. 'Wat een zootje, hè, wat een puinhoop...'

Hij drukte me nog steviger tegen zich aan. Ik aaide hem over zijn borstelige hoofd. Hij liet me los en wierp zich in de armen van Babette.

'Wat fijn dat je er bent. Dat je het op kunt brengen. Ik ben hier niet goed in...'

Zijn grote lichaam schokte vol wanhoop. Babette wurmde zich uit zijn greep en wist hem richting een bankje te bewegen en te kalmeren. Ze hielp hem zijn sigaar weer aan te steken.

'Het is ook te veel. En hoe kun je hier nu goed in zijn? Dat hoeft ook helemaal niet. Je moet alleen wel voor jezelf zorgen, Ivo. Voor Hanneke, voor je kinderen. Zal ik koffie halen?'

Hij knikte treurig. Babette liep naar binnen. Ik ging naast hem zitten en pakte zijn hand.

'Je trilt,' constateerde hij en ik gooide het op kou en slaapgebrek.

'Die trut van de politie is er ook weer. Wat een klerewijf. Ze heeft me nu al zes keer gevraagd waar ik was rond vier uur. Ik stond in de file. Op weg naar huis. Hanneke had me gebeld dat ze 's avonds weer thuis zou zijn. Ze klonk niet depressief, integendeel, ze sprak heel duidelijk, alsof ze precies wist wat haar te doen stond. Ze zei dat ze met jou ging praten, dat ze spijt had van haar gedrag na de begrafenis, dat haar die dag heel veel duidelijk was geworden. Ze zou het me 's avonds allemaal uitleggen.'

'En dat heb je ook tegen die agente gezegd?'

'Tot op zekere hoogte. Dat wijf heeft verder niets met ons huwelijk te maken, dus ik heb haar niet gezegd dat Hanneke zei dat haar "heel veel duidelijk was geworden". Dat is iets tussen ons. Voor mij was het belangrijkste dat ze naar huis kwam. Dat ze mij...' Hij slikte en nam een trek van zijn sigaar. 'Nou ja, dat we samen verder konden. Ik weet zeker dat ze niet is gesprongen. Ik bedoel, waarom zou ze? Geef me een reden!' Hij keek me vragend aan.

'Er is natuurlijk wel een reden...' stamelde ik, en toen ik in zijn ogen keek, die zich vulden met tranen, had ik onmiddellijk spijt dat ik hierover was begonnen.

'Sorry, Ivo, maar ik weet het. Van Evert en Hanneke. En het is natuurlijk niet de echte reden. Ik bedoel, Hanneke zal zichzelf nooit van een balkon af gooien om zoiets, maar...'

'Een ongeluk! Dat is het! Ze is niet geduwd en niet gesprongen! Wie ter wereld zou Hanneke nou van een balkon willen duwen?'

'Rustig maar. De politie moet alles onderzoeken. Dat is nu eenmaal hun werk.'

'Ze smullen hiervan. Ik zie de afgunst en de haat in hun ogen. Eindelijk kunnen we een rijke klootzak naaien, dat hoor ik ze denken. Waar was je om vier uur... Alsof ik... mijn eigen vrouw...'

Babette kwam aanlopen met drie dampende bekers koffie in haar handen geklemd. Ivo legde zijn hand op mijn knie en kneep er zachtjes in als teken van verstandhouding.

'Als wij elkaar via de politie gaan lopen beschuldigen, gaat álles naar de kloten. Niet alleen wij, maar iedereen. Dat is wat ze willen. Dus let op je woorden, Karen. Alsjeblieft. Zij hebben geen reet te maken met mijn relatieproblemen.'

Een ijzige wind stak op. Ik pakte mijn beker aan van Babette, waarna ik bibberig een slok nam. Ik keek naar Ivo en Babette, die naast me gezeten tegen elkaar aan leunden en troostende woorden tegen elkaar fluisterden. Hun partners hadden iets met elkaar gehad en dat moest en zou geheim blijven. Waarom? Alleen maar omdat het te vernederend voor hen zou zijn als het bekend werd? Ik wreef over mijn slapen om mijn verwarde gedachten, de verdenkingen die ontsproten in mijn hoofd, de kop in te drukken. Dit ging over mijn vrienden, die voor mij, Michel en mijn kinderen alleen maar goed geweest waren. Ik hield van ze, als zij niet in mijn leven waren gekomen, was ik misschien wel gek geworden van eenzaamheid. Hoe kon ik denken dat iemand van hen iets te maken zou hebben met de dood van Evert en de val van Hanneke?

Dorien Jager en een collega stonden met een druk gebarende Simon te praten voor de kamer waar Hanneke lag. Even leek het of mijn lichaam ter plekke zou exploderen toen ik Simon in de verte zag staan, maar door mijn nagels in de muis van mijn hand te boren en diep adem te halen, wist ik mezelf overeind te houden en op redelijk ontspannen wijze naast Babette te blijven lopen, richting de man wiens zaad vanochtend nog tussen mijn benen plakte. Zijn ogen waren iets gezwollen en zijn wangen ongeschoren. Hij zag er vermoeid en katerig uit, en daardoor aantrekkelijker dan ooit. Even kneep hij zijn ogen samen toen onze blikken elkaar vonden, maar verder negeerde hij ons volkomen. Het gesprek met Dorien was overduidelijk niet erg geanimeerd en viel stil toen wij langsliepen.

Patricia zat met een bedrukt gezicht naast Hannekes bed en veerde op toen wij binnenkwamen. Ik dwong mezelf haar in de ogen te kijken en te kussen en het ging me wonderbaarlijk goed af, al gonsde het in mijn hoofd dat ik een walgelijke verraadster was.

'Het is niet goed,' fluisterde ze, terwijl ze Hannekes gehavende arm streelde. Ik boog me over Hanneke heen en drukte een voorzichtige zoen op het verband dat om haar hoofd zat. Achter mijn ogen drukte de tranen, die ik niet wilde laten lopen, omdat ik bang was dat ik nooit op zou kunnen houden met huilen en ik me gierend in Patricia's armen zou storten om haar te zeggen hoezeer het me speet wat ik had gedaan. Babette bleef aan het voeteneind staan en keek met verschrikte blik en haar handen voor haar mond geslagen naar onze gewonde vriendin.

'Weet je wat ik steeds denk?' mompelde ze met verstikte stem. 'Dat zij straks samen zijn, ergens daarboven. En ik hier. Alleen.'

'Zo moet je niet denken, Babette.'

'Ik had dood moeten zijn. En mijn jongens. Evert had de brand willen overleven, om met haar verder te kunnen. Dat was het idee. Wij waren ballast.'

Patricia zocht mijn blik en schudde bijna onzichtbaar met haar hoofd. Ze legde een arm om Babettes schouder.

'Je weet dat het niet zo is. Je moet jezelf niet zo pijnigen met dit soort gedachten. Evert was in de war. Vergeet dat niet. Er zat niets achter, behalve dat hij ziek was en dingen zag en voelde die er niet waren. De Evert van vroeger, zoals jij die kent, hield van je. Hij wilde jullie niet vermoorden.'

'Ze is hem gewoon achternagegaan. Denken jullie nooit dat zij misschien... met haar aanstekertje? Ze is gek. Net zo gek als Evert!'

'Babette, alsjeblieft!' Patricia wenkte richting de deur. 'Kom. We gaan even een stukje lopen. Naar Angela. Ze zit beneden met Hannekes moeder. Gaan we even gedag zeggen.' Zachtjes dwong Patricia haar de kamer uit.

Ik ging op het klapstoeltje naast het bed zitten, legde mijn hoofd naast dat van Hanneke en sloot mijn ogen. Het bed rook naar bloed en jodium. Ik had ooit ergens gelezen dat comapatiënten konden horen wat je tegen hen zei. Dus fluisterde ik zachtjes tegen haar: 'Zie je, Han, wat een puinhoop het hier is? Je moet terugkomen. Ik heb je nodig. Alles gaat fout, nu je in coma bent...'

Ik miste haar bijtende commentaar, haar harde lach, haar banale grappen, ik miste de vrouw die ik was bij haar.

'Ik ben volslagen de weg kwijt... Wij allemaal. Je moet me vertellen wat ik moet doen. Moet ik de politie de waarheid vertellen, of juist niet? Ik weet het niet, Han. Ik wil niemand verraden...'

Nou, hou dan ook je bek. Ik hóórde het haar zeggen. Maar haar dikke, gezwollen lippen bewogen niet. Ik pakte haar slappe hand en aaide haar vingers. Haar nagels waren afgebroken en haar trouwring was verdwenen. Alleen een licht stukje huid bewees dat ze hem ooit om had gehad.

'Waarom heb je me nooit in vertrouwen genomen?' fluisterde ik, een brok in mijn keel wegslikkend. Ik wist wat ze zou antwoorden.

Omdat je zo'n godvergeten moraalridder bent. Zo noemde ze me vaak, en dat was ik ook, tot voor vannacht. Of de discussies tijdens de eetclub-avonden nu gingen over vreemdgaan, politiek, plastische chirurgie of de rolverdeling binnen het gezin, ik was altijd degene die het beste wist wat goed of fout was en Hanneke wist dat ik haar verhouding met Evert onmiddellijk had afgekeurd, dat dit onze vriendschap zwaar op de proef zou stellen.

'Het is allemaal jouw schuld! Als jij niet uit dat stomme raam was gevallen, was Simon niet bij ons gekomen, waren we niet dronken geworden, was ik nu niet zo in de war geweest, en nog steeds dezelfde moraalridder...'

Ivo kwam binnen en ging aan de andere kant van het bed staan. Hij kuste op zijn vingertoppen, drukte die op Hannekes mond en glimlachte verliefd naar haar.

'Je vader gaat de kinderen halen, liefje,' zei hij met haperende, hoge stem, terwijl zijn kin begon te trillen.

'Mees en Anna komen eraan. Dus je moet nu wakker worden, meid. Voor je kindjes...'

Een suizende piep klonk in mijn oren en het leek even of ik geen lucht meer kreeg. Gehaast verliet ik de kamer, rende over de gang naar het toilet, waar ik ijskoud water over mijn polsen liet stromen. Ik keek in de spiegel en zag een te zwaar opgemaakt, pafferig oud hoofd. Ik plensde het koude water in mijn gezicht en poetste het met mijn handen schoon. 'Hanneke mag niet doodgaan, Hanneke mag niet doodgaan,' prevelde ik voor me uit. Ik vouwde mijn vingers in elkaar en duwde mijn knokkels tegen mijn voorhoofd.

'Laat Hanneke blijven leven, alstublieft.'

19

Ik moest iets vets en zouts eten ter voorkoming van een verschrikkelijke koppijn en ging met een plastic dienblaadje in de rij voor het buffet van het ziekenhuisrestaurant staan, ondertussen om me heen kijkend of ik mijn vrienden ergens zag zitten. Het was druk. Overal zaten groepjes zorgelijk kijkende familieleden en patiënten in rolstoelen voor zich uit te staren, sommigen met slangetjes uit hun neus of een infuus bij zich. Ik haat ziekenhuizen, omdat ze me zo herinneren aan mijn kwetsbaarheid. Het is een wereld die ik niet wil zien, waar ik bang voor ben, een wereld van pijn, lijden en dood.

Ik zette een flesje cola-light en een bakje fruitsalade op mijn dienblad, schoof verder en bestelde twee kroketten op brood. Weer keek ik het restaurant in, speurend naar Babette, Patricia en Simon en ik begon me af te vragen waarom ze niet op de afgesproken plek zaten. Waarschijnlijk waren ze alweer terug naar huis. Het was duidelijk geworden dat Babette dit nog helemaal niet aankon. Maar dan zouden ze dat toch aan mij doorgeven? Waarom kreeg ik altijd alles als laatste te horen?

Ik rekende af. Pakte bestek en drie zakjes mosterd en liep in de richting van een lege tafel vlak bij de deur. Toen ik zat, zette ik mijn mobiel aan. Geen nieuwe berichten. Ik legde mijn telefoon naast me op tafel en zette het mes in de kroketten.

'Mag ik aanschuiven?'

Dorien Jager wachtte mijn antwoord niet af en kwam tegenover me zitten nadat ze haar dienblad met daarop een mok tomatensoep en een Spa Blauw op tafel had gezet. Mijn trek was op slag verdwenen.

'Zo. Heerlijk, even wat eten. Maar als ik dat neem,' Dorien wees met haar lepel richting mijn bord, 'dan zit er zo weer een kilo aan.'

Ik glimlachte, mompelde iets over mijn snelle verbranding en merkte dat ik verlangde naar drank, naar iets om weer helder te worden en waardoor ik me minder jankerig zou voelen.

'We hebben de bloeduitslagen van uw vriendin binnen. Ik heb ze zojuist ook buiten besproken met uw vrienden, de echtgenoot en de ouders van het slachtoffer.'

Dorien blies in haar soep en keek me afwachtend aan. Ik werd misselijk.

'En?'

'Het slachtoffer had zowel sporen van alcohol in haar bloed als van benzodiazepinen, ofwel slaappillen.'

'Dat kan toch van de nacht ervoor zijn?'

Dorien nam een hap soep en schudde haar hoofd. 'Nee, daarvoor zijn de waarden te hoog. Ze moet deze middelen enkele uren voor haar sprong ingenomen hebben.'

'Of voor haar val.'

'Het begint er steeds meer op te lijken dat het hier om een sprong gaat. Waarom zou ze anders op klaarlichte dag slaappillen nemen?'

'Hanneke rookt. Het kan zijn dat ze op het balkon een sigaretje wilde roken en dat ze haar evenwicht is verloren doordat ze gedrogeerd was. Zeker in combinatie met drank is dat toch ook mogelijk? Misschien nam ze die pillen om wat rustiger te worden, tegen de zenuwen.'

'Van benzodiazepinen word je niet rustig, maar raak je in coma.'

'Luister, ik had een afspraak met haar. Ze had haar man beloofd thuis te komen. Hanneke is moeder! Ze heeft zoveel om voor te leven! Het is absoluut onmogelijk dat zij zelfmoord probeerde te plegen!'

Dorien klopte vriendelijk met haar hand op de mijne en keek me indringend aan.

'Dit zijn de feiten. Ik kan er niets aan doen. Ik ken de vrouw niet, ik weet niet wat er allemaal is voorgevallen. Het komt vaak genoeg voor dat iemand in een opwelling besluit zijn leven te beëindigen. Zeker na zoiets dramatisch als wat in jullie vriendenkring is voorgevallen. Overigens weten we ook dat uw vriendin twee keer eerder in het hotel is geweest. Met een man. Op dezelfde kamer.'

Ik probeerde zo neutraal mogelijk terug te kijken, nam een muizenhapje van mijn inmiddels koude broodje kroket. Het voelde alsof ik cement at en ik was bang dat ik spontaan zou gaan kokhalzen als ik het probeerde door te slikken.

'En ik kan wel raden wie deze man geweest is, maar op basis van gokken kan ik geen onderzoek beginnen.'

'Ik heb Hanneke nog nooit over een andere man dan Ivo gehoord.'

'Ik snap wel waarom de anderen elkaar de hand boven het hoofd houden, maar van u begrijp ik het niet. Te zien aan de berichtjes in haar telefoon en de afspraken in haar agenda, is zij uw beste vriendin.'

'Hoezo denkt u dat mijn vrienden elkaar de hand boven het hoofd houden?'

'Omdat ze allemaal slaven zijn van de heer Simon Vogel. We weten hoe diep Evert Struyk erin zat...'

'Hoe bedoelt u?'

'Schulden. Evert was hem tonnen verschuldigd. Dat hij een einde aan zijn leven wilde maken, is niet zo gek. Alleen door te sterven kon hij zijn schulden aflossen, daar was hij namelijk goed voor verzekerd. Allemaal geregeld door de echtgenoot van uw zwaargewonde vriendin, overigens.'

'Wat wilt u nu eigenlijk beweren? Dat mijn vrienden iets te maken hebben met haar ongeluk?'

'Zullen we elkaar tutoyeren?' vroeg Dorien Jager.

Ik haalde mijn schouders op. Ze begon me verschrikkelijk op de zenuwen te werken. Ze lepelde haar laatste beetje soep naar binnen. 'Ik beweer niks. Dat is jouw conclusie. Misschien worstel jij met die gedachte...'

Ik dacht aan Hanneke, hoe ze erbij lag, de pijn die ze gevoeld moest hebben toen haar lichaam de grond raakte... Ik hoorde bijna het breken van haar botten, het kraken van haar schedel. Hanneke was ijdel. Ze zou nooit willen dat men haar bebloed en verminkt aan zou treffen. Als ze al een einde aan haar leven had willen maken, dan niet op deze manier.

'Als jouw vriendin het slachtoffer is van een smerig spel, vind je dan niet dat dat onderzocht moet worden? Dat de waarheid boven tafel moet komen? Of moeten haar kinderen opgroeien met het idee dat hun moeder een leven met hen niet meer de moeite waard vond?'

Kwaad schoot ik overeind, waardoor mijn stoel omviel en iedereen mijn kant op keek. Ik moest me beheersen niet weg te rennen.

'Als je het niet erg vindt, ga ik nu weer naar mijn vriendin,' murmelde ik met dichtgeknepen keel, terwijl ik de stoel weer overeind zette en mijn jas meegriste. Dorien greep mijn pols, trok me naar zich toe en zei op felle toon in mijn oor: 'Denk goed na wie je nu eigenlijk echt verraadt met die blinde loyaliteit van je.'

De frisse buitenlucht deed me goed. Ik zoog mijn longen vol koude lucht en staarde naar de mensen die kwamen en gingen. Een moeder in een rolstoel met haar pasgeboren baby in haar armen. Een oude, grijze man achter zijn rollator, met in zijn mandje voorop een bosje tulpen. Een jongen die zich verstopte onder een dikke, zwarte muts en een tribal tattoo in zijn nek had. Taxichauffeurs met opgeblazen, rode gezichten die met elkaar stonden te dollen. Ik dacht aan de dag dat ik het ziekenhuis glunderend van trots verliet met mijn kleine Annabelle. Hoe Michel mij stralend van geluk kwam halen met een overdreven grote bos rode rozen en de verpleegsters mij toefluisterden dat ik blij moest zijn met zo'n lieve man, want zo waren ze lang niet allemaal. En ik was blij. Ik was ervan overtuigd dat de geboorte van onze dochter onze liefde zo had verdiept dat er nooit meer iets tussen zou kunnen komen. Wat was er met ons en al onze mooie beloften gebeurd? Waar was dat intense gevoel van verbondenheid gebleven? Ik verlangde ineens hevig naar Michel, zoals hij vroeger was, toen we nog echt met elkaar konden praten zonder meteen in de aanval of de verdediging te schieten. De oude Michel had me kunnen helpen. Had me ervan overtuigd dat ik vóór alles eerlijk moest zijn, ongeacht de consequenties die dat met zich meebracht en als dat zou betekenen dat onze vrienden ons daarom de rug toe zouden keren, dan waren zij onze vriendschap niet waard. Aan de andere kant had ik beloofd te zwijgen. Het was niet aan mij om dit soort informatie aan de politie door te spelen, om mijn vrienden te verraden, die zelf verkozen de verhouding van Evert en Hanneke geheim te houden. Als zij geloofden dat dit niets te maken had met wat er was gebeurd, wie was ik dan om daaraan te twijfelen?

Rond Hannekes bed was het druk. Haar ouders zaten aan weerskanten met roodbevlekte gezichten verschrikt naar hun dochter en de machines die haar omringden te staren, terwijl de kinderen op de grond driftig tekeningen zaten te maken voor hun moeder. Ik had gedacht dat de anderen hier ook zouden zijn, maar Babette, Simon en Patricia waren nergens te bekennen. Ik verontschuldigde mezelf, liep op mijn tenen naar Ivo, die vertwijfeld naast zijn schoonmoeder zat, en vroeg hem fluisterend of hij wist waar iedereen was.

Er hing een vreemde, gespannen stilte, die me bang maakte. Ik legde mijn hand op Ivo's schouder, waarop hij terugdeinsde en mijn hand in de lucht kwam te hangen. Hij ontweek mijn blik. Zijn kaakspieren spanden zich.

'Het lijkt me beter dat je weggaat, Karen. Laat ons met rust,' fluisterde hij met ingehouden woede.

'Pardon?' vroeg ik.

'Ja. Ga maar. Jij hebt besloten uit de school te klappen. Ons te verraden. En dus heb je hier niets meer te zoeken.'

'Jezus, Ivo, dat is niet waar. Ik zweer je dat ik dat niet gedaan heb...'

Ik keek naar Hannekes ouders, die hun ogen neersloegen, naar Mees en Anna, die rustig doortekenden. Ivo maakte een gebaar in mijn richting alsof hij een lastige mug wegsloeg. De grond onder mijn voeten leek te verdwijnen.

Ik boog me over Hanneke heen en kuste haar voorzichtig.

'Ik denk aan je, lieve Han. Kom alsjeblieft heel snel weer terug.'

Daarna schuifelde ik onhandig langs de kinderen de kamer uit.

20

Evert was boos op iedereen, maar vooral op Simon, zijn beste vriend die hem tegen zijn wil had laten opnemen, en op Babette, die daags na haar terugkomst op advies van Everts psychiater en ons allemaal verzocht om inbewaringstelling, waardoor hij minimaal drie weken gedwongen opgenomen bleef. De bewakers voerden na deze uitspraak een scheldende en spugende Evert af.

In het begin zochten we hem om de beurt op en zaten we verstijfd van angst tegenover hem in de bezoekersruimte, waar hij nors zwijgend de ene na de andere sigaret opstak en ons bij vertrek smeekte hem mee te nemen, naar huis, naar zijn vrouw en kinderen, en huilde dat het allemaal verschrikkelijk uit de hand was gelopen. Hij was bang dood te gaan, ervan overtuigd dat ze hem daar probeerden te vergiftigen, dat het één groot complot was. Het was afschuwelijk hem zo te zien. Elke keer als we wegreden bij het AMC en hem daar wanhopig achterlieten, waren we in shock, maar er ook van overtuigd dat hij daar het beste af was.

Angela ontfermde zich als een soort moeder Teresa over Babette gedurende Everts opname. Ze haalde en bracht de kinderen, reed Babette op en neer, hielp haar aan een goede psycholoog om alles zelf weer op een rijtje te krijgen, kookte avond aan avond voor twee gezinnen en sleepte haar mee naar verjaardagen, feestjes, etentjes, de sportschool, de tennisbaan en yoga. Hanneke en ik verbaasden ons over de manier waarop Angela opging in het slachtofferschap van Babette. 'Het lijkt wel alsof ze verliefd op elkaar zijn!' insinueerde Hanneke regelmatig als ze hen weer samen had zien koffie drinken in Verdi, of als ze samen binnenkwamen op een feestje. Angela begon ook steeds meer op Babette te lijken. Ze liet blonde strepen in haar haar zetten, viel kilo's af en droeg ineens dezelfde laag uitgesneden truitjes, dezelfde zwarte, strakke broeken, rokjes en hoge laarzen. Ze zonderden zich af van de rest, tot grote ergernis van Patricia, die vóór Evert opgenomen werd de beste vriendin van Angela was geweest. 'Ze heeft een soort antenne voor zielenpoten,' mopperde zij op de paasmarkt van school, waar Babette en Angela weer samen, in op elkaar afgestemde kleding, verschenen. 'Ze claimt andermans verdriet bij gebrek aan invulling van haar eigen leven. Nu heeft ze wat te doen. Haar nieuwe doel is: red Babette!'

Ik vroeg me af of we niet heimelijk jaloers waren op het feit dat Babette Angela had uitverkoren als haar steun en toeverlaat. Wilden we Babette niet allemaal voorzien van goede raad, haar helpen en onszelf daardoor een beter mens voelen?

Terwijl Evert steeds minder bezoek kreeg, werd Babette op allerlei sociale gelegenheden omringd door mensen die met haar meeleefden. Iedereen wilde weten hoe het met Evert ging, maar niemand durfde het hem zelf te gaan vragen, met als excuus dat ze zijn woede en zijn angst niet meer konden verdragen. Ook wij niet. En we bedachten daar prachtige redenen voor. Zo vonden we dat hij het 'vanaf nu zelf moest doen', dat 'onze bezoekjes hem alleen maar van streek maakten', en dat 'het wel leek alsof hij niet beter wilde worden'.

Hanneke vond dat allemaal gelul en was uiteindelijk de enige, naast Babette, die Evert met grote regelmaat bleef opzoeken, om met hem de ontwerpen die ze gemaakt had voor zijn nieuwste winkel door te nemen. Hij was tenslotte de baas en zij weigerde hem af te schrijven. Het waren die gesprekjes die hem weer terug in de realiteit hadden getrokken en hem zin in het leven hadden gegeven, zo vertelde Evert nadat hij zes weken later was ontslagen van de afdeling psychiatrie, en hij zou Hanneke daarvoor eeuwig dankbaar blijven. Hij bedankte ons allemaal voor onze onvoorwaardelijke steun en roemde onze vriendschap, die hem door deze moeilijke periode heen had gesleurd, maar wij wisten donders goed dat we hem eigenlijk in de steek hadden gelaten omdat we ons met zijn ziekte geen raad wisten.

Evert was weer thuis, maar werd nooit meer helemaal de oude, enthousiaste vrolijke praatjesmaker die hij eens was geweest. De medicijnen, die hij heel lang zou moeten slikken, maakten hem mat en stil. Het was niet prettig om in gezelschap naast hem te zitten, omdat hij zweeg, of vreemde vragen stelde, waardoor we ons niet op ons gemak voelden. Zijn aanwezigheid drukte op de groep, maakte de gesprekken moeizaam en stroef, maar niemand van ons durfde tegen hem in te gaan, bang om hem te kwetsen, maar nog banger om gekwetst te worden.

'Je moet hem maar niet zo serieus nemen,' zei Babette. 'Dat doe ik ook niet.'

'Natuurlijk doet het me pijn hem zo te zien. Hij is verdomme mijn beste vriend!' Simon sloeg op de bar en gooide zijn laatste slok bier naar binnen. Zoals elke zaterdagnamiddag zaten we met een groepje aan de bar van Verdi. De kinderen speelden met hun fietsjes op het plein en wij dronken na gedane boodschappen een borrel met elkaar. Evert en Babette waren er dit keer niet bij.

'Weet je,' zei Kees, terwijl hij met zijn vinger een rondje in de lucht maakte, als gebaar naar de barkeeper voor een volgende ronde. 'Wij kunnen hem niet helpen. Dat moet hij nu zelf doen. Simon en ik hebben alles geprobeerd om hem er weer bij te betrekken. We hebben met hem gegolft, getennist, zijn naar Ajax geweest, hebben gemountainbiked, gewoon een avond aan de bar gehangen om te praten. Maar hij geeft geen sjoege. Hij zegt rare dingen, staart maar een beetje voor zich uit. Hij heeft een ontzettend negatieve houding en op een bepaald moment houdt het op. Het leven gaat verder en zo gaan die dingen. *You win some, you lose some.*'

'Wat bedoel je nu eigenlijk?'

Michel keek hem geïrriteerd aan. Simon pakte de biertjes van de bar en deelde ze rond. We keken allemaal afwachtend naar Kees' blozende gezicht.

'Ik bedoel... nou ja, dat ik het een beetje heb opgegeven met hem. We hebben elkaar niet meer zoveel te bieden. Misschien komt dat wel weer, als hij weer een beetje zichzelf wordt.'

'Hoe kan hij dat nou worden als wij hem als vriend laten zitten?'

'Hoho, wie heeft het hier over laten zitten?' Simon sloeg zijn arm om Michels schouders en klonk met zijn glas tegen dat van hem.

'Wij laten Evert niet vallen. Het is eerder andersom. Hij wil meer afstand van ons. Hij kan het allemaal even niet bijbenen en dat is helemaal niet gek na wat hij heeft doorgemaakt.'

'En als jóú zoiets zou overkomen, zou jij dan willen dat we je behandelden als een of andere debiel?' vroeg Hanneke met schrille stem, met haar glas witte wijn in Simons richting zwaaiend.

'Het verschil is dit: mij overkomt zoiets niet.'

'Nonsens. Het kan iedereen overkomen.'

'Nee, schat, dat is niet waar. Daar moet je aanleg voor hebben.'

Hanneke keek hem fronsend aan.

'Jullie ontlopen Evert alsof hij iets besmettelijks heeft en hij nog steeds in de war is. Hij is genezen verklaard, hij werkt, hij doet alles weer. Maar hij staat nu anders in het leven, en daar kunnen jullie niet tegen.'

'En hoe anders is dat?' vroeg Kees, met een spottend glimlachje.

'Hij weet nu dat je aan geld en status geen reet hebt, als het eropaan komt.'

Kees en Simon barstten in lachen uit.

'Jezus, Han, van welke tegel heb je die spreuk? Hou toch op.'

'Trek je maar niks aan van die eikels, hoor,' zei Patricia, die tot dan toe met haar rug naar ons toe gekeerd met Angela had zitten praten. Hanneke en ik wendden ons quasi-beledigd af van de mannen en gingen bij Patricia en Angela staan.

'Evert draait wel weer bij, het gaat elke dag een beetje beter met hem. Mannen kunnen gewoon niet zo goed omgaan met dit soort dingen. Laat ze maar brallen,' zei Angela en nam een slok van haar wijn. Daarna stroopte ze de mouw van haar poezelige witte trui omhoog en liet ons stralend van trots haar nieuwe horloge zien. Patricia en Hanneke slaakten kleine kreetjes van verrukking en ook ik stortte me bewonderend op Angela's pols. Ik was allang blij dat het ingewikkelde gesprek over Evert ten einde was.

'Voor onze trouwdag. Lag op mijn kussen! Het is een Breitling Callistino. De steentjes zijn echte Svarowski kristallen en het bandje is van hagedis...'

'Laat de kinderen dat laatste maar niet horen!' lachte ik.

'Hebben jullie dat gezien, heren! Wat Angela voor haar trouwdag krijgt van Kees! Zo hoort het nu!' riep Hanneke en ze duwde Angela's arm onder hun neuzen. Zelfs de barkeeper kwam kijken en vond dat dit gevierd moest worden met een rondje van het huis.

'Nou Kees, je verprutst het wel voor ons allemaal, jongen!' Ivo stompte Kees, die straalde van al het bier en alle aandacht, op zijn arm.

'Zeker iets goed te maken!'

We bleven elkaar aftroeven met grappen, waarom we steeds harder en hoger lachten, om een wonderlijk soort ongemakkelijkheid, die erin was geslopen sinds Evert ziek werd, te overstemmen. Het was wanhopig lachen, vol gespannen hunkering naar de intimiteit en het vertrouwen van vroeger en ik vroeg me af waar het was gebleven, dat gevoel van intense verbondenheid. De glans was eraf en ik begon me steeds vaker af te vragen waarop onze vriendschap nu eigenlijk gebaseerd was. Of die wel echt bestond en of die voor ons allemaal dezelfde waarde had. Misschien had ik er in mijn hoofd meer van gemaakt dan er in werkelijkheid was, omdat ik er zo naar had verlangd.

21

Michel wist het van Simon en mij. Daarom was hij nu al thuis. Zijn auto stond slordig geparkeerd, niet netjes onder de carport, zoals altijd, maar in de berm, langs de heg. Blijkbaar kon het hem niet schelen dat er krassen op kwamen. Hij moest woedend zijn. Ik liep met lood in mijn schoenen ons huis binnen, mezelf panisch afvragend wat ik moest doen, wat ik moest zeggen, hoe ik dit ooit zou kunnen oplossen. Er waren twee opties: alles eerlijk opbiechten en beloven dat het nooit meer zou gebeuren, of ontkennen en doen alsof ik diep beledigd was dat hij zoiets van mij dacht. Even wilde ik niets liever dan het hele verhaal eruit gooien, mezelf bevrijden van de last, wie weet zou het onze relatie uiteindelijk alleen maar ten goede komen. Maar toen ik Michel zo treurig aan tafel zag zitten, nerveus zuigend aan een sigaret, koos ik toch voor de leugen. Ik kon hem geen pijn doen. Het was het niet waard.

Ik liep hem zo opgewekt mogelijk tegemoet en drukte een zoen op zijn lippen.

'Wat ben jij vroeg...' zei ik zo achteloos mogelijk, waarna ik een ketel water op het vuur zette.

'Ik heb zo'n verschrikkelijke kater, ik word helemaal gek van de koppijn. Het is nog een wonder dat ik heelhuids thuisgekomen ben...'

'Ja, je was ook goed ziek vannacht.' Ik pakte de theepot en spoelde hem uitgebreid om. Als ik Michel nu aankeek, zou ik verpulveren en hem op mijn knieën smeken me te vergeven. Dus pakte ik een schoon doekje, druppelde er Steel Polish op en begon alle aanslag van het chroom te poetsen.

'Hoe was het met Hanneke?'

'Hetzelfde als gisteren. Het is vreselijk. Ivo is gebroken... De kinderen waren er vanmiddag, die zaten gewoon te tekenen. Zij hebben nog geen enkel besef...'

Michel stond op en ging naast me staan, leunend tegen het aanrecht. Hij keek me onderzoekend aan. Ik dwong mezelf rustig te blijven ademhalen en naar hem te glimlachen. 'Thee?' vroeg ik en Michel schudde zijn hoofd.

'Luister,' begon hij. 'Simon belde me in de auto en hij was nogal overstuur. Blijkbaar heb jij iets tegen die politieagente gezegd. Hanneke en Evert zouden een verhouding hebben gehad?'

Ik hapte naar adem. Hij wist het dus al. En Simon. En iedereen.

'Ik heb die trut van een Dorien Jager helemaal niets verteld! Zij was degene die begon over Simon, dat Evert schulden bij hem had. Dat we elkaar de hand boven het hoofd hielden... Ze wilde dat ik toegaf dat Evert en Hanneke een verhouding hadden...'

'Hé, vertel mij wat over de verhoorpraktijken van de politie! Ik weet hoe ze te werk gaan. Ze brengen je in verwarring, zetten je onder druk, en voordat je het weet luizen ze je erin.'

'Michel, ik heb niets gezegd. Ik ben boos weggelopen. Ja, ze bracht me in verwarring. En ik heb mijn twijfels over Hannekes zogenaamde zelfmoordpoging. Maar ik heb daar niets van laten blijken.'

'Schat, kennelijk heb je haar toch net dat beetje gegeven dat ze nodig had.'

'Misschien heeft ze ander belastend bewijsmateriaal gevonden.'

'Zoals?'

'Weet ik veel! Ik weet niks! Nooit! Ik word altijd overal buiten gehouden! Zelfs Hanneke, die ik altijd alles vertelde en voor duizend procent vertrouwde, blijkt nu allerlei geheimen voor mij te hebben!'

'Kennelijk was ook zij bang dat jij haar geheimen niet binnenskamers kon houden.'

'Waar slaat dat in hemelsnaam op?' Ik trilde nu van ingehouden woede.

'Kom, Ka, je bent een flapuit. Ik hou van je omdat je zo open en eerlijk bent, maar soms... soms maakt eerlijkheid alles kapot. Zoals nu.'

'Wat denk jij dan dat er kapot gaat?'

'Op basis van wat jij tegen die agente hebt gezegd, gaan ze nu Ivo's huis doorzoeken. En ze hebben Simons boekhouding in beslag genomen. Kennelijk zijn er ook verdenkingen gerezen omtrent Everts dood. Dat is natuurlijk belachelijk. Maar goed, gevolg is wel dat ze alles zullen uitspitten en ongetwijfeld stront zullen vinden. Alles komt nu in de openbaarheid. En dat kan ook gevolgen hebben voor mijn bedrijf.'

Hij haalde een verfrommeld pakje Barclay uit de zak van zijn spijkerbroek, trok er een sigaret uit, boog voorover en stak zijn sigaret aan in het vuur dat onder de ketel brandde. Ik zette de afzuigkap demonstratief op de hoogste stand en goot het kokende water in de blinkende theepot. Ik werd ineens overvallen door een intense drang om Michel te verlaten. Zijn vriend had zelfmoord gepleegd, mijn vriendin lag in coma en hij dacht aan zijn bedrijf.

'Wat heeft jouw bedrijf hiermee te maken?'

'Jezus, Ka, doe niet zo dom. Simon zit in mijn bedrijf. Ivo is mijn accountant. Moet ik het voor je uitspellen?'

'Ja, graag.'

'Dat is dan ook voor het eerst dat je je hiervoor interesseert. Ik zal je precies vertellen aan wie wij die centjes, die jij altijd zo heerlijk over de balk smijt, te danken hebben. Aan Simon. Hij bezit 51 procent van de aandelen van Shootmedia. Doordat hij mijn partner geworden is, konden we uitbreiden, hebben we nu onze eigen studio, kunnen we programma's maken met een smoel en ons meten met de grote producenten.'

'Als ik het zo hoor, is het niet jouw bedrijf, maar dat van Simon.'

'Hij is alleen maar aandeelhouder. Hij bemoeit zich niet met de bedrijfsvoering.'

'Maar hij krijgt er toch wel iets voor terug, neem ik aan?'

'Een deel van de winst. Die we zonder zijn inbreng nooit hadden kunnen maken.'

'En waarom gaat je bedrijf kapot nu er een onderzoek naar Simons praktijken is ingesteld?'

'Als hij de stekker eruit trekt, om wat voor reden dan ook, is het met ons ook gedaan. Dan kunnen we niet meer doen wat jij allemaal zo belangrijk vindt: op wintersport, uit eten, vier weken in een krot in Toscane doorbrengen!'

'Jezus, Michel, hij is je vriend en je partner! Waarom zou hij dat doen?'

'Hij kan mij maken en breken. Jij kent Simon alleen als joviale, sociale, gezellige peer, maar in zaken kan hij keihard zijn. Dat moet ook wel, om in deze wereld te kunnen meedraaien.'

'Maar je hebt toch een contract met hem afgesloten, neem ik aan? Hij kan toch niet van de ene op de andere dag zijn geld uit Shootmedia terughalen?'

'Als hij kwaad wil kan hij mij op non-actief zetten, het pand verkopen, de huur verhogen en de zeggenschap overnemen als we de afgesproken targets niet halen. Hij kan er ook voor zorgen dat we die targets niet halen. Plus, nu de politie in zijn financiën gaat spitten, wie weet wat er boven tafel komt. Als ze iets vinden, kunnen ze ook beslag leggen op Shootmedia. En erg goed voor het imago van mijn bedrijf is het ook niet.'

Ik schonk de thee in twee mokken, hoewel ik op dit moment meer behoefte had aan alcohol om mijn bonkende hart mee te bedwingen. Michel maakte een afwerend gebaar waarmee hij duidelijk aangaf dat ook hij geen zin had in thee.

'Ik ga de kinderen halen,' mompelde hij, meer tegen zichzelf dan tegen mij.

'Dat hoeft niet. Ik ga wel. Ga jij maar in bad of zo. Iets doen aan jezelf. Je ziet eruit alsof je veertien dagen onder een brug hebt gelegen.'

'Ik wíl ze halen.'

'Oké, ga je gang. Ben benieuwd of ze je nog herkennen.'

Ik wist dat ik hem met deze opmerking op zijn ziel trapte, maar het floepte er zomaar uit en toen ik mijn woorden terug wilde nemen was het te laat. Michel maaide met een woeste haal de theepot, de asbak en de mokken van het aanrecht.

'Godverdomme! Wat ben jij toch af en toe een ontiegelijke teringtrut! Hoe durf je... Ik werk me godverdomme uit de naad! Voor jou! Voor de kinderen! Om aan al jullie eisen te kunnen voldoen! Om iedereen...' Hij priemde met zijn wijsvinger agressief richting mijn gezicht, 'iedereen tevreden te houden! En dan maak jij zo'n kutopmerking! Wat wil je nou, verwend wijf! Wil je me gek maken, zoals Evert? Dat ik stop met werken? Ik doe het zo, hoor! Ga ik eens een paar jaar lekker tennissen, beetje freelancen en leuteren met die wijven! Mag jij de poen binnenbrengen! Nog geen dag zou jij volhouden, wat ik doe!'

Hij beende de keuken uit en smeet de deur zo hard achter zich dicht dat het glas brak en de scherven met luid gerinkel op de grond vielen.

'Je mag blij wezen als ik het nog één dag met jou volhoud!' gilde ik hem achterna, zo hard dat mijn keel pijn deed. Ik stormde de trap op en sloot me op in de badkamer. Snikkend van kwaadheid draaide ik de badkraan open. Ik had het gepresteerd om in één dag tijd iedereen van wie ik hield tegen me in het harnas te jagen.

22

Ik had twee berichten, meldde mijn mobiel. Een voicemailbericht, en een sms'je van Simon. Ik opende dit als eerste.

We moeten praten. Morgen 9.00 parkeerterrein McDonald's bij rotonde? XXX

Een golf van opluchting ging door me heen en zonder een seconde te aarzelen, antwoordde ik dat ik er zou zijn. Hij dacht nog aan me. Hij zou me geruststellen.

Op mijn voicemail stond Angela.

'Ik probeer je overal te bereiken, maar kennelijk heb je geen zin in telefoon. Ik weet dat je thuis bent, dat zei Michel net bij school. Babette is hier, en Patricia ook... Je zult inmiddels wel gehoord hebben wat een toestand het allemaal is... Nou ja, wij willen graag dat je ook even komt.'

Ik verwijderde het bericht en gooide mijn mobiel op bed. Beneden klonken de hoge, lieve stemmetjes van Annabelle en Sophie, die kirrend van enthousiasme met hun vader aan het stoeien waren. Ik trok een schone spijkerbroek uit de kast, en mijn blauwe, dikke sweater, die ik altijd aantrok wanneer ik me niet zo goed voelde, stak mijn voeten in warme sokken en föhnde mijn haar droog. Daarna liep ik de trap af en knuffelde mijn dochters, die warm en zweterig aanvoelden. Michel ontweek mijn blik en ik de zijne. De spanning hing als een magnetisch veld tussen ons in. We zwegen koppig terwijl de meiden naar de keuken renden om hun knutselwerken van school te pakken en veerden opgelucht op toen ze terugkwamen. Sophie hield glunderend een tulp van vouwpapier in haar hand en Annabelle wapperde met een groot vel waarop ze een sneeuwpop had geschilderd. Ik zei ze dat ik trots op hen was en drukte ze nog eens stevig tegen me aan, waarna ze beiden richting hun kamer stoven om nog meer te knutselen.

'Ik ga naar Angela,' zei ik afgemeten en liep weg zonder Michel gedag te zeggen. Ik wist dat ik degene was die een einde hoorde te maken aan deze belachelijke ruzie, aangezien ik ermee begonnen was, maar ik kon het nog niet opbrengen. Alles aan hem irriteerde me. Zijn borstklopperij over hoe hard hij werkte. Zijn verwijten dat hij dat allemaal deed om mij tevreden te houden. De doorzichtige smoezen waarmee hij zichzelf indekte en elk gesprek over zijn afwezigheid thuis in de kiem smoorde. Het was zo misselijkmakend clichématig wat er van ons huwelijk geworden was. We konden zo in een vrouwenblad als voorbeeld van hoe het niet moest.

'Hoooi!' riep ik gemaakt enthousiast toen ik binnenstapte bij Angela, waar Babette en Patricia met sombere gezichten aan de grote, langwerpige eikenhouten eettafel zaten te nippen aan een glas witte wijn met ijs.

'Wat is het hier heerlijk warm,' ratelde ik, terwijl ik hen alle drie zoende, 'buiten is het echt gemeen koud. Ik zal blij zijn als het weer april is, en we niet meer elke ochtend hoeven te zoeken naar wanten, sjaals en mutsen!'

Mijn opgewonden geklets doorbrak de afstandelijke, kille sfeer die er hing niet. Alleen Babette glimlachte aarzelend naar me, Patricia en Angela staarden me aan als twee mokkende kinderen. Zwijgend schonk Angela een glas wijn voor me in en schoof het naar me toe.

'IJs?' vroeg ze bits, mijn blik ontwijkend, en ik schudde mijn hoofd, onhandig grijnzend. Dit ging naar worden.

'Laten we maar meteen met de deur in huis vallen,' begon Patricia met een trillend hoofd van ingehouden spanning. 'We hebben het er al de hele middag over, en we zijn compleet in shock. De politie heeft Simons boekhouding in beslag genomen. Ze zijn op zijn kantoor geweest, en bij ons thuis. Op dit moment spitten ze mijn huis door. Hetzelfde gebeurt nu bij Ivo. Het is te gek voor woorden! Alsof hij nog niet genoeg ellende heeft moeten doorstaan. Het is echt verschrikkelijk. Die afschuwelijke Dorien Jager, die dikke pot, heeft Simon op een walgelijke manier beschuldigd... Wat heb jij haar in vredesnaam allemaal verteld?'

Ik nam een slok en haalde diep adem.

'Niets. Ik zweer het je, ik heb haar niets verteld. Ze insinueerde dat wij elkaar de hand boven het hoofd hielden, en toen ben ik boos weggelopen. Dat is alles wat er is gebeurd. Ik denk dat ze een spel met ons speelt. Ze probeert ons tegen elkaar uit te spelen in de hoop dat we elkaar gaan lopen beschuldigen. Ze heeft een of andere theorie ontwikkeld en die wil ze per se bevestigd zien, denk ik.'

'Zij heeft ons letterlijk gezegd dat jij je twijfels hebt geuit over de val van Hanneke. En je hebt haar aan de neus gehangen dat Hanneke een verhouding had met Evert...'

Ik schudde heftig mijn hoofd.

'Wat een trut. Dat is niet waar. Babette, echt, ik heb je beloofd het geheim te houden en dat heb ik ook gedaan...'

Babette ontweek mijn blik en speelde afwezig met haar glas. Angela onderbrak me.

'We weten allemaal dat jij niet goed bent in het bewaren van geheimen, Ka.'

'Wat bedoel je daarmee?'

'Dat weet je heus wel.'

'Nee, dat weet ik niet. Noem eens één voorbeeld?'

'Jij hebt ooit het verhaal in de wereld geholpen dat Kees gezien zou zijn met een of ander blond wicht in Amsterdam...'

Mijn mond viel open. Ik herinnerde me dit verhaal vaag. Het was me ooit verteld door een moeder van school, in het café, na de intocht van Sinterklaas. Een vriendin van haar had Kees zien lopen in Zuid, hand in hand met een jonge vrouw. Later had ik dit in een aangeschoten, vertrouwelijke bui aan Hanneke verteld. Uiteraard onder de vermelding dat het onder ons moest blijven. Maar zo ging dat tussen vriendinnen. Onder het genot van een beetje wijn biechtten we elkaar van alles op, om het gevoel van intimiteit te versterken. Maar ik had nooit gedacht dat uitgerekend zij deze roddel zou rondbazuinen.

'Dat was gewoon een stomme roddel, die ik via via hoorde. Ik nam het niet eens serieus... Je hebt gelijk, ik had mijn kop moeten houden. Maar valt dit onder de noemer Geheim? Kletsen jullie nooit over dat soort dingen?'

Ik keek hen allemaal aan, zoekend naar iets van bijval of herkenning, maar ze staarden alle drie bozig naar hun glazen, waarin de ijsblokjes tinkelden.

'Je hebt je altijd te goed voor ons gevoeld, laten we dat nu maar eens eerlijk uitspreken,' zei Patricia kribbig. Mijn hoofd begon te gloeien alsof ik koorts had.

'Wat is dit nu weer? Kom op, we zijn vriendinnen! Dit lijkt wel een derdegraads verhoor!' Mijn stem stokte in mijn keel. Ik realiseerde me hoe ongelooflijk hypocriet het was wat ik wilde gaan zeggen. Ze hadden gelijk. Ik was onbetrouwbaar, een leugenaar, een bedriegster. Hoe kon ik hoog opgeven over vriendschap terwijl ik vannacht nog met haar man had geneukt?

'Jij bent anders. Jij denkt altijd dat je het gelijk aan je zijde hebt. Je gaat er prat op dat je werkt, dat je hebt gestudeerd, dat jullie zo creatief zijn. Soms laat je heel duidelijk merken dat je ons maar oppervlakkig vindt. Jij en Hanneke, jullie lachen ons gewoon uit. En nu het er echt op aankomt, verraden jullie ons.'

'Ik snap het even niet. Hoezo heeft Hanneke jullie verraden?'

Van boven kwam ineens een hevig gestommel en kindergeschreeuw. Angela stond op, liep naar de hal en gilde naar boven dat ze niet van het stapelbed mochten springen. We grinnikten ongemakkelijk, blij dat de spanning even doorbroken werd. Ze kwam terug en legde haar handen dwingend op mijn schouders.

'Je bedoelt behalve dat ze Evert naaide en zijn begrafenis heeft bezoedeld met haar gezuip en hysterische gedrag? Wij hebben daarna nog met haar gesproken, Patries en ik...'

'Jullie? Wanneer dan?' vroeg Babette verrast, alsof ze nu pas wakker werd.

'De ochtend voordat ze...' Ze maakte met haar hand een snijgebaar langs haar hals, waarvan mijn maag zich omdraaide.

'Ze belde Patries 's morgens vroeg. En niet om haar verontschuldigingen aan te bieden, om het maar eens voorzichtig uit te drukken. Ze maakte ons uit voor rotte vis...'

Patricia schraapte haar keel en maakte Angela's verhaal af.

'Ik wist haar te kalmeren en sprak met haar af in dat koffietentje in de P.C. Hooftstraat om het uit te praten. Maar ik was best bang voor haar. Daarom vroeg ik of Angela mee wilde gaan. Tijdens de koffie...'

'Waarbij ze om halfelf 's morgens een Sambucca nam,' vulde Angela met een woedende blik in haar ogen aan.

'Ze zei afschuwelijke dingen die ik hier niet zal herhalen. Dat heeft ook geen zin. We hebben haar er in ieder geval van kunnen overtuigen dat het gevaarlijk is om, overmand door emoties, allerlei beschuldigingen rond te gaan strooien. We gingen redelijk goed uit elkaar. Ze zou hulp gaan zoeken, en die avond naar huis komen.'

'Volgens mij hebben Karen en ik er toch wel recht op te weten wat ze precies zei,' zei Babette, terwijl ze haar hand als gebaar van verstandhouding op de mijne legde.

'Nee,' antwoordde Patricia vastberaden. 'Ik heb daarover nagedacht, maar ik ga jullie daarmee niet belasten. Het zijn de hersenspinsels van een overspannen vrouw, maar het kan enorme gevolgen hebben als de politie hier lucht van krijgt. Ze zijn al jaren uit op de val van Simon. Dat is nu eenmaal de tol die je in dit land moet betalen voor succes. Steek je kop boven het maaiveld uit en ze zullen er alles aan doen om je kapot te maken. Daarom, Karen, is discretie zo belangrijk! Als je ook maar een beetje het beste voor hebt met Hanneke en Ivo, met Simon en mij, dan praat je niet meer met de politie. Hier, onder ons, kan alles uitgesproken worden. Maar daarbuiten moet je je kop houden.'

'Het is al te laat,' mompelde Angela melodramatisch.

'Als ik het goed begrijp zei Hanneke iets over Simon,' zei ik.

'Misschien hebben jullie hier met zijn tweetjes al uitgebreid over geroddeld en dan weet je ook dat Evert en Simon een zakelijk conflict hadden. Ze waren daaruit aan het komen, maar de politie ziet hierin ineens een motief,' zei Patricia.

Babette sloeg met haar hand op tafel.

'Ik kan hier nu even niet tegen. Laten we alsjeblieft ophouden! Karen is mijn vriendin, jullie zijn mijn vriendinnen...' Ze keek ons om beurten met betraande ogen aan. 'Ik geloof Karen.'

'Nou, als je maar weet dat ík er klaar mee ben. Helemaal! En ik ben niet de enige!' zei Angela. Ze keek naar Patricia, die met haar bruingelakte nagels langs haar smalle neus wreef. Ze zag er treurig en verslagen uit.

'Weet de politie dat jullie bij haar zijn geweest?' vroeg ik.

'Nee. Dat gaat ze ook niets aan! We hebben keurig afscheid van Hanneke genomen, ze ging terug naar haar hotel om haar spullen te pakken. Ze weigerde met ons mee te rijden. We hebben haar niet van het balkon af gegooid.'

'Maar dit is heel belangrijk voor het onderzoek!' Mijn stem sloeg over.

'Als we het de politie vertellen, willen ze ook weten waar we het over hadden. Wie schiet daar wat mee op? Evert en Hanneke krijgen we er niet mee terug, het zal alleen nog maar meer schade aanrichten. Het gaat hier niet om moord, Karen, maar om een ongelukkige samenloop van omstandigheden. Twee mensen in onze vriendenkring kiezen kort na elkaar voor de dood. Waarom moeten wij daarvoor boeten?' zei Patricia. 'Volgens mij moeten we even afstand van elkaar nemen, Karen. Ik wil me concentreren op Simons eerherstel. Daar ga ik voor vechten. En daarbij kan ik dit soort geruzie met jou niet gebruiken.'

De tranen brandden in mijn ogen, maar ik weigerde te huilen.

Patricia rolde met haar ogen en tuitte haar lippen. Ze kreeg iets hards over zich.

'Ik denk, Karen, dat jij ook aan ons twijfelt, net zo goed als wij aan jou twijfelen. En daarmee is volgens mij de basis van onze vriendschap weg. Simon is ernstig in diskrediet gebracht. Jij zegt dat je daar niets mee te maken hebt... Ik weet het niet. Ondertussen is Simons reputatie voor altijd aangetast. De mensen zullen zeggen: Waar rook is, is vuur. Terwijl hij jullie alleen maar heeft geholpen. Zo is hij. Zeg nu zelf, Karen. Het is jullie toch ook beter vergaan, sinds hij in Michels bedrijf is gestapt?'

Ik staarde voor me uit, terwijl ik nadacht en mezelf voelde verkillen. Patricia had gelijk. Ik twijfelde aan hen en dit walgelijke gesprek bevestigde dit alleen maar. De mist in mijn hoofd trok op en met een schok zag ik ineens alles glashelder. Ik had mezelf verloren in deze groep. De warmte, de intimiteit, de liefde voor elkaar, het zat allemaal in mijn hoofd. We hadden elkaar bewonderd, in ruil voor bewondering. En nu was de betovering verbroken, de naakte waarheid lag op tafel. Een dode en een zwaargewonde, waarover geen vragen gesteld mochten worden.

'Als ik het goed begrijp, Patries, zeg je onze vriendschap op...'

'Ik kan niet tegen verraad. Dus als je het zo wilt stellen... Ja, ik denk dat er niets anders op zit.'

'Hetzelfde geldt voor mij,' voegde Angela daaraan toe. Ik stond op, mezelf dwingend te glimlachen.

'Hé, wat is dit voor idioterie? Dit wil ik niet! Patries, Angela! Dit kunnen jullie toch niet zomaar doen, na alles wat er is gebeurd? Ik heb jullie nodig! Karen, wacht, blijf hier...' Babette schoot overeind en hield me tegen bij de deur.

'We kunnen hier met elkaar uitkomen. Leg je er niet zomaar bij neer! Misschien als je sorry zegt...'

'Zij beschuldigen mij van iets dat ik niet heb gedaan en waarvan ik me nu ernstig begin af te vragen waarom eigenlijk niet. Jouw man is dood. Mijn vriendin bijna... Het klopt niet, Babette, er klopt geen reet van! In feite hebben ze gelijk. Het vertrouwen is weg. Ik heb me er wanhopig aan vastgeklampt, ik heb willen geloven dat wat Hanneke is overkomen een ongeluk was, maar ik kan niet meer om de feiten heen.'

'Wacht, ik ga met je mee...' Babette liep de kamer weer in en nam stamelend afscheid. Ik hoorde haar zeggen dat ze niet tussen ons in wilde staan en Angela slijmerig antwoorden dat dat ook niet hoefde, dat iedereen zijn eigen keuzes moest maken.

23

'Ik moet roken,' zei ik. 'We gaan naar Verdi en daar koop ik een pakje sigaretten, dat ik bij een glas whisky helemaal op ga stomen.'

Het was snijdend koud in de auto en ik zette de blower voluit op de beslagen ramen. Babette zat huiverend naast me.

'Ik doe mee,' antwoordde ze en ik keek haar verbaasd aan. Als er iemand anti-roken was, was zij het wel. Ik herinnerde me vele discussies tussen Evert en haar, als hij weer eens een sigaar opstak.

'Ja, ik heb gerookt, als puber. Ik heb alles gedaan wat God verboden heeft, vroeger.'

Ik reed weg en bedacht dat we eigenlijk niets van elkaars verleden wisten. Waar hadden we het de afgelopen twee jaar over gehad? Over veilige zaken. Eten, kleding, vakanties. De kinderen. Elkaar. Veel tennis. Politie. En, hoe triest het ook was, Everts dood had ertoe geleid dat we allemaal iets van onszelf hadden laten zien, waardoor het even leek dat deze tragedie tot een werkelijke verdieping van de vriendschap zou leiden. Maar het tegenovergestelde bleek nu het geval. Met de aanslag op zijn eigen leven en dat van zijn gezin was de val van de eetclub ingezet.

We reden langs de donkere dennen die zich over de weg leken te buigen en waarachter de maan fanatiek scheen en ik voelde me opmerkelijk fit en licht. Alsof ik bevrijd was van een loodzwaar juk.

'Gaat het een beetje?' vroeg Babette zorgelijk en ze wreef over mijn been.

'Ja. Het is vreemd. Ik voel me eigenlijk heel blij. Ik lig eruit en het doet me niets! Ik vraag me af waar ik al die tijd zo bang voor ben geweest...'

'Misschien voor wat er komen gaat?'

'En wat gaat er dan komen?' zei ik.

'Ik weet het niet. Maar ik stel me zo voor dat er ongemakkelijke situaties zullen ontstaan. We komen elkaar overal tegen. In het ziekenhuis bij Hanneke, in de Albert Heijn. Bij Verdi. Bij school. De kinderen spelen met elkaar. En de mannen, vergeet hen niet.'

'O, ik dacht dat je iets anders bedoelde. Dat ze nu achter mij aan komen. Dat ik straks ergens aan een balk hang.'

'Je denkt toch niet echt...'

'Ik weet niet wat ik moet denken. Ik weet alleen dat er geheimen zijn. Geheimen die iets te maken hebben met Everts dood en Hannekes ongeluk en die zij met man en macht proberen te verdoezelen. Vanwege iets wat kennelijk boven vriendschap gaat.'

'Geld.'

Babette zei het plompverloren en berustend, alsof dit woord alles verklaarde.

Bij Verdi was het rustig. Er stonden een paar mannen in pak aan de bar en in het café zat hier en daar een stel te eten. Het was januari, het dorp hield een winterslaap. Mijn maag knorde, maar ik wist dat ik geen hap door mijn keel zou krijgen. Babette liep door naar het toilet, ik ging aan een tafel zo ver mogelijk uit de buurt van de andere klanten zitten en bestelde een Jack Daniel's zonder ijs. De sigaretten liet ik achterwege, mijn verlangen naar de rustgevende werking van nicotine was alweer gestild. Eigenlijk moest ik Michel bellen, maar ik zag daar als een berg tegen op.

Babette kwam aangelopen, sierlijk als een mannequin. Ze had donkerbruine lippenstift op gedaan en haar haar losgemaakt. Ze negeerde de mannen, die zich omdraaiden om haar wellustig te bekijken waarbij ze waarderend lachten, en gooide met een nonchalant gebaar haar haren naar achter, waarna ze tegenover me aan het tafeltje ging zitten.

'Ik heb net zitten denken,' begon ze, 'ik ben eigenlijk zo kwaad! Ik vind het zó beneden alle peil wat er is gebeurd. Maar zo zijn ze en als ik eerlijk ben, wist ik dat al langer. Ze hebben Evert en mij keihard laten vallen. Vooral Angela, die mij ineens niet meer bij haar in huis wilde hebben. Weet je wat het is? Patricia en zij kunnen gewoon niet tegen problemen. Het is goed, zolang het gezellig is. Maar o wee als het moeilijk wordt.'

'Ik weet het niet, Babette,' antwoordde ik. 'Ze hebben veel voor jou gedaan.' Het verbaasde me dat ze wist van Angela's plotse weigering haar in huis te nemen en ik vroeg me af wie haar dat had verteld. Ik in ieder geval niet.

Ze hief haar glas en ik het mijne, en ze keek me lief aan.

'Op jou, Karen. Ik vind je een supervrouw. Jij bent mijn enige echte vriendin.'

De whisky maakte ons warm en rozig. Babette bestelde bitterballen, waarbij we overgingen op bier en het kon me niets meer schelen dat dit de zoveelste avond op rij was dat ik doorzakte. Ik vond het heerlijk te voelen hoe mijn lichaam zich eindelijk ontspande, de zeurende hoofdpijn verdween, evenals mijn onrust. Wat restte waren de vragen die door mijn hoofd tolden en smeekten om antwoorden.

'Is het niet gek,' vroeg ik aan Babette, 'dat Angela en Patricia niet aan de politie hebben verteld dat ze bij Hanneke zijn geweest?'

'Ja, dat is heel gek,' antwoordde ze, terwijl ze met haar prikker een restje bitterbal uit het mosterdbakje probeerde te vissen. 'Ik schrok daar ook van. En ik vind het belachelijk dat ze ons niet wilden vertellen wat Hanneke tegen hen heeft gezegd. Maar ik denk dat ik het wel weet.'

Nieuwsgierig boog ik me over de tafel richting Babette en zij leunde naar voren. Ik wreef over mijn oor, dat gloeide.

'Sports Unlimited had grote financiële problemen en Evert had daarover een conflict met Simon, die vond dat hij het bedrijf niet goed "managede". Ivo bemiddelde in deze kwestie en dat liep vrij aardig, tot Evert psychotisch werd en dacht dat die twee een soort complot tegen hem beraamden. Terwijl zij de boel alleen maar probeerden te redden van de ondergang.'

Babette zag mijn vragende, ironische blik en schudde haar hoofd.

'Nee, echt, dat weet ik zeker. Simon heeft gedurende de periode dat Evert in het AMC zat keihard gewerkt om Sports Unlimited voor een faillissement te behoeden, maar het gevolg was wel dat Simon zeggenschap over de zaak wilde houden toen hij weer beter was. Daar was Evert woest over. Onterecht, want hij heeft het zelf verkloot. Maar dat weet Hanneke niet, want zij heeft alleen zíjn kant van het verhaal gehoord. Ik denk dat zij Simon ergens van heeft beschuldigd. Misschien wel heeft gedreigd naar de politie te stappen.'

'Wat heeft Evert dan "verkloot"?'

'Hij heeft tonnen verloren op de beurs. Handelen in aandelen en dat soort dingen, via internet. Hij was er verslaafd aan, zat dag en nacht achter z'n laptop. Uiteindelijk heeft hij daarvoor ook tegoeden van zijn bedrijf gebruikt. Als Simon en Ivo ons niet hadden geholpen, zat ik nu nog veel dieper in de problemen.'

Ze glimlachte gepijnigd.

'Je bedoelt financieel.'

'Ja. Het is even heel erg geweest. Iedere dag deurwaarders op de stoep. Bij de kassa van de supermarkt staan met een geblokkeerde pinpas. God, wat vernederend was dat.' Ze nam nog een slok van haar biertje. Haar blik werd wazig.

'Wij hebben dat nooit geweten. Ik dacht dat jullie bedrijf goed liep. Waarom heb je me dat nooit verteld? We hadden misschien ook kunnen helpen.'

'Het is niet iets waarmee je te koop loopt. Ik schaamde me rot als ik de Aldi in liep. Nam altijd Albert Heijn-tassen mee, om de boodschappen in te doen. Stond ik ineens in de rij tussen de bijstandsmoeders. Die geur van armoede…'

Rond haar mond verscheen een verbeten trek.

'Iedereen gaat toch wel eens naar de Aldi? Dat is toch niets om je voor te schamen?'

Ze keek me vreemd aan.

'Natuurlijk niet. Het was gewoon een moeilijke tijd. Dat is alles.' Ze schudde haar hoofd en glimlachte.

'Ik vind het vreemd hoe alles om Simon lijkt te draaien,' zei ik.

'Weet je wat ik vreemd vind? De verbetenheid waarmee Patricia zei dat ze ging vechten voor zijn eerherstel. Alsof hij haar kind is! Wat kan zij daar nu voor invloed op uitoefenen! Het klinkt behoorlijk geobsedeerd,' antwoordde Babette.

Ik gleed met mijn vinger over het bord en verzamelde de kruimels van de bitterballen.

'Ik geloof dat ik nu toch echt een sigaret moet,' mompelde ik. Babette zwaaide naar de ober en bestelde twee bier en een pakje Marlboro light. Ik likte mijn vinger af. 'Iemand heeft Hanneke van het balkon geduwd om haar het zwijgen op te leggen, daar begint het steeds meer op te lijken. Het zit er dik in dat wat ze naar buiten wilde brengen, met Simon te maken heeft. Patricia heeft haar het laatst gezien.'

'Mét Angela.'

'Denk je dat zij in staat zijn iemand te doden? Een vriendin?'

'Jezus, Karen! Nee. Ik weet het niet. Misschien. In een opwelling?'

De ober zette de twee biertjes voor ons neer en overhandigde ons het door hem opengemaakte pakje sigaretten. We trokken allebei een sigaret uit het pakje, waarop hij ons zeer galant een vuurtje gaf. Ik inhaleerde diep en moest meteen hoesten.

Babette strekte haar hand naar me uit en keek me verdrietig aan.

'Laten we dit niet doen, Karen. Elkaar beschuldigen. Het maakt me bang.'

'Wat dacht je van mij?' mompelde ik.

24

Zie de maan schijnt door de bomen, makkers staakt uw wild geraas,
't heerlijk avondje is gekomen, 't avondje van Sinterklaas.
Vol verwachting klopt ons hart, wie de koek krijgt, wie de gard...

De kinderen zongen met hoge, gespannen stemmetjes en werden overstemd door de jolige bassen van de mannen. We zaten rond de open haard van Hanneke en Ivo te wachten op de Goedheiligman, die elk moment kon arriveren. Hanneke had alles weer fantastisch versierd en geregeld. De grote tafel was bekleed met dieprood fluweel, met daaromheen een breed gouden kruis dat in het midden samengebonden was tot een grote strik. Aan het plafond en langs de gordijnen hingen rode slingers met daarop in gouden letters 'Welkom Sinterklaas en Zwarte Piet' en over de zwarte, hardstenen vloer lag een heuse rode loper, die richting de zeer barok versierde stoel voor Sinterklaas liep.

Hanneke had zelf borstplaat gebakken, Angela had een enorme pan glühwein meegenomen en Patricia haar beroemde bouillabaisse. Mijn bijdrage bestond uit een zalmmousse en twee appeltaarten, die nu op tafel stonden naast de schalen met knapperig stokbrood, brokken roquefort en boerenbrie, rivierkreeftjessalade, een mand vol hotdogs voor de kinderen en een hele verzameling knijpkanjers met curry, mayo, mosterd, ketchup én Americain fritessaus. We konden zo in de *Living*, constateerde Angela trots. Behalve dan die knijpkanjers, zei Patricia met licht opgetrokken neus. Patricia was, zoals Hanneke haar wel eens gekscherend noemde, een 'stijlfascist'. Bij haar moest alles perfect zijn. Knijpkanjers kwamen haar huis niet in, net als plastic speelgoed. Stiekem spraken Hanneke en ik wel eens de hoop uit dat haar jongens zich later zwaar zouden laten piercen en tatoeëren. Maar vooralsnog moesten Thom, Thies en Thieu zich hullen in bruine kriebeltruien, ribbroeken en loodzware bergschoenen, alsof ze nazaten waren van een of andere Schotse landlord.

Sinterklaas arriveerde, met vier pieten die ieder een zak vol cadeaus droegen, en de kleinste kinderen doken bangig bij hun ouders op schoot, terwijl de oudsten, die niet meer geloofden, met gretige blikken de cadeaus bekeken.

'Waar blijven Evert en Babette?' fluisterde Hanneke in mijn oor, waarna ze haastig een telefoonnummer intoetsend de gang in rende. Angela kwam naast me zitten en vroeg fluisterend wat er in godsnaam allemaal aan de hand was. Ik haalde mijn schouders op en probeerde me te concentreren op de jongste kinderen, die verlegen en zachtjes 'Sinterklaas Kapoentje' prevelden voor Sinterklaas, zich in het geheel niet bewust van de onrust die zich verspreidde onder hun moeders.

'Snap jij nog iets van die lui? Ik niet. Dit kun je toch niet maken?' Angela sloeg haar laatste slok rode wijn woedend achterover en applaudisseerde vervolgens enthousiast voor de kinderen, die allemaal een hand pepernoten kregen.

'Ze zullen wel een goede reden hebben,' fluisterde ik terug en zag hoe Hanneke zich met gespannen blik weer bij ons voegde.

'Het gaat om de kinderen,' zei Angela. 'Niet om ons.'

Ik keek naar haar strakke, harde gezicht en haar roodgestifte mond, die een verbitterde trek begon te krijgen, en vroeg me af wat ze hiermee bedoelde. Wat was er mis met ons? En net op het moment dat ik dat wilde vragen, slopen Evert en Babette verontschuldigend glimlachend binnen. Babette zag er stralend en tandpastafris uit als altijd en werd onmiddellijk bij Sinterklaas op schoot getrokken, tot grote hilariteit van mannen en kinderen, en Evert keek somber om zich heen, met zijn armen krampachtig om zijn buik geslagen, alsof hij pijn had. Hij stelde zich op bij de deurpost, bleef afwezig voor zich uit staren en moest helemaal niet lachen om Babettes vals gezongen 'Zie ginds komt de stoomboot'. Daarna verdween hij de keuken in. Met Hanneke.

'Het is echt walgelijk,' mompelde Angela en ik had geen flauw idee waar ze op doelde. Ik wilde het ook niet weten. Ik voelde alleen maar dat ik eigenlijk een hekel aan haar en haar eeuwige insinuaties had.

We zongen nog wat liedjes, alle kinderen kregen om de beurt een pakje en mochten een praatje maken met de Sint en toen de goede man opstond om te vertrekken, vond zijn piet een grote, in rood folie ingepakte doos in de gang. Twee mannen waren ervoor nodig om de doos de kamer in te krijgen en onder luid, verrast geroep van de ouders stortten de kinderen zich als apen op het grote pak. 'Wacht,' riep Simon, met rode wangen van de opwinding en de wijn, 'er zit hier een brief! Een brief van de Sint! Thies, jij kunt goed voorlezen. Hier.'

Met bevende handen stamelde Thies:

Voor elk kind
Een pakje van deze Sint
Hij had een goed jaar
En jullie zijn hem dierbaar
Dus nu uitpakken maar!

De kinderen joelden. Wij klapten. Het papier scheurde. Vijf grote dozen met daarin een spelcomputer kwamen te voorschijn.

'Jullie moeten wel samen doen met jullie broertjes en zusjes,' schreeuwde Simon met overslaande stem boven het enthousiaste gegil van de kinderen uit. Wij ouders vielen stil. Michel trok een verwonderd gezicht naar me. Wij hadden onderling afgesproken dat zo'n ding ons huis niet in kwam.

'Jezus, Simon... Dat was nou echt niet nodig geweest...' Michel stak zijn hand naar hem uit. Kees sloeg hem hard op de schouder. Simon nam de bedankjes grijnzend van oor tot oor in ontvangst.

'Ach jongens, ik vind het gewoon lekker om zoiets te geven. Die koppies van de kids. En ik had nog wat af te dealen met iemand... Zodoende...'

De berg cadeaus in het midden van de kamer die wij zelf voor onze kinderen hadden gekocht, werd op slag vergeten. Evenals de hotdogs, de cola en de knijpkanjers. Eerst moest er met de spelcomputer gespeeld worden.

We leken allemaal een beetje uit ons doen door het enorme cadeau van Simon. Michel reageerde kribbig op mijn vraag hoe dat nu thuis moest met dat ding, en zei dat als ik er zoveel problemen mee had, hij hem wel mee naar kantoor zou nemen. Ivo en Hanneke kregen ruzie over de vraag wie er aan de beurt was om koffie te zetten, waarop Evert aanbood de koffie te regelen, en de kinderen waren zo euforisch over hun spelcomputers, dat ze plichtmatig en blasé de overige cadeaus uitpakten, en verveeld zuchtten als bleek dat ze ook nog eens een rijmpje voor moesten lezen. 'Wat een debiel,' mopperde Hanneke. 'Waarom doet hij zoiets? Wat wil hij bewijzen? Hij heeft onze kerels al gekocht, moet hij nu ook nog onze kinderen kopen?' Ik vond dat ze gelijk had, maar probeerde haar te sussen en te voorkomen dat ze met een slok op ruzie met Simon zou gaan maken. Waarschijnlijk had hij dit met de beste bedoelingen gedaan. Hij wilde zijn succes met ons delen, hij vond het leuk om te geven, we moesten er maar niet zo'n punt van maken. Ze klonk haar glas witte wijn tegen het mijne en zei dat ze haar mond zou houden, omwille van de kinderen. 'Maar ik ga er iets van zeggen.

Dit soort grappen moet hij niet meer uithalen. Suikeroompje spelen. Alsof wij een stel arme sloebers zijn.'

Op dat moment klonk er luid glasgerinkel. We keken om en zagen Evert met oververhit hoofd de revers van Simons jasje grijpen. Simon lachte nerveus, stond met zijn handen in de lucht en keek ons een voor een hulpvragend aan.

'Kom op, Evert, dit is een kinderfeestje... Laten we dit niet doen, niet nu...'

Evert schudde hem door elkaar. Zijn kin trilde, evenals zijn op elkaar geperste lippen. Er sijpelden tranen over zijn wangen. Babette en Patricia sprongen overeind, renden richting hun mannen en begonnen aan hen te rukken. Babette krijste hysterisch in Everts oor dat hij normaal moest doen en Simon los moest laten. Evert trok Simon naar zich toe, brulde 'klootzak' in zijn gezicht en duwde hem toen met kracht van zich af.

'Hij moet me met rust laten!' schreeuwde Evert en rende vervolgens overstuur naar buiten. Hanneke ging achter hem aan. Patricia ontfermde zich over een snikkende Babette.

'Ach, ach,' zei Angela handenwrijvend. 'Hij valt weer terug. Echt. Hij is helemaal niet goed...' Simon trok zijn jasje recht, plensde wat water in zijn gezicht en maakte een niet-begrijpend, onschuldig gebaar met zijn handen.

'Sorry, jongens. Evert en ik hebben een kwestie... Zakelijk hoor, niet persoonlijk, maar hij lijkt die twee dingen niet van elkaar te kunnen scheiden. Pfff. Ik ben geloof ik wel aan een pilsje toe. En zet een leuk muziekje op, Ivo. We laten deze avond niet verpesten door dit soort overspannen gedoe.'

Hanneke wilde de volgende dag geen woord vuilmaken aan het incident. Dat had ze beloofd, zei ze, aan Evert en Babette. 'Maar goed komt het niet meer, Karen. Bereid je maar voor op het einde van de eetclub.'

25

Een harde wind gierde over het armoedige, verlaten parkeerterrein van McDonald's. Lege colabekers en hamburgerdozen werden voortgejaagd over het asfalt, dwarrelden door de lucht en het hoge Ronald McDonald springkussen klapperde en rukte aan de touwen die het aan de grond hielden. Het was drie minuten voor negen. Ik had weer een nacht niet geslapen en checkte voor de zoveelste keer mijn gezicht in mijn achteruitkijkspiegel. Mijn gezwollen ogen leken nog kleiner door een te grote hoeveelheid lichte oogschaduw, waarmee ik had getracht ze juist frisser en groter te doen lijken en mijn huid, die per dag bleker en grauwer werd, zag er sponzig uit door de foundation. Dit was ik niet. Dit kon ik onmogelijk zijn, deze opgeverfde clown, die op een ranzig stukje asfalt zat te wachten op haar minnaar. Ik hoorde weg te gaan. Terug naar huis en alles eerlijk op te biechten aan mijn man. Niet hier als een onzekere puber, met slappe benen en fladderend hart te wachten op

Simon, hopend dat hij me nog één keer zou kussen, dat hij niet zou gaan zeggen dat hij spijt had van onze vluchtige vrijpartij in de schuur, dat het daarbij moest blijven en dat we het moesten vergeten, hoewel dit precies de tekst was die ik mezelf had voorgenomen te zeggen. Mocht hij komen opdagen. Ik walgde van mezelf en toch kreeg ik het verlangen naar hem niet uit mijn systeem. Hij zat elke seconde van de dag in mijn hoofd, de herinnering aan seks met hem versluierde al mijn andere gedachten. Ik wist helemaal niet wat ik voelde. Was ik verliefd op hem, of gewoon een verveelde moeder die snakte naar een riskant avontuur? En tegelijkertijd woedde de angst in me, net zo fel en fluitend als de wind buiten. Ik was net zo bang voor Simon als dat ik naar hem verlangde, maar was nog veel banger voor mezelf, voor het gevoel dat me naar hem toe joeg en waarover ik geen controle leek te hebben. Zelfdestructie. Daar was ik mee bezig. Ik had alles waar anderen jaren vergeefs naar zochten en nu ging ik dat allemaal kapotmaken. Waarom? Was het een naief, romantisch idee dat wij misschien wel voor altijd en onvoorwaardelijk van elkaar zouden kunnen houden? Hoorden wij bij elkaar? Ik schudde mijn hoofd om deze belachelijke hersenspinsels te laten verdwijnen. We hadden slechts één keer gevreeën. We waren dronken en in de war geweest. Het stelde niets voor en ik moest eens ophouden met in mijn hoofd altijd van niets iets te maken, er een doel en motief aan te verbinden. Ik zat hier te smachten naar een man die helemaal mijn type niet was. Te glad, te zelfgenoegzaam, te oppervlakkig. De manier waarop hij mij de eerste keer had benaderd was van een ongekende platheid, en zoals hij de vorige nacht hebberig en zelfingenomen zijn hand in mijn broek had geschoven, nota bene terwijl Michel tegenover ons zat, was walgelijk banaal. Dat had niets met romantiek of liefde te maken. En het meest bizarre eraan was dat ik het als een spinnende poes had laten gebeuren, dat ik tot in het puntje van mijn tenen had genoten van dit machtsvertoon in plaats van hem een klap voor zijn grijnzende kop te verkopen. Sterker nog, nu zat ik op hem te wachten, klaar om mezelf aan hem over te geven, geilend naar meer, alles en iedereen bedriegend. Het enige goede wat hieruit zou kunnen komen, was dat ik de waarheid zou vinden. En dus maakte ik mezelf wijs dat ik hier zat te bibberen van kou en angst omdat ik Simon een paar prangende vragen wilde stellen.

Net toen ik de hoop op had gegeven dat hij nog zou komen opdagen en ik, terwijl ik me hopeloos mislukt voelde, de motor startte om weer terug naar huis te rijden, reed een bordeauxrode Golf gehaast het terrein op en draaide met een ruime bocht precies achter mijn auto, waar hij ronkend stil bleef staan. Ik wachtte even, geïrriteerd over zoveel plompheid, drukte op mijn claxon, maar hij weigerde plaats te maken. Ik stapte uit, opgefokt, tegen het hysterische aan om de man scheldend te verzoeken opzij te gaan zodat ik weg kon, en liep richting de Golf, waarin een grijnzende Simon zat, gehuld in een wit, strak gesteven overhemd met daarop een kobaltblauwe stropdas van glanzend satijn. Hij gooide het portier open en ik stapte als een mak schaap bedeesd glimlachend in. Simon boog zich over me heen en kuste me op de mond. Niet te opdringerig, maar vriendelijk, lief, alsof we al jaren een stel waren en hij me met deze ene kus wilde laten voelen hoeveel hij nog steeds van me hield. Ik smolt. Al mijn spieren werden slap en zwaar en al had ik het gewild, ik was fysiek niet meer in staat deze auto te verlaten. Mijn lichaam had een eigen, sterkere wil, werd als door een magneet tot het zijne aangetrokken en ik wist weer waarom ik hem al die tijd dat ik hem nu kende zoveel mogelijk uit de weg was gegaan: omdat ik hem niet kon weerstaan. Als hij dicht bij me was verloor ik mijn verstand en interesseerde niets en niemand me meer. Ik was de afgelopen jaren werkelijk bang geweest dat we in het bijzijn van iedereen spontaan zouden gaan zoenen.

'Hé meisje.' Hij kneep even in mijn dij, gaf gas, schakelde razendsnel en reed als een bezetene de snelweg op, streng naar de weg starend en ik zocht naar woorden die ik maar niet kon vinden omdat mijn hersenen het af lieten weten. Ik kon alleen maar verbaasd zijn over mezelf, dat ik zo was ingestapt, zonder vragen te stellen, ik, de controlfreak, de moraalridder, de angsthaas. Deze man werd door Dorien Jager gezien als het brein achter de dood van Evert en bijna-dood van Hanneke. Voor hetzelfde geld reed hij me naar een afgelegen plek waar hij me met auto en al de plomp in zou rijden.

'Dit is mijn stadskarretje. Ik ga nooit met de BMW de binnenstad in, dat is tegenwoordig niet meer te doen. En, daarnaast...' hij keek me nu eindelijk aan en gaf me zo'n geil, plagerig lachje, 'is het wel prettig, zo'n brik waarin niemand je herkent.'

Hij draaide de volumeknop van de cd-speler open. *Saturday Night* van Herman Brood klonk uit de boxen.

'Dit heb ik al jaren niet meer gehoord,' zei ik.

'Dit draai ik iedere dag als ik naar Amsterdam rij. Hij blijft ijzersterk, deze plaat. En, jezus, ik weet niet hoe dat bij jou zit, maar deze muziek herinnert me aan goede tijden. Geen stuiver te makken, totale vrijheid, geen verantwoordelijkheden. Het was echt een geile tijd, en dit is geile muziek. Hiermee laad ik me op voor de strijd...'

Hij balde zijn vuist en stak hem in de lucht.

'Welke strijd?'

'Mijn werk. Lullen, bluffen, overtroeven. Elke dag opnieuw oorlogje spelen. Is lekker, hoor.'

'Maar wat doe je dan precies? Dat begrijp ik nog steeds niet...'

'Je kunt beter vragen wat ik niet doe. Het komt een beetje neer op goochelen met geld. Panden aankopen en verkopen of verhuren aan bijvoorbeeld de horeca. Kees heeft veel cafés gevestigd in mijn panden. En investeren in bedrijven zoals dat van jouw Michel. Maar ook bedrijfsovernames. Slechtlopende toko's omtoveren in goedlopende. Dat vind ik ook het leukste om te doen. Daar komt creativiteit bij kijken.'

Ik keek naar zijn slanke, behaarde pols, hoe deze sexy uit zijn overhemd stak en naar het platina horloge dat hij om had, zijn ranke, lange vingers die nonchalant het stuur omvatten. Ik slikte, mijn mond was kurkdroog. Simon reed hard. Hij bleek het soort automobilist dat ik eigenlijk haatte: agressief dwong hij anderen naar rechts door bijna op hun bumper te rijden en als ze dan nog niet opzij wilden gaan, te knipperen met zijn lichten. Een druppel zweet gleed langzaam langs mijn oksel omlaag en ook mijn handen werden vochtig. Ik veegde ze zo ontspannen mogelijk droog aan mijn rok, elke keer opnieuw, maar het hielp niks.

'Dat ik dit zomaar doe,' mompelde ik, meer in mezelf dan tegen hem. Hij glimlachte naar me en legde geruststellend zijn hand in mijn nek, waarop ik ineenkromp alsof ik een elektrische schok kreeg.

'We moeten praten. Dat gaan we doen. Niets meer, niets minder. Maar we kunnen moeilijk in Verdi gaan zitten. Dan lult het hele dorp er meteen over.'

Hij zette zijn richtingaanwijzer aan en reed van de snelweg af richting Akersloot. We reden voorbij het Van der Valk-motel, richting het dorp en Simon grinnikte dat het ook leuk zou zijn om naar het motel te gaan. Ik voelde mijn verlangen naar hem weer oplaaien alleen al door de nabijheid van een bed en overwoog even om voor te stellen een kamer te nemen en daar voor eens en voor altijd die idiote spanning tussen ons de wereld uit te helpen. Eén keer, één dag met hem, meer wilde ik niet. Een herinnering om de rest van mijn leven te koesteren.

'Dit is een te gek plekje,' zei Simon, terwijl hij stopte bij een verwaarloosd ogend café aan de rand van het water. 'Hier komt niemand.'

Hij keek als een blij kind om zich heen en stapte de auto uit. Ik volgde hem wankel op mijn hoge hakken over de kiezels en pakte begerig zijn uitgestoken, warme hand, schichtig om me heen kijkend, alsof ik naakt was of zojuist iets gestolen had.

We waren de enigen in het donkere muffe café, en de serveerster keek verstoord op van het poetsen van de aftandse bar. Marco Borsato schalde uit de speakers en Simon moest schreeuwen om twee koffie te bestellen. De serveerster knikte koeltjes en ging gewoon verder met poetsen. We liepen naar een tafel in een hoekje achter een brede pilaar aan het water en gingen zitten op de gammele stoelen.

'Dit is Holland ten top,' lachte Simon. 'Grijs buiten en bruin binnen.'

Vanuit zijn jasje klonk een irritant riedeltje en zich verontschuldigend graaide hij naar de mobiel in zijn binnenzak. Hij keek op het scherm en ik zag de spanning over zijn gezicht glijden.

'Zo. Die zetten we fijn even uit.'

Met een overdreven gebaar drukte hij zijn telefoon uit, klapte hem dicht en legde hem voor zich op tafel. Het telefoontje leek iets in hem geraakt te hebben, al probeerde hij nog zo ontspannen achterover te leunen. Zijn blik was onrustiger, angstig bijna, alsof iemand hem op de hielen zat.

'Simon,' begon ik, eindelijk in staat een hele zin uit te brengen zonder dat het zweet me uitbrak, 'ik wil je in de eerste plaats vertellen dat ik niets over jou of Ivo heb gezegd tegen Dorien Jager. Ik weet niet wat voor tactiek ze gebruikt, waarom ze tegen jullie heeft gelogen, maar geloof me alsjeblieft. Ik vind het vreselijk wat er is gebeurd.'

'Patries en Angela stellen zich verschrikkelijk aan. Het valt allemaal wel mee. De politie zal niks vinden bij mij, omdat ik geen fuck te maken heb met dit alles. Ik wil je alleen wel waarschuwen voor Dorien Jager. Zij is een gevaarlijke vrouw, echt een heks, die het tot haar levensdoel heeft gemaakt anderen, die het beter hebben dan zij, het leven zuur te maken. Ze heeft het op mij gemunt. Voor haar ben ik de duivel in eigen persoon.'

'Waarom?'

Ik snakte hevig naar een sigaret en plukte bij gebrek daaraan aan de kraaltjes van het morsige tafellampje.

'In Nederland heerst het idee dat je wel crimineel zult zijn wanneer je geld hebt. Of dat je op zijn minst over lijken gaat. Zij ziet in mij een soort maffiabaas. Mijn pogingen om Everts bedrijf van de ondergang te redden, worden door haar gezien als een vijandige overname. Terwijl ik hem alleen heb willen helpen.'

'Maar Evert zelf was daar ook niet zo blij mee.'

'Omdat ik hem onder curatele heb gesteld. Hij deed de raarste dingen. Zag omzet als winst, denk ik, totdat het op was en zijn bedrijf aan de rand van de afgrond bleek te staan. Wat hij gemakshalve was vergeten, was dat ook een deel van mijn vermogen in zijn zaken zat. Sterker nog, hij had zo kunnen groeien omdat ik in zijn bedrijf had geïnvesteerd. Twee jaar geleden was hij nog bereid mijn voeten te kussen om mij zover te krijgen in zijn zaak te stappen. Maar als ik participeer, betekent dat ook dat ik mijn investering veiligstel. En dus ingrijp als het niet goed gaat. Dat is niet crimineel, dat is gewoon zakendoen. Zo werkt het in mijn wereld en als ik niet zo zou werken, was ik nooit zo ver gekomen. En Evert trouwens ook niet.'

'En Michel, Kees en Ivo ook niet.'

'Zij begrijpen wél goed hoe het werkt.'

'En dat is?'

'Vriendschap en zaken gescheiden houden, dat in de eerste plaats. Daarnaast zien zij mij niet als een grote zak met geld, maar als een partner met winstoogmerk. Ik participeer niet als vriend, maar als zakenman en doe dit ook alleen als ik erin geloof dat deze participatie geld oplevert. Daarom nemen we in de contracten die we opstellen, ook altijd een target op. Wordt die niet gehaald, dan heb ik het recht om in te grijpen.'

'Maar zijn ze dan niet allemaal afhankelijk van jou?'

'Alleen maar wanneer het slecht gaat en dan nog kunnen ze beter bij mij in het krijt staan dan bij de bank.'

'Ik bedoel meer, kun je nog wel gelijkwaardige vrienden zijn, als je zakelijk zo met elkaar verbonden bent?'

'Ooit dacht ik van wel.'

Zijn blik gleed starend over mijn schouder, richting het grijze, troebele water. De stuurse serveerster bracht onze koffie. Simon haalde een bruin houten doosje uit zijn binnenzak, klapte het open en pakte er met een zorgvuldig gebaar een sigaar uit.

'Wat is er dan veranderd?'

'Evert pleegde zelfmoord. Dat is wel de ultieme aanklacht. Stel je voor dat hij Babette en de kinderen daarin mee had gesleept. Ik kan zakendoen en mijn emoties buitensluiten. Wanneer ik me keihard opstel, is dat nooit persoonlijk bedoeld. Zo wordt het spel gespeeld. Maar voor Evert bleek dat anders te werken. En toch, als ik 's nachts in bed lig en de hele kwestie opnieuw overdenk, weet ik dat ik niks fout heb gedaan, behalve dat ik misschien te veel in hem heb geloofd. Ik had nooit zaken met hem moeten gaan doen. Had ik geweten dat hij zo labiel en jaloers was...'

Met zijn zilveren aansteker stak hij zijn sigaar aan en het viel me op dat zijn hand trilde.

'Maar waarop was Evert dan jaloers? Hij had toch geld, een prachtig huis, een leuk gezin?'

'Evert wilde zijn zoals ik. Iedereen wil zijn zoals ik. Maar niet iedereen verwijt het mij dat hij niet zo is. Evert wel.'

Ik schrok van de felheid en de arrogantie waarmee hij sprak en realiseerde me tegelijkertijd dat hij gelijk had, al was het niet sympathiek om het zo uit te spreken. Zelfs Michel wilde zijn zoals Simon. Ik had hem zien veranderen vanaf het moment dat zij vrienden werden. En als ik eerlijk was, wilde ik ook wel een man zoals Simon. Niet zozeer vanwege zijn geld, als wel vanwege zijn sexy, zelfverzekerde uitstraling, zijn aureool van succes en de manier waarop hij daar zichtbaar van genoot. Hij was even irritant als onweerstaanbaar.

Ik wilde de tijd bevriezen. De hele dag hier blijven zitten, hem helemaal alleen voor mezelf hebben, praten zoals alleen verliefde stelletjes kunnen praten. Ja, ik was verliefd op hem. De tintelende roes waarin ik verkeerde nu ik hier met hem zat, was onmiskenbaar de roes van verliefdheid. En dat was niet goed. Ik moest hieruit stappen, voordat het gevoel zo hevig zou worden dat ik werkelijk in een relatie met hem zou gaan geloven en ik bereid was alles voor hem op te geven. Ik kende mezelf en wist uit ervaring dat ik mezelf compleet kon verliezen wanneer ik verliefd was.

Simon legde zijn warme hand op de mijne, die klam en koud op tafel lag, en zocht mijn blik.

'Je bent echt een mooie, sprankelende vrouw, Karen. Ik vind het heerlijk om zo met je te praten.'

'Volgens mij moeten we dit niet meer doen.'

Ik kreeg deze woorden nauwelijks uit mijn keel.

'Het is niet verstandig. Maar wel heerlijk,' zei Simon.

'Wat er eergisteren is gebeurd, was fantastisch en ik zal de herinnering daaraan altijd koesteren, maar daar moet het bij blijven. En het moet geheim blijven.'

Hij lachte snuivend.

'Mijn god, ja, daar ben ik wel van uitgegaan. Je moet dit soort dingen nooit, nooit opbiechten. Dat moet je me beloven. Blijven ontkennen. Het is gewoon iets van ons, waar verder niemand iets mee te maken heeft.'

'Wat was het, Simon? Wat bezielde ons?'

'Het zat er al tijden aan te komen. We hebben ons best gedaan om bij elkaar uit de buurt te blijven, maar eergisteren... Er was geen ontkomen meer aan.'

'Zo voel ik het ook. Maar ik had nooit van mezelf gedacht dat ik zoiets zou doen. Voel jij je schuldig?'

'Meisje, dat moet je niet doen. Sommige dingen moet je jezelf gunnen. Zolang niemand ervan weet en je je geen rare dingen in het hoofd haalt... Je leeft maar één keer en eeuwige trouw klinkt leuk, maar dat is niet meer van deze tijd.'

'Wat bedoel je met rare dingen?'

'Dat je verliefd op me bent, of dat je weg wilt bij Michel. Bij mij staat altijd als een paal boven water dat ik Patricia nooit zal verlaten. Wat er ook gebeurt. Mijn kids groeien op met een vader en een moeder en al is het één groot toneelspel, het is altijd nog beter dan een gebroken gezin. Daar is nog nooit iemand gelukkiger van geworden.'

Wat hij zei trof me, recht in mijn buik. Niet omdat ik ooit had gedacht dat hij zijn gezin wel zou verlaten voor mij, of dat ík dat zou doen, noch dat hij verliefd op me zou zijn. De plompverlorenheid waarmee hij sprak en waaruit duidelijk bleek dat hij niet verliefd was, kwam zo routineus, zo koud over, dat ik huiverde en bloosde, alsof ik betrapt was op een leugen. Ik wist op slag niets meer te zeggen en knikte maar wat, krampachtig glimlachend.

'Ik ben blij dat jij er ook zo over denkt,' zei hij, ondertussen op zijn horloge kijkend. 'Ik ga je terugbrengen, ik moet aan de slag.'

Hij legde geld op tafel en zette zijn telefoon aan, die onmiddellijk begon te piepen.

We liepen over het kiezelpad naar de auto. Boven ons hingen diepgrijze wolken waaruit het elk moment kon gaan regenen. De wind was gaan liggen en het was waterkoud. Simon hield het portier voor me open. Ik liep gehaast naar hem toe. Ik wist me geen raad met mezelf, voelde me afgewezen.

Toen ik wilde instappen en langs zijn lijf schampte, greep Simon me bij mijn middel en hield me tegen.

'Meende je dat, dat het bij die ene keer moet blijven?'

Met zijn duimen streelde hij mijn zij.

'Ja. Volgens mij is er al genoeg stuk in de eetclub. En daarbij, ik ben niet zo...'

'Zo?'

Voorzichtig pakte hij m'n hand en speelde met mijn vingers. Ik wilde hem walgelijk vinden, ik wilde hem slaan. Ik wilde huilen op zijn schouder.

'Een vrouw die voor de lol een verhouding begint.'

'Dus wat we hebben gedaan was een foutje? Heb je spijt?'

Hij keek me indringend aan en ik probeerde zo stoer en onverschillig mogelijk terug te kijken.

'Geen spijt. Het was heel fijn, maar het is de stress en de leugens niet waard. Ik kan daar in ieder geval niet mee leven.'

Zachtjes wurmde ik me los uit zijn greep.

'De eetclub is niet meer, lieverd. Die is failliet, finito, exit. Dat lijkt me duidelijk. Dus voor hen hoef je het niet te laten...'

Met zijn vinger gleed hij teder langs mijn gezicht. 'Ik had je anders ingeschat.'

Hij boog zich over me heen en likte aan mijn oorlel. Zijn warme adem joeg kippenvel over mijn hele lijf.

'Hoe dan?'

'Ik dacht dat je een vrije vrouw was. Niet bang...'

Dat ben ik ook, dacht ik, dat wil ik ook zijn. Maar met jou iets beginnen is zelfvernietiging. Ik wil mijn verstand weer terug, rust in mijn hoofd, ik wil weer blij zijn met mezelf, laat me alsjeblieft gaan. Maar dat zei ik niet. In plaats van hem weg te duwen, kuste ik hem terug en liet zijn handen toe onder mijn trui. Nog nooit was ik zo heerlijk gekust als door Simon. Nog nooit hadden mijn borsten zo verlangd naar iemands aanraking als naar die van Simon.

'We kunnen nog een eindje omrijden,' hijgde hij, terwijl zijn mobiel nu onophoudelijk piepte en rinkelde, waardoor ik net op tijd bij zinnen kwam.

'Dat lijkt me niet verstandig,' antwoordde ik schor en scheurde me van hem los.

Simon beantwoordde zijn telefoon, ik ging met bonkend hart in zijn auto zitten en hoorde nog steeds een vreemd rinkeltje, dat van ver leek te komen. Ik controleerde mijn mobiel, keek onder de stoelen, op de achterbank, in het dashboardkastje en uiteindelijk in Simons koffer, die achter mijn stoel stond. Daaruit klonk de wonderlijke ringtone. Kennelijk had hij twee telefoons. Ik klopte op het raam, wees op zijn koffer en gebaarde dat zijn andere telefoon afging, waarop hij, gewoon doorpratend, terugwenkte of ik deze aan hem wilde geven. Ik trok de zwarte leren koffer achter de stoel vandaan, klikte hem open, pakte het piepkleine, rode, heftig trillende mobieltje, draaide mijn raampje open en gaf het aan Simon.

Mijn oog viel bij het dichtklappen van de koffer op een stapeltje papieren waarop nog net het e-mailadres van Hanneke te lezen viel. Haastig bladerde ik door de papieren, met één oog Simon in de gaten houdend. Hij stond met zijn rug naar me toe gekeerd.

In een opwelling griste ik een van de velletjes tussen het stapeltje uit en propte het in mijn jaszak. Daarna sloot ik zijn koffer en plaatste deze weer keurig achter mijn stoel.

'Dat was Ivo,' mompelde Simon toen hij naast me kwam zitten. Hij leek in een paar minuten tijd tien jaar ouder geworden. Zijn gezicht zag bleek en de scherpe lijnen langs zijn mond leken dieper.

'God, Karen, wat mankeert ons? Is dit een straf of zo? Ging het te goed? Dat denk ik wel eens. Dat dit de prijs is voor succes en geluk. Daarom krijgen we dit op ons bord. We moeten er iets van leren. Maar wat? Wat, godverdomme!'

Hij schreeuwde en bonkte met zijn hoofd op het stuur tot de tranen in zijn ogen stonden.

'Ik kan het niet uitstaan! Dat ik niks kan doen. Helemaal niks! Die man zit aan de grond... Die kinderen...'

Koud zweet brak me uit. Er was iets met Hanneke.

Hij keek me aan met tranen in zijn ogen.

'Ze laten haar gaan.' Zijn kin trilde. Ik draaide het raampje open en snoof de koude, vochtige lucht op, om te voorkomen dat ik zou gaan overgeven.

26

Lieve, lieve Han,

Ik vind het verschrikkelijk om te zien hoeveel pijn je hebt en te weten dat ik die heb veroorzaakt. Maar toch kan ik niet anders dan afstand van je nemen. Het moet. Hoe dankbaar ik je ook ben voor je steun, je vertrouwen en geloof in mij (als ik jou niet had gehad, wie weet hoe diep de put dan was geweest) en ook voor je begrip, ik ga vanaf nu mijn uiterste best doen om te redden wat er nog te redden valt. Ik wil Babs niet kwijt. Ik wil mijn kinderen niet kwijt. Daarom heb ik besloten me neer te leggen bij de situatie en niet langer te vechten met haar, maar te proberen haar te begrijpen.

Ja, ik hou van haar, ondanks alles. Wat jij en ik hadden was mooi, bijzonder, onvergetelijk en heeft misschien wel mijn leven gered, maar was ook gebaseerd op angst. We waren eenzaam en verloren en hebben even bij elkaar kunnen schuilen. Zo zie ik het. Maar de storm is gaan liggen, de zon breekt weer door, we moeten verder. Het is nooit mijn intentie geweest mijn of jouw huwelijk kapot te maken en voor zover ik weet ook niet de jouwe. Dus alsjeblieft, Han, kijk vooruit en probeer wat wij hadden te zien als iets moois dat tot het verleden behoort. Je zult altijd een plek in mijn hart houden, maar hoe raar jij dit misschien vindt klinken, de rest van mijn hart behoort aan Babs. Ik hoop dat ook jij het op een dag kunt opbrengen je hart weer open te stellen voor Ivo.

*Wat betreft Simon heb je gelijk, maar ik kan niet anders, ik zit met handen en voeten aan hem gebonden. Bovendien: ik wil niet meer boos zijn, het vreet me helemaal op vanbinnen. Het komende jaar zal in het teken staan van het opruimen van de puinhopen die ik heb veroorzaakt: zowel met Simon als met Babs. Let maar op: ik ga ervoor zorgen dat mijn vrouw weer van me gaat houden en dat ik mijn zaak weer terugkrijg! Ja, ik zie je al braakbewegingen maken, maar ik moet mezelf dit voorhouden. En om dit te verwezenlijken, heb ik ook besloten ons huis te verkopen. Ik wil weg uit dit k**dorp en weg uit de eetclub. Weg ook uit Simons invloedssfeer. Met een schone lei beginnen.*

Lieve Han, het is beter om geen contact meer te hebben en uit elkaars buurt te blijven. Dit was mijn laatste bericht aan jou. We zullen elkaar tegenkomen, op straat, bij vrienden, op de tennisbaan, elkaars naam horen vallen in verhalen van anderen en dat zal zeker pijn doen, maar het slijt, geloof me. Ik hoop dat we ooit weer gewoon vrienden kunnen zijn, en dat Ivo het me ooit kan vergeven.

Liefs, Evert

De mail was een week voor de brand geschreven. Ik bleef het papier zachtjes gladstrijken, alsof ik Hanneke hiermee alsnog kon troosten, terwijl de tranen uit mijn ogen op tafel drupten. Steeds opnieuw las ik Everts woorden en kwam steeds opnieuw tot dezelfde conclusie: hij wilde niet dood.

Ik legde mijn hoofd op de brief en zag het voor me. Hoe haar lichaam losgekoppeld werd van de apparatuur. Haar sterke, jonge lijf, dat nog helemaal niet dood mocht. Was haar verdriet over de dood van Evert zo groot geweest dat ze hem achterna was gesprongen? Ik schudde mijn hoofd. Net zo min als Evert gekozen had voor de dood, had zij dat gedaan. Het was overduidelijk. Hanneke wist dat Evert was vermoord en ze had op het punt gestaan dit te bewijzen met deze mailtjes. Die zich nu in Simons aktetas bevonden.

Ik kreunde. Ik voelde me ziek van verdriet, ziek van mezelf, ziek van mijn vrienden.

Een auto reed ons tuinpad op en ik liep naar het keukenraam om te kijken wie eraan kwam. Het was Michel. Snel vouwde ik het papier op en propte het in mijn zak, veegde mijn tranen weg en sloeg de krant open. Officieel wist ik nog niets van Hannekes overlijden.

'Ach, Karen,' prevelde Michel toen hij me zag. Onhandig boog hij zich over me heen, terwijl hij zijn armen om me heen sloeg.

'Wat is er aan de hand?' vroeg ik, zo luchtig mogelijk. 'Wil je ook koffie?'

'Blijf even zitten. En hou me vast. Alsjeblieft.'

Hij woelde met zijn neus door mijn haren en snoof.

'Karen. Er is iets... Ik wilde het je zelf vertellen... Ik ben meteen naar huis gereden.'

Ik pakte zijn handen en duwde hem op de stoel naast me.

'Wat? Wat is er?'

Hij zuchtte en aarzelde even. Toen pakte hij mijn schouders en trok me tegen zich aan.

'Ze gaan Hanneke vanmiddag van de beademing halen. Het heeft geen zin meer... Haar hersenen zijn dermate beschadigd... Ze is in feite al dood.'

Hij hield me stevig vast en kreunde. Zijn borstkas schokte.

'Wie... wie zegt dat?'

'Simon. Hij belde me ongeveer een halfuur geleden. Iedereen is ernaartoe...'

'Iedereen?' Ik werd misselijk van dat woord.

Bevend peuterde Michel zijn sigaretten uit zijn broekzak en stak er een op. Ik kwam overeind en pakte er ook een. Hij gaf me vuur. Mijn handen trilden zo erg dat ik mijn sigaret niet in het vlammetje kreeg.

'En...' zei hij met schorre, afgeknepen stem, zijn blik van me afwendend, 'we zijn niet welkom. Of tenminste, jij niet. Ik weet het. Het is belachelijk. Ik ben ook heel boos geworden. Simon kan er niets aan doen, hij vindt het ook erg. Maar Ivo is haar man... We moeten zijn keuze respecteren.'

Ik kreeg het op slag koud.

'Het geeft niet. Ik wil toch geen afscheid van haar nemen tussen de mensen die misschien wel verantwoordelijk zijn voor haar dood.'

'Karen...'

'Het maakt niet uit wie het duwtje heeft gegeven. Al is ze echt zelf gesprongen, dan is ze daartoe aangezet. Ze moest dood, omdat ze meer wist over de moord op Evert.'

'Lieverd, dit heeft geen zin. Ik snap dat je boos bent en verdrietig, maar gebruik alsjeblieft je verstand.'

'Dat is ook precies wat ik eindelijk aan het doen ben.'

Michel wreef met zijn duim en wijsvinger vermoeid tussen zijn ogen. Daarna staarde hij me meewarig aan.

'Alsjeblieft Karen, denk na over wat je allemaal uitkraamt. Hou op met dit soort ongenuanceerde praat. Ivo heeft zijn vrouw verloren, Babette haar man... Dat is al erg genoeg. Laat ze met rust.'

'Ik zal mezelf niet kunnen vergeven als ik het hierbij laat zitten. Ik weet dat Hanneke nooit zelfmoord zou plegen, al was ze nog zo dronken en in de war. Ik ben het aan haar kinderen verplicht om dit in twijfel te trekken.'

Hij zweeg en stak een nieuwe sigaret tussen zijn lippen. Traag stroomden de tranen over zijn stoppelige wangen. Even leek hij weer de kwetsbare, lieve man op wie ik ooit verliefd werd. Ik wilde hem troosten. Hij draaide zijn hoofd weg.

'Ik ga niet alles waar ik zo hard voor heb gewerkt opgeven omdat jij een of andere bizarre complottheorie hebt ontwikkeld. Je kunt me niet dwingen mijn bedrijf, mijn leven op te geven. Ik doe het niet. Ik ga niet achter je staan. Je staat alleen, helemaal alleen hierin.'

Everts brief brandde in mijn zak. Maar ik kon hem Michel niet laten lezen zonder uit te leggen hoe ik eraan gekomen was.

'Dat weet ik, Michel. En ik hoop dat het niet te laat is, als ik je ooit weet te overtuigen. Voor ons, bedoel ik.'

27

Ivo wilde mij niet zien en niet spreken. Hij had zelfs in eerste instantie niet gewild dat ik naar Hannekes begrafenis kwam. Hij had, waarschijnlijk uit pure wanhoop en machteloosheid, al zijn pijlen op mij gericht. Ik was een verraadster en hij werd gevoed in deze overtuiging door Angela en Patricia, die elke dag bozer op mij leken te worden. Eerst werd ik nog gegroet in de supermarkt, maar een week later kon ook dat er niet meer af. Volgens Babette fokten Angela en Patricia elkaar op tot ongekende hoogten, hadden ze maar één gespreksonderwerp en dat was ik en ze bleken zich steeds meer negatieve dingen over mij te herinneren. Waarom ze al de eerste avond van de eetclub eigenlijk een hekel aan mij hadden gehad. Wat ik had gezegd, gedragen, gedaan en nagelaten. Dat ik al die tijd een aanhangsel was geweest, getolereerd werd omdat ik zo dik met Hanneke was en Simon zaken deed met mijn man. Dat ze altijd al hadden gedacht dat ik hen op een dag zou verraden, omdat ik heimelijk op hen neerkeek en mezelf zo geweldig vond. Maar dat ze nooit, nooit hadden verwacht dat ik zo'n stom wijf was dat ik mijn beste vriendin en haar man aan de schandpaal nagelde bij de politie.

Ik wist hoe deze gesprekken verliepen, want ik had er twee jaar lang bij gezeten. Het karakter, het uiterlijk, het huwelijk en het gezin van de afwezige persoon werden compleet geanalyseerd en niet zelden volledig afgebrand. Ik had altijd het idee gehad dat ik degene was die in dit soort gesprekken de nuances aanbracht, maar nu ik erbuiten stond, realiseerde ik me dat ik er net zo hard aan mee had gedaan, simpelweg omdat het lekker was en ook een heel veilige manier van converseren. Het hoefde nooit over onszelf te gaan. Onze angsten, onze onzekerheden, onze relaties. Het gaf een gevoel van saamhorigheid en samen aan de goede kant te staan. Wij voedden onze kinderen goed op, zij slecht. Wij dronken met mate, zij was alcoholiste. Wij hadden een leuke man, zij een klootzak. Wij richtten onze huizen met smaak in, zij verwaarloosde de boel. Wij konden goed tennissen, zij sloeg geen bal. Wij zochten onze kleding met zorg uit, zij aapte ons na. Wij hadden geld en een leuk leven, zij wilde daar zo graag bij horen. Wij waren slank, zij mocht wel eens wat aan zichzelf gaan doen. Onze mannen respecteerden hun vrouwen, die van haar zat altijd aan ons.

Vreemd genoeg gaf het uitgestoten zijn me een enorme kracht en voelde ik me op een wonderlijke manier opgelucht. Ik stortte niet in, hoewel ik iemand was die altijd aardig gevonden wilde worden, zelfs door personen die ik zelf onaardig vond, maar ik werd elke dag sterker, alsof ik stukje bij beetje mezelf weer terugvond. Wat me nog verschrikkelijk dwarszat, was het intense en pijnlijke verlangen naar Simon dat maar niet minder werd. Sterker nog, het leek meer en meer een obsessie te worden, ondanks mijn ernstige twijfels over zijn aandeel in de dood van Evert en Hanneke. Ik dacht aan hem zodra ik 's morgens mijn ogen opende, bij het smeren van de boterhammen voor het overblijven, het boodschappen doen, het fietsen naar school, het werken achter mijn computer, altijd en overal spookte hij door mijn hoofd en zorgde hij ervoor dat ik me nauwelijks kon concentreren. Elk romantisch en treurig liedje op de radio, zelfs een draak van een nummer van Marco Borsato, deed mijn fantasie op hol slaan. In mijn hoofd voerde ik hele gesprekken met hem, waarin hij me keer op keer uitlegde dat hij niets te maken had met Hannekes noch Everts dood, waarna hij me in zijn armen nam en heftig kuste. Het ene moment was ik ervan overtuigd dat hij het brein was achter de moorden, het andere moment wist ik zeker dat hij er niets mee te maken kon hebben. 's Nachts in bed schreef ik denkbeeldige brieven, e-mails, sms'jes waarin ik mijn verwarrende gevoelens voor hem probeerde te beschrijven of hem uitschold voor de grootste, walgelijkste patser, manipulator en versierder die deze aardbol rijk was. Wat niet bepaald hielp was dat hij me zo nu en dan berichtjes stuurde, die ik onmiddellijk onbeantwoord verwijderde en waarvan de inhoud de ene keer oppervlakkig vriendelijk was (*Ben benieuwd hoe t met je gaat. X*), dan weer wanhopig (*Please laat wat van je horen. XXXXX*) en soms expliciet geil (*Leg je neer op mn buro. Knoop je bloesje open en vind je borsten, je harde tepels, die ik kus, streel, lik. Nou jij! X*).

Het miezerde en boven de weilanden hing mist, waarin koeien dromerig stonden te grazen. Michel, de kinderen en ik stonden in het wit gekleed en ieder met een rode roos in de hand, te wachten langs de Bloemendijk, waar elk moment Hannekes begrafenisstoet voorbij kon komen. Vrienden en familie waren aan huis uitgenodigd om afscheid te komen nemen en Hanneke te begeleiden naar de Grote Kerk; kennissen, buren, zakenrelaties en de rest werd verzocht zich met een rode roos op te stellen langs de route.

Het hele dorp leek uitgelopen. Met bedrukte gezichten stonden honderden mensen en kinderen zwijgend langs de weg en dat was een indrukwekkend gezicht. Ik wist zeker dat Hanneke dit heel mooi had gevonden.

We leken allemaal onze adem in te houden toen de witte lijkwagen stapvoets aan kwam rijden met daarin de witgebeitste eikenhouten kist bedolven onder de prachtigste bloemstukken. Ivo werd begeleid door Babette, Mees, Anna, zijn ouders en die van Hanneke. Ze liepen verdwaasd, met rode, gezwollen gezichten van verdriet achter de wagen aan. Een golf van gejammer steeg op uit de toeschouwers. Michel sloeg een arm om me heen. Ik hoorde hem snotteren. Babette stak voorzichtig een hand naar ons op.

'Mam?' Annabelle keek me verwonderd aan. 'Huil je?' Ik knikte en glimlachte naar haar, terwijl ik haar en Sophie tegen me aan drukte.

'Papa huilt ook,' fluisterde Sophie in het oor van haar grote zus en Annabelle draaide zich om, richting haar vader, die met een zakdoek zijn ogen droogwreef. Ze pakte zijn hand.

'Mees zegt dat ze dood is, maar toch ook weer niet, omdat ze altijd bij hem blijft, in zijn hart...'

Patricia en Angela waren de enigen in het gevolg die grote, zwarte zonnebrillen droegen. Beiden hingen dramatisch aan de arm van hun echtgenoot en negeerden ons volledig. Simon knipoogde meewarig in onze richting.

'Het is godgeklaagd,' mompelde Michel, terwijl hij een arm om me heen sloeg en we ons aansloten bij de grote stroom mensen die de stoet volgde.

In de kerk vonden we een plekje achterin, naast een hoge marmeren zuil, tussen de sensatiezoekers. Alle banken waren bezet. De kinderen klommen spelend in de koorbankjes achter de onder rozen bedolven kist. Daarboven hing een grote zwart-wit foto waarop een stralende Hanneke stond, die op beide wangen gekust werd door haar kinderen. Uit de boxen klonk *Everybody Hurts* van R.E.M., haar favoriete nummer, waarvan ze meerdere malen had gezegd dat we, mocht ze ooit doodgaan, het moesten draaien op haar begrafenis. Ik duwde mijn hoofd tegen Michels schouder en boorde mijn nagels in zijn arm.

Vooraan zaten onze vrienden tegen elkaar aangeleund, Patricia en Angela nog steeds verscholen achter hun zonnebrillen, Simon had zijn arm om Ivo geslagen.

'Het is een prachtig toneelstuk, vind je niet?' fluisterde iemand achter me in mijn oor. Ik draaide me om en keek recht in het ronde gezicht van Dorien Jager.

De begrafenisondernemer nam plaats achter de katheder en er viel een drukkende stilte. Hij gaf het woord aan Simon. Het was niet aan hem te zien of hij nerveus was, of ontroerd, hoewel hij er voor zijn doen grauw en getekend uitzag. Hij streek een aantal keren zijn handen door zijn haar, stak zijn rechterhand nonchalant in zijn zak, schraapte zijn keel en vertelde ons hoe zwaar hij het vond om hier te staan, tegenover vrienden en familie van deze prachtige, bruisende jonge vrouw, deze moeder en echtgenote, vriendin en dochter, en zeer getalenteerd en succesvol binnenhuisarchitecte bovendien. Hij deed dit op verzoek van zijn beste vriend Ivo, die zichzelf niet in staat achtte te spreken.

'Hij is goed. Echt de innemendheid zelve.'

Doriens ogen prikten in mijn rug en ze bleef haar bijtende commentaar in mijn oor sissen, als een klein duiveltje op mijn schouder. Ik keerde me om en vroeg fluisterend of ze haar kop wilde houden, waarna ze gelukkig zweeg.

'Ik dacht dat jij wel vooraan zou zitten, bij de vips...' Ze sprak me aan toen we de kerk uit kwamen. Michel liep door met Annabelle en Sophie. Dorien stond tegen de muur geleund en draaide nerveus een shaggie, likte het dicht en stak het achter haar oor.

'Ik was gestopt. Ben net weer begonnen, maar probeer zo min mogelijk te roken. Tussen draaien en oproken moet minimaal tien minuten zitten, heb ik met mezelf afgesproken.'

Haar autoritaire, minachtende houding was verdwenen. Ze keek schichtig rond en zag eruit alsof ze in weken niet had geslapen.

'Jij hebt wel lef, hier op te komen dagen en door de dienst heen tegen me aan te kletsen! Na wat je me hebt geflikt! Waarom heb je gelogen? Waarom heb je mij dingen in de mond gelegd die ik nooit heb beweerd?' vroeg ik haar fel. Ze keek dwars door me heen met haar koude, blauwe ogen en haalde haar schouders op.

'Soms is dat nodig. Om de boel een beetje op gang te helpen. En al zei je het misschien niet, ik wist dat je twijfelde. Wat zou je voor vriendin zijn als je dat niet deed? Maar troost je, ik ben zwaar gestraft voor mijn werkwijze. Ze hebben me van deze zaak af gehaald...'

Ze sloeg haar ogen neer en schopte met haar lompe schoen in het gras.

'Simon blaast op zijn fluitje en hoppa, weg was ik. Maar goed, kennelijk ben jij ook uit de gratie...'

'Dankzij jou.'

'Geef mij maar de schuld. Dat is wat jullie soort doet. Wanneer jullie lam achter het stuur gaan zitten en aangehouden worden, zijn wij de klootzakken. Maar als een van jullie koters aangereden wordt door een zuiplap, zijn wij óók de klootzakken. En ondertussen maar roepen dat het zo onveilig wordt, dat er meer blauw op straat moet komen. Maar zelf op alle mogelijke manieren de belasting ontduiken. Alsof jullie boven de wet staan.'

'Gut, je moet bij de SP gaan. Daar zou je het best wel eens ver kunnen schoppen...'

'Rot op.'

Ze trok het shaggie achter haar oor vandaan en stak het op.

'En jij geeft Simon de schuld, terwijl je zelf buiten je boekje bent gegaan,' zei ik.

Het begon harder te regenen. Ik trok de kraag van mijn jas om mijn nek.

'Ik heb deze vrouw, die daar zo blij lachend met haar kindjes op de foto staat, jouw vriendin,' ze wees verwijtend naar me, 'stuiptrekkend op de stoep zien liggen. Ik vond haar tas op de kamer. Haar mobiel, vol met telefoonnummers van vrienden, haar agenda met foto's van haar kindjes, vol afspraken. Ik wist meteen: dit is een sterke, populaire, vrolijke vrouw, niet het type dat zomaar van een balkon springt uit liefdesverdriet. Geloof me, ik heb veel zelfmoorden gezien. Als jij haar daar zo had zien liggen, had je je ook voorgenomen koste wat het kost haar moordenaar te vinden.'

Michel kwam terug en gebaarde geïrriteerd dat ik mee moest komen.

'Ik moet gaan. Maar ik wil wel praten,' fluisterde ik en Dorien keek gespeeld verbaasd. 'Komt ze nu mee aan. Jezus, mens. Ik heb niets meer in te brengen! Het is niet meer mijn zaak.'

Ze zoog fanatiek aan haar shaggie en haar ogen lichtten verheugd op.

'Praten kan geen kwaad. Bel me, je hebt mijn kaartje.'

Verscholen onder een zee paraplu's namen we afscheid van Hannekes lichaam, dat langzaam wegzakte in het graf. Zelfs bij de begrafenis van mijn moeder had ik niet zo gejankt als nu, mijn neus en ogen waren rauw. Ik huilde niet alleen om het verlies van Hanneke, maar om het verlies van alles. Hier stond ik, vervreemd van iedereen, zelfs van mijn eigen man. Hij probeerde me te troosten door me zachtjes warm te wrijven, zakdoekjes aan te geven en in mijn hand te knijpen, wat mijn verdriet alleen maar groter maakte. Ik kon me niet losmaken van het grote, zwarte gat waarin Hanneke voor altijd verdween, zelfs niet toen de meeste mensen al waren vertrokken richting de aula voor zalm en champagne. Ik bleef staan terwijl de modder mijn pumps binnensijpelde. Voorzichtig probeerde Michel me mee te trekken, maar ik weigerde. Ik staarde naar de rozenblaadjes die de kinderen onder regie van Patricia om de beurt op de kist hadden gegooid en negeerde de regen, die steeds heviger uit de hemel naar beneden viel.

'Han,' fluisterde ik. 'Han, ik ga het afmaken. Je was zo dapper… Daarom was je ook mijn beste, beste vriendin, dat realiseer ik me nu. Omdat je zo dapper en stoer en eerlijk was. En ik ga ervoor zorgen dat je niet voor niks bent gestorven. Ze komen hier niet mee weg. Ik beloof het je.'

Iemand pakte me bij mijn schouder.

'Hé meisje, wat sta je hier te mompelen. Je vat kou…'

Simon. De regen droop langs zijn haren, over zijn gezicht, gleed via zijn neus naar zijn sensuele mond.

'Wat beloof je haar?'

'Dat gaat je niks aan.'

'Kom, ik breng je naar huis. Je bent doorweekt.'

'Jij anders ook. Moet je niet naar binnen? Champagne drinken, "zoals Hanneke het gewild zou hebben"?'

'Doe niet zo cynisch. Ik heb dat niet geregeld.'

'Je vrouw zeker? Dat wijf dat Hanneke een week geleden nog "een gevaarlijke gek" noemde? Maar goed, jullie hebben vast alle reden om de bubbels open te trekken. Ik denk dat ik mee naar binnen ga, om haar even wat leuke sms'jes van jou te laten lezen.'

'Is goed. Michel is ook binnen. Zal hij ook wel interessant vinden.'

Hij greep me krachtig bij mijn middel en trok me mee.

Ik stribbelde tegen, zette mijn hakken in de grond en porde met mijn elleboog tussen zijn ribben.

'Laat me los, Simon, zet me niet voor schut tegenover iedereen.'

Hij keek me ijzig aan en spande zijn kaakspieren.

'Je maakt jezelf volstrekt belachelijk, Karen. Ga mee naar binnen, wees een sterke vrouw, of ga thuis zitten jammeren. Ik wil dat het afgelopen is. Geen drama's meer. Jij gaat normaal doen, we gaan allemaal normaal doen.'

Hij zei het zo dwingend dat ik bang voor hem werd.

'Oké. Ik ga mee. Ik haal Michel en de kinderen en dan gaan we naar huis. Daarna moet jij me met rust laten. Niet meer sms'en, niet meer bellen. Laten we alsjeblieft afspreken dat jij ook normaal gaat doen.'

'Als dat is wat je wilt, dan respecteer ik dat. Ik zal je niet meer lastigvallen.'

'Fijn.'

Hij draaide zich om en liep weg. Ik stond te trillen op mijn benen en wilde heel hard zijn naam schreeuwen.

28

In de flat van Dorien Jager was het een onbeschrijflijke puinhoop. Verhuisdozen stonden opgestapeld in de smalle gang, een kattenbak naast de deur verspreidde een weeë ammoniakachtige stank en op de grond lagen regenlaarzen, pantoffels, bergschoenen en zelfs een paar roze teenslippers, alsof iemand ze in een woedende bui neer had gesmeten. En dat was alleen nog maar de hal. In het kleine keukentje stond de vuile vaat van een paar dagen op het aanrecht opgestapeld en de vuilnisbak puilde uit. Een schil van een uitgeperste sinaasappel lag ernaast.

'Let niet op de troep,' zei Dorien, die nog in haar ochtendjas liep, terwijl ze over een stapel oude kranten stapte, maar het was onmogelijk er niet op te letten.

'Ben je net verhuisd, of ga je verhuizen?' vroeg ik, wijzend op de kratten vol flessen en potjes op de eettafel.

'Van mijn vriend. Hij gaat weg. Morgen.'

'Ach, sorry...' Onhandig bleef ik midden in de kamer staan, terwijl Dorien een stapel kleding van de ene naar de andere stoel verplaatste.

'Geeft niet. Het is beter zo. Ik zal alleen blij zijn als dit,' ze gebaarde enigszins hulpeloos in het rond, 'achter de rug is. Dat verdelen van de spullen... Al die herinneringen die overal aan kleven. Koffie?'

'Lekker.'

Het was zaterdag. Ik had Michel gezegd dat ik een dagje ging winkelen in Amsterdam. Babette had mee gewild, maar ik wist haar af te wimpelen door te zeggen dat ik behoefte had aan een dag alleen zijn. Ze begreep het onmiddellijk en bood aan iets leuks met de kinderen te doen. Toen ik wegging, had Michel me liefdevol op de mond gezoend.

'Zo ken ik je weer!' had hij gelachen. 'Ga lekker winkelen, meid, hou je niet in.' Hij drukte een briefje van tweehonderd euro in mijn hand, opgelucht als hij was dat ik sinds de begrafenis geen woord meer had gerept over mijn complottheorieën.

'Het leven gaat door. We moeten vooruit, met elkaar. Patricia en Angela draaien wel weer bij. Laten we alsjeblieft de situatie niet erger maken dan die al is...' Met deze woorden had hij me proberen te troosten na de begrafenis. Ik had hem aangekeken en me afgevraagd waarom hij, mijn eigen man, zo graag wilde dat het deksel weer op de beerput ging. Hij, de programmamaker, ooit strijder tegen onrecht, inmiddels verworden tot producer van domme spelshows en ranzige realitysoaps.

Ik wilde weer van hem houden. Ik zocht me rot naar een sprankje gevoel, een fijne herinnering die mijn liefde voor hem weer kon aanwakkeren, maar er kwam niets anders naar boven dan ergernis en weerzin en ik vroeg me wanhopig af hoe dit in hemelsnaam ooit weer goed kon komen. Misschien als ik hem kon bewijzen dat er wel degelijk iets smerigs aan de hand was, zou dat ons weer dichter bij elkaar brengen.

'Melk en suiker?' Ik schrok op uit mijn sombere gedachten. Dorien had zich in een spijkerbroek en houthakkershemd gehesen, overduidelijk gehaast en afwezig, want het hemd was scheef dichtgeknoopt. Ze zette twee grote roze mokken in de vorm van een varken op tafel en schoof een geopend pak suiker en een grote fles Halvamel in mijn richting.

'Alleen suiker alsjeblieft,' antwoordde ik, waarop zij met een eetlepel een enorme schep suiker in beide mokken gooide. Ik vouwde mijn handen om de varkenskop heen en nam een slok. De koffie was zo sterk dat mijn hart onmiddellijk op hol sloeg.

'Ik geloof dat ik een beetje uitgeschoten ben...' mompelde Dorien en schepte nog een lepel suiker in haar mok.

Een zelfvoldaan glimlachje verscheen op haar gezicht.

'Wat heeft je van gedachten doen veranderen?'

Ik wist ineens niet waar ik moest beginnen. Het was moeilijk haar plotseling in vertrouwen te nemen.

'Ik weet zeker dat Hanneke geen zelfmoord heeft gepleegd,' begon ik. 'Ik ken haar, en zij is daar gewoon het type niet voor.'

Dorien zuchtte.

'Je bent toch niet helemaal hierheen gekomen om me dat te vertellen? Dat wist je een week geleden ook, al weigerde je het toe te geven. Jezus mens, natuurlijk heeft ze geen zelfmoord gepleegd. Maar bewijs dat maar eens. Wij hebben niks gevonden dat wijst op moord. Bovendien ben je eigenlijk aan het verkeerde adres, want ik ben van het onderzoek afgehaald.'

'Je zei dat Simon daarvoor had gezorgd...'

'Ja. Hij heeft een van zijn dure advocaten op mijn chef afgestuurd met het verhaal dat ik een persoonlijke vendetta tegen hem voerde en dat ik op een ongeoorloofde manier bewijsmateriaal aan het verzamelen was...'

'Dat was je ook. Op basis waarvan kon je zomaar Simon en Ivo's boekhouding in beslag laten nemen? En hun huizen doorzoeken?'

'Hé, dat was niet door mij in gang gezet, dat was de FIOD, dat had niets met mijn onderzoek te maken. Ik keek alleen maar mee. En dat mocht niet.'

Mijn mond viel open.

'De FIOD zit al jaren achter Simon Vogel aan vanwege gesjoemel met de vele miljoenen die hij heeft verdiend met sekslijnen. Hoe het precies zit weet ik niet, maar ik weet wel dat hij jarenlang met duistere constructies de belasting heeft ontdoken. Hij kwam er steeds mee weg, maar nu schijnen ze hem bij de ballen te hebben...'

'Sekslijnen?'

'Ja. Daar is hij mee begonnen en daar heeft hij zijn vermogen mee verdiend. Nadat hij mijn vader de dood heeft ingejaagd.'

'Je vader?'

Dorien trok een pluk shag uit haar pakje Drum en legde hem op een vloeitje.

'Mijn vader had een kraam op de Albert Cuyp. Hij verkocht dekens, dekbedden, hoezen, kussens, dat soort dingen. Simon was toen nog een lefgozertje en stond naast hem met een kleine kraam vol handel die hij importeerde uit Thailand. Alles namaak. Wat had je toen ook alweer voor merken? Fiorucci, Kappa, Nike, LaCoste. Poloshirts, sokken, zweetbandjes, dat soort troep. Liep als een trein. M'n pa vond het prachtig wat Simon allemaal flikte. Regelmatig gingen ze aan het eind van de dag samen de kroeg in, waar hij mijn pa helemaal gek lulde over al zijn plannen. Op een dag meldde Simon dat hij zou stoppen op de markt. Hij ging iets doen waar hij miljonair mee zou worden. Het was nog geheim. Pa zag zijn kans schoon en vroeg of hij Simons handel op de markt niet kon overnemen.'

Doriens gezicht verstrakte. Agressief zoog ze de rook naar binnen, waarna ze die driftig weer uitblies.

'Dat kon wel, zei Simon, maar voor dit soort handel moest je wel een neus hebben voor wat hip was. En je moest naar Thailand, Turkije, India om inkopen te doen, wat voor mijn vader, met zijn gezondheid onmogelijk was. Simon wilde die inkopen wel regelen. Dus hij vertrok naar Thailand, met een bom cash van pa, al zijn zwarte spaarcenten. En Simon kwam ook terug, maar zonder spullen en zonder geld. Hij beweerde opgelicht te zijn. Maar ik zag aan zijn hele rattige smoel dat hij loog. Dat was de laatste keer dat we hem zagen, hoewel hij beloofde er alles aan te doen mijn vader minstens de helft terug te betalen. Ook dat geloofde die sukkel van een vader van me. Hij was zijn kraam kwijt, in die van Simon zat een ander, waarschijnlijk een maatje van hem, met spijkerbroeken, zijn spaarcenten waren verdwenen en nog bleef hij Simon verdedigen. Een halfjaar later overleed hij. Hartinfarct. Er was niet eens meer geld voor een mooie begrafenis. En van Simon hoorde ik niks. Geen bloemen, geen briefje, niks. Veertigduizend gulden had hij mijn pa afhandig gemaakt. Ik was vijftien. Mijn moeder was vier jaar daarvoor overleden aan borstkanker.'

Toen ze eindelijk zweeg, keek ze me aan met een bijna triomfantelijke blik. Ze genoot zichtbaar van mijn verbijstering.

'Ja Karen, jullie Simon, met zijn mooie pakken en zijn huis vol hippe kunst is begonnen als marktkoopman en telefoonpooier. En oplichter, niet te vergeten. Waar hij komt, naait hij mensen. Hij heeft zijn mavo niet eens afgemaakt, maar hij is ontzettend slim. Hij weet alles en iedereen naar zijn hand te zetten. Hij manipuleert, chanteert, fraudeert...'

'Ja ja, hou maar op. Ik weet het. Hij had in ieder geval gelijk toen hij zei dat jij een persoonlijke vendetta tegen hem voerde...'

De overdosis cafeïne in combinatie met deze onthutsende informatie maakte me aan het trillen. Dorien stond op en kwam terug met de koffiekan. Ik weigerde beleefd en vroeg om een glas water.

'Wat denk je dat ik dacht,' riep ze vanuit de keuken, 'toen ik zijn naam zag in de rouwadvertentie van Evert? En hem daarna als een van de eersten zag opduiken in het ziekenhuis, bij Hanneke?'

Ze gaf me het glas water en ik haalde een paracetamol uit mijn tas om een opkomende hoofdpijn te bestrijden.

'Ik kan me voorstellen dat je het vreemd vond. En dat je onmiddellijk je kans greep om hem aan de schandpaal te nagelen. Maar het kan natuurlijk net zo goed een samenloop van omstandigheden zijn. Het bewijst allemaal niet dat Simon een moordenaar is. Hoe vreselijk ik het allemaal ook voor je vind, je kunt hem niet verantwoordelijk stellen voor de dood van je vader en hem als wraak de dood van Evert en Hanneke in de schoenen schuiven.'

'Ik weet zeker dat hij er iets mee te maken heeft,' siste ze, waarbij ze fanatiek met een opgeheven vinger zwaaide.

'Zijn vrouw, Patricia, is bij Hanneke geweest. Zij heeft haar als laatste gezien, samen met Angela.'

Nu was het Doriens beurt om mij met open mond aan te staren.

'Ze zijn naar haar toe gegaan om met haar te praten over wat er na Everts begrafenis was voorgevallen.'

'Dat hebben ze me niet verteld.'

'En ik heb een brief. Van Evert aan Hanneke.'

Ik trok het papier uit mijn achterzak en legde het op tafel.

'Mag ik?'

Ik knikte. Mijn wangen brandden. Doriens ogen flitsten over Everts woorden.

'Dit is niet te geloven. Niet te geloven,' mompelde ze en ze keek me fronsend aan.

'Dit is niet bepaald een brief die is geschreven door iemand die dood wil, hoewel het nog niks zegt, natuurlijk. Hoe kom je hieraan?'

'Maakt dat wat uit?'

Dorien rolde geïrriteerd met haar ogen.

'Jezus mens. Wat wil je nu eigenlijk?'

'Ik heb dit in Simons koffertje gevonden.'

'Ah.'

Ze keek me onderzoekend aan.

'Nou, ga je het me nog vertellen?'

'Wat?'

Ze zuchtte.

'Wat jij in Simons koffertje te zoeken had.'

Het bloed kroop via mijn nek naar mijn gezicht.

'Heb je iets met die eikel of zo?'

'Dat gaat je niets aan,' stamelde ik. 'Misschien is dit niet zo'n goed idee...'

'Karen, je kunt het me vertellen. Ik zit niet meer op deze zaak, ik kan mijn bek houden. Echt. Kom op.'

'Ja, er is iets voorgevallen tussen Simon en mij. We waren dronken, het was eenmalig. Daarna hebben we er met elkaar over gepraat en toen vond ik die brief tussen verschillende andere mailtjes in zijn koffertje. Per ongeluk, hij vroeg of ik zijn telefoon eruit wilde pakken.'

'Slordig van hem.'

Ze stond op en liep naar het raam, dat uitzicht bood over andere flatgebouwen.

'Zo.' Ze zuchtte. Ik wachtte blozend op haar afkeuring. 'Hiermee kunnen we hem pakken, Karen,' zei ze ernstig.

'Ik geloof niet dat hij een moordenaar is. Ik denk eerder dat hij iemand in bescherming neemt. Patricia bijvoorbeeld... Zij is tenslotte bij Hanneke geweest. Zij kan haar deze mailtjes afhandig gemaakt hebben en haar vervolgens van het balkon hebben geduwd.'

'Ik denk eerder dat zij hém in bescherming neemt. Haar goudhaantje. Pfff.'

Dorien blies de rook uit en drukte haar peuk woedend uit op een colablikje dat in het raamkozijn stond.

'Hoeren zijn het, die wijven. Misschien zijn ze nog wel slechter dan hun kerels. Ze pikken alles in ruil voor een paar glimmers. Ik schijt daarop, echt waar. Als ze maar in een cabriootje kunnen rijden, mogen shoppen in de P.C. Hooftstraat en op hun reet kunnen liggen aan de rand van een zwembad in Zuid-Frankrijk. Wat hun kerels verder uitvreten, zal ze worst wezen. En weet je wat ik nog het ergste vind? Dat dit soort wijven als een soort heldinnen opduiken in de bladen. Je ziet alleen maar blonde, opgepompte sloeries op de covers staan, die niets anders gepresteerd hebben dan het aan de haak slaan van een rijke vent. Vroeger moest je iets kunnen om beroemd te worden, tegenwoordig hoef je alleen maar poen te hebben, maakt niet uit waar het vandaan komt.'

'Ik geloof dat we afdwalen.'

'Sorry. Maar ik word altijd zo kwaad over dit soort dingen.'

'Mijn vraag is: wat moet ik doen met deze mail? Kunnen jullie hier iets mee?'

'Ik kan er niets mee, omdat ik me er niet meer mee mag bemoeien. Ik weet van collega's dat ze op het punt staan dit dossier te sluiten. Er is geen bewijs dat Hanneke geduwd is en de enige link die ze kunnen leggen met de dood van Evert is hun verhouding. Voor hen is het gewoon een liefdesdrama. Deze mail verandert daar niets aan. Het bewijst dat ze een verhouding hebben gehad en dat hij een conflict had met Simon, maar dat wisten we al.'

'En als ik ze vertel dat Patricia en Angela bij Hanneke waren, vlak voor haar val?'

'Dat is wel interessant. Vooral het feit dat ze hierover gelogen hebben. Maar dat maakt nog geen moordenaressen van hen. Hun ontmoeting zou Hanneke ervan overtuigd kunnen hebben dat haar leven geen zin meer heeft. Ze zullen zeggen dat ze erover hebben gelogen uit schuldgevoel en angst.'

Ik zoog mijn onderlip naar binnen en beet erop. Dorien liep terug en kwam op het puntje van de tafel zitten, vlak naast mij.

'Je zei toch dat er meer mailtjes in zijn koffertje zaten? Die moet je in handen zien te krijgen. Jij bent de enige die dat kan.'

Ze legde haar hand op mijn schouder.

'Ik heb met hem gebroken...'

'Ach, kom. Kerels zoals hij zijn met een natte vinger te lijmen. Vlei hem een beetje en je hebt hem zo weer waar je hem hebben wilt.'

'Ik weet het niet. Stel dat hij me betrapt...'

'Dan bedenk je een smoes.'

'Ik wil niet stuiptrekkend op de stoep eindigen, of als een verkoold lijk.'

'Ik zal je beschermen. Jij vertelt me waar jullie afspreken en ik zal in de buurt blijven. Eén druk op je telefoon als het naar wordt en ik kom je helpen.'

Ik schudde mijn hoofd en sloeg mijn handen voor mijn gezicht. Ik moest dit doen voor Hanneke, maar het idee dat ik Simon op zo'n vuile manier zou verraden, zorgde ervoor dat ik nauwelijks nog kon ademhalen.

'Jezus, je bent verliefd op die lul!'

'Ik kan er niets aan doen...' snotterde ik.

'Donder op. Natuurlijk kun je er wel wat aan doen. Je bent toch geen puber meer?'

Ze reikte me een verfomfaaid pakje papieren zakdoeken aan.

'Kom op, Karen. Je moet sterk zijn. Dit is de enige manier. Als het kon, deed ik het zelf, maar ik vrees dat Simon niet met mij wil neuken.'

'Je zult zien dat hij die mailtjes allang vernietigd heeft...'

'Zou kunnen. Aan de andere kant, waarom heeft hij dat niet meteen gedaan? Misschien is er een reden voor, dat hij ze bewaart.'

'Ik ben bang...'

'Dat jullie verhouding aan het licht komt...'

'Ook.'

'Ik beloof je dat dat niet gebeurt. Daar verzin ik wel wat op.'

29

Ik sloeg af bij het eerste het beste benzinestation, kocht een pakje sigaretten en een flesje cola-light en ging weer in mijn auto zitten. Michel verwachtte me nog lang niet thuis. Ik haalde mijn mobiel uit mijn tas, aarzelde even en legde hem op de stoel naast me. Ik stak een sigaret op en staarde naar de nors kijkende mensen om me heen, observeerde hun gehaaste gebaren en voelde me mijlenver van deze doodnormale wereld verwijderd. Ik was alleen, zo alleen als Hanneke en Evert zich maanden gevoeld hadden en ik kon me ineens levendig voorstellen dat je daar gek van werd. Weer pakte ik mijn mobiel en toetste nu zonder aarzeling het bericht in.

'Krijg je niet uit mijn gedachten. Laten we elkaar nog 1 x zien. x'

Ik drukte op 'verzenden' voordat de twijfel toesloeg. Daarna draaide ik de dop van het colaflesje en zette het aan mijn mond.

Sorry Simon, dacht ik, terwijl ik tranen in mijn ogen kreeg door het bruisende koolzuur in mijn mond. Ik weet geen andere manier.

Ik startte de auto en scheurde weg, richting Amsterdam, om de tweehonderd euro die ik van Michel had gekregen uit te geven. Ik kon niet thuiskomen zonder aankopen.

Enigszins verdwaasd en hyper dwaalde ik door mijn oude buurtje in de Jordaan. Ik liep door de gezellige, smalle winkelstraatjes, staarde in etalages zonder iets te zien, met mijn hand om mijn telefoon geklemd, niet in staat om me over te geven aan het onbezonnen winkelen waar ik zo vakkundig in onderwezen was door mijn vriendinnen. Een winkel in lopen en het rek uitkiezen waarin de kleur hing die je voor jezelf bedacht had dat seizoen. Deze winter hadden we ons massaal op zwart gestort, lekker makkelijk. Dan aan de stof voelen. Is het comfortabel, warm of juist luchtig; niet te synthetisch? Hip en toch tijdloos? Heb je er iets op, of onder? Durf je het te dragen? Maar vooral: is het exclusief genoeg? De prijs was verder van ondergeschikt belang, daar werd nooit over gesproken, tenzij die zo exorbitant hoog was, dat ermee gepocht kon worden. Zo had Patricia ooit een kalfsleren jasje gekocht van Dolce & Gabbana, haar favoriete merk, onder het mom van liefde op het eerste gezicht, dat tot haar schrik, zo zei ze, vijfduizend euro kostte. Het kost wat, maar dan heb je ook wat, had ze trots gelachen. Drie weken later liep Angela in hetzelfde jasje. Daar was nogal wat consternatie over geweest. Ze beweerde dat het haar compleet ontgaan was dat Patricia hem al had en beloofde voortaan altijd eerst te overleggen voordat ze hem naar een feestje aantrok. Maar voor Patricia was de lol er al af. Ze droeg het ding nooit meer.

Ik kocht regenlaarzen met lieveheersbeestjes-opdruk voor Annabelle en een parapluutje in de vorm van een kikkerkop voor Sophie, een grote rode sjaal waarvan ik nu al wist dat ik hem nooit zou dragen en hooggehakte, zwarte puntlaarzen in de uitverkoop. Lopend door onze oude buurt, langs het café waar Michel en ik elkaar voor het eerst hadden ontmoet, over de brug waarop hij me had gekust en gevraagd of hij alsjeblieft met me mee naar huis mocht, dacht ik voor het eerst sinds maanden weer met genegenheid aan hem.

Mijn mobiel trilde in mijn zak toen ik in café Het Paleis een cappuccino bestelde, en ik schokte alsof iemand met een speld in mijn billen stak. De serveerster keek me verbaasd aan.

'Sorry. Berichtje. Ik schrik me elke keer rot van dat ding,' glimlachte ik verontschuldigend. Ze glimlachte meewarig terug.

Ha mam, we zijn naar de film geweest en gaan nu een Happy Meal eten! Kus, Anna en Sophie

Het was nu ruim twee uur geleden dat ik Simon had ge-sms't. Hij moest toch inmiddels wel een keer reageren. Misschien was dit zijn manier om me te straffen. Het was te ijdel van me om te denken dat hij me na alles wat er was gebeurd, nog een keer zou willen zien. Waarschijnlijk was ik niets meer voor hem geweest dan een makkelijke wip. Nadat ik moeilijk was gaan doen, had hij me afgeschreven. Het plan dat Dorien en ik hadden bedacht, leek ineens volkomen zinloos en absurd. Ik had me verschrikkelijk laten meeslepen in haar haatcampagne.

De serveerster bracht mijn cappuccino en ik rekende meteen met haar af. Haastig klokte ik de mislukte, slappe melkbak naar binnen, trok mijn jas aan en verzamelde mijn tassen. Ik wilde ineens dolgraag naar huis, om het daar eindelijk weer eens gezellig te maken. Ik nam me voor op de terugweg in het dorp te stoppen en allemaal heerlijke dingen te halen. En thuis zou ik mijn telefoon uitzetten. Om me volledig aan Michel en de kinderen te wijden. We zouden in bad gaan en daarna in onze pyjama's voor de televisie kruipen, of nog beter, een spelletje met elkaar doen, onder het genot van thee en appeltaart. En in bed zou ik niet als een plank naast Michel gaan liggen, hopend dat hij bij me vandaan zou blijven, maar tegen hem aan kruipen en hem vertellen dat ik van hem hield. Dat we niemand nodig hadden. Mochten zijn handen dan over mijn lichaam gaan, dan zou ik me daaraan overgeven en me ervan bewust zijn dat het zijn handen waren, de handen van mijn eigen man, van wie ik hield, met wie ik verder wilde, verder moest, bij wie ik gelukkig kon zijn als ik daar maar mijn best voor deed. En dat zou ik doen, van nu af aan.

Ik zette mijn auto op het parkeerterrein achter de Eet-idee, een overdekte passage waarin zich de Groentiek, het Vispaleis, de Kaascorner, de Scharrelslager en Le Boulangerie bevonden. Ik slurpte een oester leeg bij het Vispaleis en kocht vijf moten gerookte zalm, prikte wat olijven bij de Kaascorner en ging weg met een groot stuk boerenbrie, roquefort voor Michel en zachte, overrijpe geitenkaas. Bij de bakker mocht ik warme pesto-ciabatta proeven, die zo verrukkelijk was, dat ik er meteen vijf aanschafte, naast de fameuze appeltaart.

Buiten was het inmiddels donker en regende het weer eens onverbiddelijk, dus rende ik – het weer, de winter en dit land vervloekend – met mijn handen vol tassen tussen de plassen door naar mijn auto, waar ik mijn boodschappen op de achterbank gooide en hijgend achter het stuur plaatsnam.

'Niet schrikken,' zei Simon.

Ik schrok wel. Zo hevig dat ik alleen nog maar hoog en piepend adem kon halen en mijn beide handen op mijn borst legde in de hoop dat dat mijn wild bonkende hart tot bedaren kon brengen.

'God, Simon! Verdomme! Je bezorgt me zowat een hartverzakking!'

Hij legde zijn hand op mijn rug, waarop ik terugdeinsde en met mijn hoofd tegen het raam knalde.

'Au! Kut, kut!' Ik verborg mijn hoofd in mijn handen om te voorkomen dat hij mijn tranen zag. Hij was doorweekt en rook naar drank.

'Sorry,' zei hij. 'Het was niet mijn bedoeling je de stuipen op het lijf te jagen. Maar ik zag je rijden en toen je uitstapte riep ik je, maar je hoorde me niet... Ik wilde je niet in de winkel aanspreken, snap je? Dus ik wachtte op je, maar het regende zo hard en je auto was niet op slot, wat trouwens heel stom van je is.'

'Wat wil je van me?'

'Ho even! Jij sms't mij! Eerst vraag je me of ik je met rust wil laten en drie dagen later wil je me ineens weer zien! En nu kijk je me aan alsof ik een of andere seriemoordenaar ben... Dus die vraag kan ik beter aan jou stellen.'

Ik kreeg het trillen niet onder controle.

'Ik ben gewoon een beetje in de war, denk ik.'

'Jij wilde me nog een keer zien, dus hier ben ik!'

Hij spreidde zijn armen en grinnikte. 'Of ben je opnieuw van gedachten veranderd?'

'Met zien bedoelde ik iets anders dan door jou overvallen te worden.'

Ik probeerde aan hem te denken als een ordinaire marktkoopman, als ranzige telefoonpooier, als kille, berekenende moordenaar, maar het hielp niets, de hunkering naar hem nam weer bezit van me en hij rook het, zoals een hond bloed rook. Hij strekte zijn arm en gleed met zijn vinger voorzichtig langs mijn hals.

'Wat bedoelde je dan?'

Ik slikte het speeksel dat mijn mond vulde weg.

'Ergens afspreken, ver weg van hier...'

Zijn ogen begonnen te glanzen en hij grijnsde van oor tot oor.

'Zo! Je bedoelt ergens waar ook een bed staat?'

Zijn andere hand streelde mijn dij, hoger en hoger. Zijn duim vond mijn kruis.

'Zoiets,' stamelde ik en ik duwde zijn hand tussen mijn dijen vandaan. 'Simon, dit moeten we hier niet doen. Dat kan niet.'

'Niemand ziet ons. We zorgen er gewoon voor dat de ramen snel beslagen zijn.'

'Ze kunnen mijn auto herkennen.'

'Laten we dan wegrijden...'

Hij tilde mijn kin op en dwong me hem aan te kijken. Ik werd bang van mezelf, van mijn bereidheid me weer aan hem over te geven. Het maakte me niet meer uit dat we midden in het dorp op een parkeerterrein stonden waar iedereen ons kon zien, dat Dorien me vanochtend nog had verteld wat voor dubieuze figuur hij in werkelijkheid was, noch de goede voornemens die ik zo-even nog had gehad ten aanzien van Michel en de kinderen.

Hij drukte een kus op mijn lippen, zo lief en zacht, dat het was alsof hij werkelijk om me gaf, dat hij voelde wat ik voelde, dat ik niet alleen was. Ik legde mijn handen langs zijn koude wangen, eigenlijk om hem tegen te houden, maar in plaats daarvan kuste ik hem zo teder mogelijk terug. Hij snoof en zijn kussen werden dwingender. Hij pakte mijn hand en duwde deze tegen zijn stijve geslacht.

'Nou,' kreunde hij in mijn oor, 'zeg het dan...'

'Wat?' Ik trok mijn hand terug. Het ging me te snel.

'Zeg het. Wat je met me wilt doen, ergens ver weg...'

Hij frunnikte aan de knoopjes van mijn blouse en stak zijn neus tussen mijn borsten, die hij met beide handen omvatte en zachtjes kneedde. Ik kreeg de woorden niet over mijn lippen. Zijn hoofd kwam weer omhoog en hij kuste me opnieuw gretig, terwijl hij zijn hand in mijn broek wrong.

'Dan zeg ík het,' hijgde hij.

'Ik wil je neuken, Karen. En ik ga je neuken. Ergens ver weg van hier. In een bed. Heel lang en hard.'

Zijn vinger gleed traag en doelgericht tussen mijn natte schaamlippen. Ik sidderde.

'Tenzij jij het anders wilt. Zeg het maar...'

'Nee,' stamelde ik. Dit moest ophouden. Er liepen mensen langs. Op mijn achterbank stond een kinderzitje. Bekenden zouden mijn auto herkennen. Een warme tinteling verspreidde zich in mijn onderbuik, langs mijn dijen richting mijn kruis en net toen het me dreigde te overspoelen, trok hij zijn hand weg en zei: 'Je hebt gelijk. Dit is niet handig.'

Ik hapte naar adem als een vis op het droge.

'Sorry, Karen. Ik liet me gaan. Ik was zo blij wat van je te horen... En toen zag ik je lopen. Ik voelde een enorme behoefte om met je te praten.'

'Dat heb ik gemerkt.'

Hij haalde zijn handen door zijn springerige haar en even zag ik oprechte verwarring op zijn gezicht.

'Als ik dicht bij je ben, kan ik gewoon niet van je afblijven.'

We zwegen even, in elkaars ogen kijkend. Zijn blik werd somber toen hij weer begon te praten.

'Mijn leven is veranderd in een nachtmerrie, sinds Everts dood. Weet je dat vannacht de ramen bij ons zijn ingegooid? En dat we steeds gebeld worden, waarna er meteen weer opgehangen wordt?

Patries is bang. Ze wil weg uit het dorp. Ze wil zelfs weg uit dit land. Ze heeft het steeds over Marbella. En als het zo doorgaat, dan moeten we wel.'

'Moet je hiermee niet naar de politie?'

'Nee, dat lijkt me niet handig. Die mensen daar zijn niet bepaald mijn beste vrienden. Sterker nog, die Dorien Jager zie ik ervoor aan... Ik heb haar laten schorsen. Omdat ze ver buiten haar boekje ging. En ze is zo hysterisch, misschien is zij wel degene die hierachter zit.'

'Maar waarom zou ze zoiets doen?'

'Omdat ze gestoord is.' Hij zuchtte. 'De politie is niet mijn vriend, en ik ben niet hun vriend. Mensen zoals ik moeten voor zichzelf zorgen. Wij zijn vogelvrij in dit land. Als je een foutje hebt gemaakt bij het betalen van je belastingen, ja, dan weten ze je te vinden. Maar wanneer iemand je bedreigt, hebben ze ineens een personeelstekort.'

Simon staarde even peinzend voor zich uit, draaide zich toen naar mij en spreidde zijn armen.

'Kom. Kom even bij me.'

Ik vlijde mijn hoofd tegen zijn brede, gespierde borst. Hij krabbelde door mijn haren. Het was een heerlijk, vredig moment. Stil, als in het oog van de storm.

'Ik moet nu weg,' mompelde hij, 'maar ik wil graag afspreken. Dan zorg ik dat ik langer de tijd heb. Laat mij het maar regelen.'

'Ik kan alleen maandag.'

Het moest zo snel mogelijk gebeuren.

'Oké. Ik zal maandag vrijmaken. Ik bel je.'

Hij legde zijn handen om mijn gezicht en glimlachte jongensachtig lief naar me.

'Dag mijn Karen,' zei hij en kuste me op het puntje van mijn neus. Toen was hij weg.

30

Mijn huis rook naar geurkaarsen. Ik haatte geurkaarsen. Dit moest Babette bedacht hebben. Vanuit de keuken klonken vrolijke geluiden. Het was nog nooit zo opgeruimd geweest. Schoenen stonden in het gelid onder de kapstok, jassen hingen keurig aan haakjes, op het dressoir in de hal brandden gezellige oranje waxinelichtjes tussen de ingelijste familiefoto's, die doorgaans aan het zicht onttrokken werden door sjaals, wanten en mutsen. Een zwaar, triest gevoel overviel me, alsof ik hier niet meer hoorde, alsof ik een buitenstaander was, die een gelukkig gezinstafereel kwam verstoren. Waar was ik in hemelsnaam mee bezig? Was mijn zoektocht naar de waarheid het waard dat ik stukje bij beetje mijn gezin verloor? Ik bedacht me dat ik me in geen weken werkelijk met mijn kinderen bezig had gehouden en het nu waarschijnlijk ook niet op kon brengen. Mijn hoofd zat te vol.

Ik schoof aan tafel bij Babette, Michel en de kinderen, kreeg een glas wijn toegeschoven en keek naar de kinderen, die volledig opgingen in het spel. Babette zocht zo nu en dan mijn blik. Ik zag aan haar gezicht dat ze lang had gehuild. Michel speelde vrolijk met de kinderen mee en glimlachte af en toe met dezelfde gemaaktheid naar mij.

'Ik heb allemaal lekkere dingen meegenomen,' riep ik en ik stond weer op om de tassen die ik op het aanrecht had gezet uit te pakken. Ik legde de kaas op een plank, schoof de zalm nog even in de oven en sneed het stokbrood, waarna ik de vaatwasser uit begon te ruimen. De onrust gierde door mijn lijf. Om dit te temperen sloeg ik mijn wijn in drie slokken achterover.

'Wat een verwennerij,' zei Michel en hij sloeg zijn arm om mijn middel om me bij zich op schoot te trekken. Zijn hand gleed over mijn rug.

'Heb je het fijn gehad? Een beetje bijgekomen?'

Ik knikte.

'Het was heerlijk om weer eens door Amsterdam te lopen.'

'Mooi. Wij hebben het hier ook super gehad. Ik ben met de kinderen naar de film geweest.'

Beau, Luuk, Annabelle en Sophie begonnen enthousiast door elkaar heen te ratelen. Babette staarde me met een vreemde blik aan.

We speelden nog een keer Triviant, dronken een tweede fles chablis leeg, aten de warme zalm met een door Babette in elkaar geflanst sausje, kletsten wat over de geneugten van Amsterdam en zetten de kinderen met warme chocomel en appeltaart voor een dvd. Bij een derde fles wijn haalden we herinneringen op aan Evert. Opnieuw vertelde Babette dat ze de brand nooit geroken zou hebben als ze niet uit bed was gevallen. Hoe ze, wazig van de slaappillen die Evert in haar wijn had gestopt, naar de kinderkamer was gelopen en Beau wel in bed had aangetroffen, maar Luuk niet. Met Beau in haar armen de trap af rende, terwijl het vuur in de keuken om zich heen greep en ze nauwelijks nog iets zag door de rook, hem naar buiten bracht, in de schuur legde en weer naar binnen rende, om Luuk te zoeken, die ze aantrof in het ouderlijk bed. Dat deed hij wel vaker als hij bang was, bij hen in bed kruipen. Maar die nacht was Babette in de logeerkamer gaan liggen. Ze hadden ruzie gehad. De vragen maalden maar door haar hoofd. Had Evert het ook gedaan als ze geen ruzie hadden gemaakt? Zouden ze allemaal dood geweest zijn als ze gewoon in haar eigen bed had gelegen? Waarom had ze niet in de gaten gehad dat Evert weer psychotisch was? Had ze Evert nog kunnen redden, als ze meer haar best had gedaan? Als ze niet zo vreselijk kwaad op hem was geweest? Wij luisterden, aangedaan, ontroerd, af en toe huilend. We troostten haar door te zeggen dat ze had gedaan wat ze kon. Was ze Evert gaan redden, dan had ze waarschijnlijk nu niet meer geleefd. Het was goed zoals ze had gehandeld en ze moest zich erbij neerleggen dat ze op sommige vragen nooit antwoord zou krijgen. Ik durfde niet te vragen of ze er ooit aan twijfelde of Evert de brand zelf had aangestoken, of hij wel degene was geweest die hen had gedrogeerd. Maar de gedachte dat iemand anders dat had gedaan, dat misschien wel iemand in onze vriendenkring in staat was ook twee kinderen op zo'n afschuwelijke wijze om het leven te brengen, was zo walgelijk dat ik me er diep voor schaamde. Ik wist ineens zeker dat Simon hier niets mee te maken had, wat Dorien Jager ook beweerde. Hij was geen kindermoordenaar. Het was onmogelijk, ondenkbaar dat ik mijn vertrouwde leven, mijn huwelijk en mijn gezin op het spel zette voor een kindermoordenaar.

'Ik ga de kinderen in bad doen,' mompelde Michel, enigszins aangeschoten en van slag door het verhaal van Babette. Hij verliet de keuken.

'Je hebt een leuke man,' zei Babette toen hij weg was, en ze verdeelde het laatste restje wijn over onze glazen.

'Ja,' antwoordde ik terwijl ik voelde dat mijn wangen rood werden. Hij deed in ieder geval weer zijn best om leuk te zijn.

'Ik meen het, Karen. Maak het niet kapot.' Ze keek me streng aan.

'Hoe bedoel je?'

'Ik ben niet gek. Waarom moest je zo nodig alleen naar Amsterdam?'

Ik wist niet wat ik moest antwoorden. De wijn vertroebelde mijn gedachten. Ik wilde haar wel de waarheid vertellen, maar ik was ook bang dat ik daarmee alles verpestte.

Er viel een ongemakkelijke stilte.

'Karen, ik woon in je huis, ik vertel jou alles. Je kunt me vertrouwen...'

Een vreemd soort piepje ontsnapte aan mijn keel.

Ze pakte mijn hand en begon die te strelen.

'Ik sta aan jouw kant. En daarom moet je me vertellen wat er aan de hand is. Zodat ik je kan helpen. Na alles wat jij voor mij hebt gedaan.' Haar blik verzachtte.

'Ik ben bang,' fluisterde ik schor, 'dat ik diep, heel diep in de problemen zit. Ik ben de weg volledig kwijt. Ik weet niet meer wat waar is en wat niet, of ik er goed aan doe of juist niet. Het ene moment voel ik me sterk en ben ik ervan overtuigd dat ik het moet doen, dat het de enige manier is om mijn leven weer terug te krijgen, dat ik het Hanneke verschuldigd ben en nu voel ik me een wrak, een verraadster, een in- en in-slechte vrouw...'

Mijn hoofd hing in mijn handen en de tranen drupten op tafel. Babette aaide me over mijn haar, klopte op mijn schouder en toen dat allemaal niet hielp, haalde ze een glas water voor me.

'Hier, drink op. Je hebt te veel gedronken. Ik kan er geen touw meer aan vastknopen. Wat moet je doen?'

Ik dronk het glas water leeg, bette mijn ogen droog met een tissue uit de doos die Babette op tafel had gezet, snoot mijn neus en legde mijn hoofd op tafel. Ik kon haar niet aankijken terwijl ik dit vertelde.

'Ik was bij Dorien Jager. Zij heeft me verteld hoe Simon werkt, hoe nietsontziend hij is als het gaat om geld verdienen. Wist je dat hij ooit begonnen is met sekslijnen? Dat hij gewoon op de markt stond, vroeger?'

'Ja, dat heb ik wel eens gehoord... Maar dat is toch geen misdaad? En wat heeft dat met jou te maken? En met Hanneke?'

'Jíj wist dat?'

'Ja. Maar wat is daar erg aan? Ook sekslijnen zijn gewoon handel... Het zijn geen drugs of zo.'

'Wist je ook dat die huiszoekingen bij hem en bij Ivo niet in opdracht van Dorien werden uitgevoerd, maar in opdracht van de FIOD?'

'Nee, dat wist ik niet...'

'Hij heeft e-mails. Van Evert aan Hanneke.'

'Wat zeg je?'

'In zijn koffertje. Ik heb ze gezien en er eentje meegegrist. Die heb ik aan Dorien gegeven.'

'Mijn god...' Ze stond op en pakte een glas water, dat ze daarna tegen haar wang hield.

'Waarom heb je die niet aan mij laten zien? Een mail van míjn man!' Ze hapte naar adem en beet op haar vuist. 'Wat stond erin?'

'Dat het over moest zijn tussen Hanneke en hem. Hij ging vechten om jullie huwelijk te redden. Het was niet bepaald een brief van iemand die een eind aan zijn leven en aan dat van zijn gezin wil maken. Hij kwam ook niet psychotisch over.'

Haar hoofd zakte tussen haar schouders en ze klampte zich vast aan een stoel. Even dacht ik dat ze om zou vallen. Ik wilde opstaan om haar op te vangen, maar ze maakte een afwerend gebaar.

'Laat maar. Het gaat wel.' Ze trok de stoel naar zich toe en ging erop zitten. 'Ik ga geloof ik even een sigaret van Michel roken.'

Ik pakte Michels Marlboro's van de afzuigkap, haalde er twee sigaretten uit, stak ze aan en gaf er een aan Babette.

'Ik neem aan,' begon ze zachtjes en beheerst, 'dat jij ook hebt nagedacht over wat je nu insinueert...'

'Ik denk over niets anders na. Maar na wat je vanavond weer vertelde... Wie is er tot zoiets walgelijks in staat? Alleen een gek, iemand zonder enig gevoel.'

'Evert was heel ziek, Karen. Ik geloof niet dat iemand van jullie in de gaten had hoe slecht hij eraan toe was. Zelfs Hanneke niet. De avond voor de brand trof ik hem 's nachts naakt aan in de kast, waar hij zichzelf met een nagelborsteltje en bleekmiddel zat af te boenen. Hij dacht dat hij besmet was, dat wij allemaal besmet waren door buitenaardse wezens. Hij had ze gezien, zei hij. Toen wist ik dat hij zijn medicijnen niet meer nam. Ik heb hem onder de douche gezet en hem zijn pillen vermengd met thee gegeven, want hij weigerde ze te slikken. Daarna wilde ik de huisarts bellen. Maar hij smeekte me huilend om hem niet weer weg te brengen. Dat hij dood zou gaan daar, dat hij zichzelf van het leven zou beroven. Wat doe je dan?'

Haar lippen trilden. Ze nam een trek van haar sigaret.

'Hij was mijn man, ik hield van hem. Ik kon hem daar niet weer naartoe brengen. Ik dacht: deze keer lossen we het samen op. Dus ik ben ook voor een deel verantwoordelijk voor wat er is gebeurd.'

'Nee, Babette, dat kun je zo niet zeggen...' zei ik, zoekend naar woorden om haar te verlossen van deze vreselijke schuldvraag. Michel kwam binnen en deinsde terug toen hij ons zo verslagen zag zitten.

'Gaat het, dames?' We knikten allebei en glimlachten door onze tranen heen. Ik gebaarde naar hem dat hij ons beter even met rust kon laten.

'Je mag dit nooit aan iemand vertellen,' zei Babette en ze omklemde mijn pols met beide handen. Ik schudde mijn hoofd en kuste haar op haar voorhoofd.

'Natuurlijk niet.'

We zwegen, zo nu en dan sniffend, ik zette een ketel water op het vuur, pakte twee kopjes en twee bordjes waarop ik twee grote punten appeltaart legde, en gaf er een aan Babette. 'Lekker,' zuchtte ze en ze deed een poging om me dankbaar aan te kijken.

'Wat ik niet begrijp is hoe Simon aan die mailtjes komt? En waarom liegt hij over dat onderzoek van de FIOD? Ergens klopt er iets niet...'

Ik schonk thee in de kopjes en keek angstvallig naar Babette, bang dat ik haar opnieuw in de war zou brengen. 'Sorry dat ik zo doordraaf. Maar we zijn nu toch bezig.'

'Geeft niet. Ik heb een andere vraag. Wat heb jij in het koffertje van Simon te zoeken?'

'Tja. Dat is wéér een ander verhaal...'

Ze leunde over de tafel naar me toe.

'Volgens mij niet. Waarom ben je zo geobsedeerd door hem?'

'Ik ben niet geobsedeerd door hem.'

'Dat ben je wel. Je komt steeds weer op hem terug.'

Ik sloeg mijn ogen neer en probeerde iets te bedenken om me hieruit te redden.

'Je hoeft niet tegen me te liegen, Karen. Ik heb jullie gezien.'

Mijn hart sloeg over.

'Waar heb je het over?'

'Die nacht dat jullie zo zijn doorgezakt. Jij en Simon stonden te zoenen bij de schuur. Ik werd wakker van het lawaai dat jullie maakten. Ik keek uit het raam, en daar stonden jullie...'

Babette staarde me onbewogen aan.

'Ik weet niet wat me bezielde, die nacht. We waren zo in de war, zo dronken. Het is maar één keer gebeurd. Daarna hebben we erover gepraat en besloten het hierbij te houden en het aan niemand te vertellen. Na dat gesprek vond ik die mailtjes in zijn koffertje. Wil je alsjeblieft beloven dat dit onder ons blijft?'

'Dat je me dat nog vraagt. Natuurlijk.'

Er gleed een zorgelijke blik over haar gezicht.

'Simon is zo ongeveer de laatste man op deze aardbol op wie je verliefd moet worden...'

'Ik weet het.' Ik kromp ineen van schaamte.

'Hij heeft meer vrouwen geneukt dan ik haren op mijn kop heb, zei Evert altijd.' Babette leek dit bewust zo hard mogelijk te brengen, opdat het goed pijn zou doen. En dat deed het. Het voelde als een trap in mijn maag.

'Weet Patricia dat?' vroeg ik zachtjes.

'Patricia wil het niet weten. Wat schiet ze daarmee op? Als ze moeilijk gaat doen, kan ze dag met haar handje zeggen tegen haar Range Rover.'

'Simon heeft me gezegd dat hij haar nooit zal verlaten,' zei ik.

Babette grijnsde cynisch.

'Maar goed, jij gaat dus naar bed met de man die je ervan verdenkt dat hij Hanneke uit het raam gegooid heeft.'

'In ieder geval heeft hij iets te verbergen. En ik wil erachter komen wat.'

'Daarom ga je met hem naar bed?'

'Dat is maar één keer gebeurd.'

'Ik begrijp er niets van. Ik raad je alleen aan ermee te stoppen. Ik weet wat een puinhoop het aan kan richten. Geloof me, als je dat hebt meegemaakt... Geen neukpartij is zo goed, dat het dat waard is.'

'Je bedoelt met Evert en Hanneke?'

Ze knikte.

'En jij? Heb jij Evert wel eens bedrogen?'

'Ik moet er niet aan denken een ander, vreemd lichaam aan te raken. Ik snap niet dat je dat kunt. Ik zou dat alleen kunnen als ik heel veel van iemand zou houden. En dat kan ik maar van één man tegelijk.'

Michel sliep al toen ik naast hem in bed kroop, nadat ik op de tast mijn flanellen pyjama had aangetrokken. Kreunend kroop hij tegen me aan, klemde zijn been over mijn benen en schoof zijn hand op mijn buik. Hij had de afgelopen dagen zijn best gedaan weer iets van ons huwelijk te maken. Degene die het op alle fronten liet afweten was ik. Ik begeerde een ander, ik verwaarloosde hem en de kinderen, nam hem niet in vertrouwen en in plaats van dit eerlijk toe te geven, smeet ik het ene na het andere verwijt naar zijn hoofd, gaf ik hem de schuld van alles wat er mis was tussen ons, zelfs heimelijk van het feit dat ik naar Simon verlangde. Michel mocht het nooit weten. Hij zou eraan kapotgaan. Ik was eraan begonnen en nu moest ik dit verpletterende schuldgevoel alleen dragen.

'Wat was er allemaal aan de hand?' mompelde hij met schorre stem, terwijl zijn hand omhooggleed en bleef rusten op mijn borst.

'Niks. We hadden het over Evert. Ze mist hem.'

'Hmm. Het is ook moeilijk voor haar ons zo gelukkig te zien...'

Hij begon aarzelend mijn tepel te strelen, heel voorzichtig, bang om afgewezen te worden, alsof hij bedelde naar liefde, terwijl Simon alweer in mijn hoofd opdoemde. We vreeën in het donker, voor het eerst in weken, zonder te zoenen en toen Michel in me klaarkwam zei ik dat ik van hem hield. Hij bleef op me liggen, minutenlang, zuchtend en snuivend. Even dacht ik dat hij huilde. Het zweet brak me uit. Troostend aaide ik zijn bezwete rug en vroeg hem of het ging.

'Ja!' lachte hij. Hij keek me zo lief aan, dat ik wel door de grond kon zakken.

'Je bent geweldig, weet je dat? Gemaakt voor de liefde. Het is maar goed dat anderen niet weten hoe heerlijk jij bent in bed...' Hij liet zich naast me vallen en zuchtte van genot. Ik legde mijn hoofd op zijn borst en klampte me aan hem vast.

'Alleen bij jou...' mompelde ik. Michel trok het dekbed dicht om ons heen en wiegde me vervolgens zachtjes heen en weer.

'Nu lekker slapen. Tegen elkaar aan. Je moet dicht bij me blijven vannacht.'

'Oké,' fluisterde ik schor, hoewel alles in me schreeuwde om afstand. Ik voelde hoe zijn lijf zich ontspande en ik luisterde naar zijn zware ademhaling, die overging in zachtjes snurken. Ik wist dat ik weer geen oog dicht zou doen.

De rood oplichtende cijfers van onze wekker gaven aan dat het halfvier in de ochtend was. Mijn gedachten draaiden nog steeds op volle toeren. Alle eetclubvrienden waren als verdachten de revue gepasseerd. Zelfs mijn eigen man, hoewel ik bij hem geen enkel motief kon verzinnen en zeker wist dat hij nooit iemand pijn zou kunnen doen. Eén vraag bleef maar in mijn hoofd zeuren. Waarom had Angela zo plotseling geweigerd Babette in huis te nemen, terwijl die afspraak al was gemaakt? Ik kreeg steeds sterker het gevoel dat het antwoord op die vraag verband hield met wat er allemaal was gebeurd. Er was een geheim, nog een geheim, dat Angela niet met me had willen delen, en Babette ook niet, hoewel ze nog zo haar best deed eerlijk en oprecht over te komen. Er was maar één manier om erachter te komen wat het was. En daarvoor zou ik eerst diep door het stof moeten.

31

Angela deed open in haar ijsblauwe tennisoutfit en schrok toen ze zag dat ik het was.

'Karen,' zei ze, waarna ze haar lippen op elkaar perste en in de deuropening bleef staan. 'Wat brengt jou hier?'

Ze bekeek me van top tot teen, alsof ik een smerige, schurfterige zwerfhond was. Ik wilde het liefst in de lucht oplossen. Ik vroeg of ik binnen mocht komen, waarop haar kleine grijze ogen zich opensperden alsof ik een oneerbaar voorstel deed.

'Ik weet niet of ik daarop zit te wachten…'

Ze ging wijdbeens staan en sloeg haar armen over elkaar. Ik schoot in de lach. Het was een nerveus, hikkend gegiechel.

'God, Angela, laten we alsjeblieft ophouden met deze idioterie. Ik wil met je praten en ik vind dat je me een kans moet geven.'

Ze zuchtte en deed een stap achteruit.

'Oké. Maar ik heb niet lang. Ik ga om halfelf tennissen met Patries.'

Uit de woonkamer klonk het geluid van een stofzuiger. Angela liep voor me uit en verzocht haar werkster boven verder te gaan. De schuwe vrouw wurmde zich verontschuldigend langs me heen richting de trap.

'Nou, dan zal ik maar cappuccino maken...'

'Lekker,' zei ik.

Ze kwam terug met twee perfecte cappuccino's en ging tegenover me zitten in de zwarte, lederen fauteuil.

Ik wreef in mijn handen. Ze waren ijskoud.

'Angela, ik ben hier om je zeggen dat ik het ontzettend jammer vind hoe het is gelopen. Ik zit er vreselijk mee. Ik slaap niet meer, ik lig maar te malen. Ik mis jullie... Helaas kan ik het niet meer terugdraaien wat er is gebeurd, maar ik hoop dat het helpt als ik zeg dat het me spijt.'

Er sloop iets triomfantelijks in haar blik.

'Dus je geeft toe dat je fout zat?'

'Ja.'

'Goh...'

'Ik weet niet meer precies wat ik heb gezegd tegen de politie, maar kennelijk was het belastend genoeg. Het is nooit mijn bedoeling geweest iemand te verraden. Het spijt me. Ik wil het heel graag weer goedmaken met jullie.'

Ik hief mijn handen verontschuldigend in de lucht.

'Ik had mijn kop moeten houden. Maar ik was verschrikkelijk in de war van Hannekes ongeluk, zo vlak na Evert, wie niet. Daardoor heb ik dingen gezegd die ik niet meende.'

Angela wierp een argwanende blik op me.

'Lijkt het je niet beter om dit tegen Patries en Simon te zeggen?'

Zachtjes antwoordde ik dat ze daar gelijk in had, maar dat ik me nog te veel geneerde. En dat ik met haar altijd goed had kunnen praten. Daarom was ik eerst naar haar gekomen. Langzaam ontdooide ze.

'Weet je, Angela, jij bent anders. Ik weet niet hoe ik het onder woorden moet brengen. Ik heb me bij jou altijd veilig gevoeld. Jij bent wat spiritueler dan de rest. In ieder geval oordeel jij niet zo snel. Daarom denk ik ook dat jij de enige bent die me kan helpen.'

Op haar strenge gezicht verscheen een voorzichtig glimlachje.

'Ik probeer gewoon open te staan voor iedereen. En ik ben van mening dat iedereen een tweede kans verdient. Dus jij ook. Ik vind het trouwens heel goed van je, wat je nu doet. Ik geloof echt dat je gegroeid bent. Als persoon. Dat je dit op kunt brengen.'

Zo gemakkelijk ging het in narcistische vriendschappen. Eindelijk wist ik hoe het werkte. Het was een ruilhandel in complimenten. Ik strekte mijn hand naar haar uit en zocht haar blik. Mijn ogen werden zelfs vochtig. Ze pakte mijn hand en keek me vergevingsgezind aan.

'Het is goed. Zand erover. Laten we vanaf nu vooruitkijken. En ga alsjeblieft niet huilen.'

Ik schudde mijn hoofd en knipperde dramatisch mijn tranen weg.

'Je hebt gelijk. We moeten vooruit. Dat wil ik ook. Alleen...' Ik liet een stilte vallen en boog mijn hoofd. Angela schoof naar voren en zette haar cappuccino op tafel.

'Wat? Vertel op.'

'Er is iets dat me dwars blijft zitten. Ik krijg het niet uit mijn hoofd. Het zal wel aan mij liggen. Het is Babette. Ik denk dat ik begin te begrijpen waarom jij haar niet in huis wilde.'

'O god,' mompelde ze. 'Ik dacht dat ze bij jou wel goed zat. Dat ze het jou niet zou flikken.'

Ik probeerde mijn verbazing te onderdrukken en te doen alsof ik precies begreep waar ze het over had.

'Misschien had je me moeten waarschuwen.'

'Verdomme,' zei ze en haar gezicht werd weer somber. Met haar vinger draaide ze nerveus door haar haren, waarbij ze me bedenkelijk aankeek.

'Daar heb ik over nagedacht. Maar het leek me ongepast. Ze was net weduwe geworden... Had ternauwernood een brand overleefd. Daarom vond ik eerst ook dat wij haar op moesten vangen. Maar naarmate dat moment dichterbij kwam, werd ik bang. Ik heb het tenslotte al eens eerder met haar meegemaakt en daar heb ik heel veel pijn van gehad. Kees bezwoer me dat het nooit meer zou gebeuren, dat hij zijn lesje wel geleerd had, maar ik durfde het risico niet te nemen. En toen dacht ik: ze is beter af bij Karen. Michel is zo'n trouwe hond. Mijn Kees is een vrouwenman. Hij praat graag met ze, flirt graag met ze. Ik weet dat en ik vind het prima, maar er zijn grenzen. Voor mij althans. Voor Babette kennelijk niet.'

'Hoe bedoel je?'

'Je weet toch nog wel dat ze de deur bij mij platliep toen Evert net opgenomen was? En dat ik een paar dagen het ziekenhuis in ging voor die knieoperatie? Babette kookte toen voor Kees en de kinderen. Nou ja, toen is het gebeurd. Ik ben erachter gekomen doordat ik een berichtje van haar vond in zijn telefoon. Dat ze het zo fijn had gevonden en zich afvroeg waarom hij haar ineens negeerde. Ik heb hem ermee geconfronteerd en hij gaf het onmiddellijk toe. Zij ook trouwens. Het stelde niks voor, zei hij. Hij had haar naar huis gebracht en ze had zich zo ongelukkig en eenzaam gevoeld bij het idee dat ze alleen naar binnen moest, ze was helemaal overstuur geraakt. Kees liep met haar mee en zette thee. Troostte haar. Nou ja, en van het een kwam het ander.'

Haar woede leek opnieuw op te laaien.

'Ik ben zo kwaad geweest op haar. En nog, soms!' brieste ze.

Ik dacht aan Babettes woorden dat ze er niet aan moest denken een ander, vreemd lichaam aan te raken en ik voelde hoe kwaadheid ook bezit van mij nam.

'Waarom heb je me dit niet eerder verteld?'

'Ik vind dat je dit soort dingen binnenskamers moet oplossen. Als het op straat ligt, gaat je huwelijk pas echt naar de knoppen. Dan gaat iedereen zich ermee bemoeien.'

'Daarom ben je ook bevriend met haar gebleven,' zei ik.

'Neem van mij een wijze raad aan, Karen. Met hysterische taferelen bereik je niks. Door de vriendschap in stand te houden, in ieder geval voor de buitenwereld, hou je zo iemand het beste weg van je vent. Je moet de kat niet op het spek binden. Als je ze allebei dumpt, geef je ze een vrijbrief om door te gaan met hun ranzige gedoe. D'r bij blijven, dat is mijn motto.'

Ik sloeg mijn handen voor mijn gezicht en schudde mijn hoofd.

'Wat moet ik nu doen, Angela? Wat is dit voor vrouw, die in mijn huis woont, aan mijn keukentafel zit en misschien wel...'

'Je man neukt. Weet je, mannen houden van zielige vrouwen, dat geeft ze een gevoel van macht. Zij weet dat heel goed uit te buiten. Maar denk je dat als jouw Michel buschauffeur was geweest, ze dit ook had gedaan? Welnee.'

Ik was blij dat ze op haar horloge keek en zei een einde te moeten maken aan ons gesprek. Ik had ontzettende behoefte aan frisse lucht. We liepen samen naar de gang en trokken onze jassen aan. Deze vrouw, die ik twee jaar lang als goede vriendin had beschouwd, was nu een vreemde voor me. Ik wist zeker dat als Michel buschauffeur was geweest, zij mij ook nooit had willen kennen.

Angela keek in de spiegel en werkte haastig haar make-up bij. Daarna pakte ze me bij mijn schouders en kneep er bemoedigend in.

'Nou, meid. Sterkte ermee. En maak je geen zorgen, ík zwijg als het graf.'

'Ik ook,' antwoordde ik schor.

'En zet je gezin niet op het spel. Dat is het niet waard. Vergeef het hen. Dat is het beste, op de lange termijn.'

Ik glimlachte zwakjes en pakte mijn fiets.

De lente hing al voorzichtig in de lucht, maar de aarzelend zingende vogels, het geluid dat normaal gesproken betere, warmere en gelukkiger tijden aankondigde, deed me nu niks. Het gesprek met Angela had me hevig geschokt. Babette had tegen me gelogen en ik vroeg me af waarom.

Ik trapte flink door. Zou Michel werkelijk voor haar charmes gezwicht kunnen zijn? Had ik dit een paar maanden geleden geweigerd te geloven, nu wist ik niets meer zeker. Het was heel goed mogelijk. Zeker als zij het op de zielige toer had gegooid. Michel was een man en zoals alle mannen was hij graag de redder in nood. Waarschijnlijk had ze hem eerst overladen met complimenten. Dat hij zo'n goede man was, zo lief, zo'n enige vader, dat ik blij moest zijn met een man zoals hij. Ik zag voor me hoe ze het aanpakte, hoe haar prachtige bruine ogen zich vulden met tranen, hoe ze traag haar armen spreidde en haar hoofd tegen mijn man aan vlijde, hoe haar smalle schouders schokten, hoe zijn neus in haar dikke, glanzende en heerlijk ruikende haar verdween, hoe hij bedwelmd werd door zoveel verdriet en schoonheid, hoe zij haar hoofd ophief en hem hulpeloos en angstig aankeek, hoe hij haar tranen wegveegde met zijn duimen en haar troostend kuste, hoe ze haar mond voorzichtig opende, hoe ze het aan hem overliet of hij gebruik zou maken van haar kwetsbaarheid.

Ik keek naar de lucht, naar de wolken die langzaam voorbij dreven achter de kale bomen en ik wankelde. Misschien was ik wel gek. Doorgedraaid. Overspannen. Liepen fantasie en werkelijkheid gevaarlijk door elkaar heen in mijn hoofd. Had ik mezelf zo op lopen fokken dat ik nu zelf op de rand van een psychose verkeerde en in iedereen een potentiële moordenaar zag. Net zoals Evert.

In het dorp kocht ik een pakje sigaretten en drie tijdschriften, waarna ik de parfumerie in liep. Ik was niet op zoek naar iets in het bijzonder, ik dwaalde maar wat, stond stil voor de schappen vol parfums zonder iets te zien, smeerde lippenstift op mijn hand, pakte flesjes met de nieuwste antirimpelserums op, rook eraan, zette ze weer terug, liet me door het Shiseido-meisje bespuiten met hun nieuwste geur en schrok toen een zwaar opgemaakte vrouw me vroeg of ze me kon helpen. 'Ik geloof het niet,' stamelde ik wazig en vluchtte de winkel weer uit.

Ik wilde niet naar huis, niet Babette aantreffen aan mijn keukentafel, drinkend uit mijn koffiekop, lezend in mijn krant. Of misschien wel liggend in mijn bed, met mijn man.

Ik sloeg af, de steeg in langs de kerk en liep naar Verdi.

Door het raam zag ik geen bekenden dus ging ik naar binnen, nam plaats aan een tafel achter in de hoek en bestelde een koffie verkeerd en een glas water. Daarna pakte ik mijn mobiel. Ik had een voicemailbericht van Babette. Vandaag zou ze de hele dag op pad zijn: eerst naar Amsterdam, naar haar therapeut en daarna zou ze met haar makelaar naar huizen gaan kijken.

'Ja ja,' mompelde ik. Toen opende ik het sms'je, dat afkomstig bleek te zijn van Simon.

Morgen, 14.00, zwembadsuite 342 VdValk, Akersloot. Be there!!!

Ik zuchtte. Wat een puinhoop was mijn leven. Ik belde Dorien. Ze nam onmiddellijk op.

'Ha, Karen. Gaat het?'

'Ja. Eh, nee eigenlijk...'

'Zijn er nog nieuwe ontwikkelingen?'

Ik vertelde haar van het gesprek dat ik had gehad met Angela en mijn afspraak met Simon, ondertussen stevig rokend. Toen ik uitgesproken was, viel er even een stilte aan de andere kant.

Toen ze sprak, klonk ze streng.

'Je bent te emotioneel. Zet die emoties even aan de kant, anders gaat het niet goed.'

'Het gaat hier wel over mijn man en een vrouw die in mijn huis woont.'

'Kijk naar wat we concreet hebben. Die twee, Angela en Patricia, zijn bij Hanneke geweest, vlak voor haar dood. Angela heeft je misschien wel op een dwaalspoor gebracht.'

'Het zou kunnen zijn dat ook Babette bij Hanneke geweest is...'

'Dat ze met die Kees heeft liggen neuken, betekent nog niet dat ze haar man en haar vriendin heeft afgemaakt.'

'Ze heeft erover gelogen tegen me. Dat ze er niet aan moest denken een ander aan te raken.'

'Dat maakt haar nog steeds geen moordenares. Jezus mens, iedereen liegt over dit soort dingen. Jij ook.'

'Ik mail je toch een foto van haar. Misschien kun je die laten zien aan die eigenaar van het hotel.'

'Oké, als jij dat wilt...'

'Ik ga naar Hannekes huis. Vanmiddag. Ik heb nog een sleutel. Misschien heeft ze meer kopieën gemaakt van die mailtjes. Of zitten ze nog in haar computer. Als ik achter haar wachtwoord kom, kan ik ze er zo van afplukken. Dan kan ik die afspraak met Simon afzeggen.'

'Ook Simon en Ivo kunnen die mailtjes gevonden en ze verwijderd hebben.'

'Het is de moeite van het proberen waard. Er moet iets te vinden zijn.'

Ik keek op en zag Babette met een stralende glimlach op me afkomen. Mijn bloed stolde.

'Ik moet ophangen. Je hoort nog van me.'

Ze kuste me drie keer. Haar wangen waren koud. Ze trok haar jas uit en had een mouwloos, rood jurkje aan. Belachelijk bloot voor de tijd van het jaar. Op haar armen stond kippenvel. Ze draaide rond en vroeg me wat ik ervan vond. Ik zei dat het haar beeldig stond. Daarna wist ik niets meer te zeggen. Ze stamelde onhandig dat ze hier met de makelaar had afgesproken. Het werd tijd voor haar om op eigen benen te staan. Ze omhelsde me nog een keer en fluisterde emotioneel: 'Als ik jou niet had gehad. Ik ga iets voor je terugdoen, echt. Zodra alle zaken geregeld zijn en ik mijn eigen huis heb...'

Ik wist een glimlach te voorschijn te toveren.

'Ik stond net op het punt te vertrekken,' zei ik. Ik zag haar kijken naar mijn halfvolle bak koffie verkeerd en de smeulende sigaret in de asbak.

'O. Oké...' Ze keek me onderzoekend aan. Toen pakte ze mijn hand.

'Was hij dat?'

'Wie?'

'Simon. Aan de telefoon.'

'Nee.'

'Hé Karen... Kan ik misschien een kopie krijgen van die brief? Wil je Dorien daarnaar vragen?'

'Zal ik doen.'

Het liefst was ik de tent uit gerend. Maar ik wist me te beheersen en vertrok rustig, keek nog een keer glimlachend om en wist uiterst kalm mijn fietssleutel in het slot te schuiven, het om te draaien, op mijn fiets te stappen en bij het wegfietsen vriendelijk te zwaaien. Toen ik eenmaal uit het zicht was, keek ik op mijn horloge. Het was halftwee. Om kwart over drie kwamen de kinderen uit school. Voor die tijd moest ik klaar zijn.

32

'Hallo?' riep ik. 'Hallo, Ivo?' Ik had de achterdeur geopend met de sleutel die ik nog steeds in mijn bezit had en stond nu in de keuken. De stoelen stonden op tafel en het rook er naar groene zeep, waarmee de vloer was schoongemaakt. Mijn ogen werden naar de schouw getrokken, waarop het grote portret van Hanneke stond, omringd door kaarsen. Ik liep ernaartoe, gaf een kus op mijn vingers en drukte ze tegen het koude glas.

'Ja?' Ik draaide me om en daar stond een vrouw met een hoofddoekje om die me afwachtend aankeek.

'Goedemiddag.' Ik stak mijn hand uit. 'Ik ben Karen van de Made. Vriendin van Hanneke. Ik kom wat spullen halen. Meneer Smit weet ervan.'

Ze pakte haar emmer op en ging verder met dweilen.

'Is goed,' mompelde ze terwijl ze met trage halen de mop over de vloer streek.

Hannekes kamer was een puinhoop. Zo schoon en keurig als de benedenverdieping van hun huis was, zo'n bende was het hier. Boeken, kleurstalen en tekeningen lagen verspreid over haar bureau, met daartussen een volle asbak en beschimmelde, ingedroogde halfvolle kopjes koffie. De muren hingen vol tekeningen en foto's van Mees en Anna, stralend in een bootje, aan het strand, in het zwembad, op schoot bij Sinterklaas, achter een grote pannenkoek, als baby's slapend in hun wiegjes, vredig drinkend aan de borst, hun gezichtjes vol ijs en chocola, zittend op de nek van Ivo... Het sneed door mijn ziel. Ik pikte er een foto tussenuit, van de eetclub in Portugal. Allemaal in badpak, bruinverbrand, armen om elkaar heen geslagen, gelukzalig glimlachend. Wat waren we blij geweest met elkaar en met onszelf. Ik slikte een paar keer en stak de foto in mijn tas. Alles wat hier lag, een verroeste snoeischaar, een labellostift, stapels uitgescheurde woonreportages, een paar aanstekers, een schaal vol schelpen, een paar zilveren pumps, alles herinnerde me op pijnlijke wijze aan het feit dat Hanneke er niet meer was.

Ik zette haar computer aan, die zachtjes begon te brommen, en nam de hele stapel papieren door, die naast haar printer lag. Rekeningen, een lijst met alle telefoonnummers van de klasgenootjes van Mees, belastingaanslagen, een reisgids, een uitnodiging voor een woonbeurs, een geboortekaartje. Ik propte een ongeopende envelop van KPN in mijn tas en richtte me op de computer. Ik klikte op het e-mailicoontje en haar mailbox werd geopend. Ze had 145 nieuwe berichten, hoofdzakelijk mailtjes waarin penis-enlargements, Viagra, Xanax, leningen en blind dates aangeboden werden, reacties op offertes, bevestigingen van aannemers, keuken- en badkamerbedrijven en daarnaast vier nogal wanhopig klinkende berichten van ene Mo.

Je reageert niet meer op het forum en bent steeds offline... Ik maak me zorgen om je. Laat me ff weten hoe het met je is. Ik denk aan je en ik weet wat je doormaakt.
XMO

Han, alsjeblieft laat iets van je horen! Ik zag de rouwadvertentie in de krant. Is het jouw liefde? Wat vreselijk. Ik ben er voor je. Ik kan ook naar je toe komen. XXX

Heb je geprobeerd te bellen op je 06. Waar ben je? Hoe is het met je? Please, als je niets meer met ons te maken wilt hebben, zeg het dan. We hebben zoveel met elkaar meegemaakt... Laat me op zijn minst weten waarom je niet reageert.

Dit is mijn laatste berichtje. Ik blijf aan je denken en wat er ook is, je kunt me altijd bellen/mailen. Misschien ben je mijn 06 kwijt. Hier is-ie: 06-43332231. Ik hoop ooit nog iets van je te horen, maar ik snap dat je het roer hebt omgegooid en kiest voor je gezin. Daar kun je ons niet bij gebruiken. Weet dat ik dit respecteer. Liefs en alle goeds, MO

Haastig schreef ik het mobiele nummer van deze Mo op een lege envelop en verwijderde al haar berichten.

'Gaat het?' vroeg de werkster. Ik had haar niet binnen horen komen. Ze droeg een felroze winterjack en stond met de sleutel in haar hand.

'Ik ga. Ik ga deur op slot doen. Jij moet ook gaan.'

33

De werkster fietste de andere kant op. Ik keek haar na tot ze een roze stip in de verte was en fietste toen weg, over het knarsende grind, de lange, eenzame polderweg op, opgelucht dat ik in ieder geval iets had gevonden. Ik snoof de geur van kuilgras op, de landelijke lucht die voor altijd verbonden zou zijn aan mijn herinnering aan Hanneke, klemde mijn tas onder mijn oksel en trapte stevig door.

Eerst drong het zware, ronkende geluid niet tot me door, zo gehaast was ik. Ik wilde per se voorkomen dat Babette mijn kinderen van school zou halen. Maar ineens realiseerde ik me dat ik gevolgd werd, door iets wat nog het meest klonk als een vrachtwagen. Ik keek om. Een grote, gloednieuwe Range Rover doemde gevaarlijk slingerend achter me op, knipperend met zijn grote licht. Ik kon niet zien wie er achter het stuur zat.

'Fuck,' hijgde ik. 'Fuck!' Ik trapte door, harder en harder, zo hard dat mijn bovenbenen en mijn longen in brand stonden. Mijn mobiel ging af en op een of andere vreemde manier maakte dat geluid me nog angstiger. Iemand probeerde me te bereiken terwijl ik op het punt stond vermoord te worden. En ik kon niets doen. Ik kon trappen wat ik wilde, ik zou nooit harder gaan dan die auto. Ik kon mijn mobiel pakken, maar ik zou dood zijn voordat ik om hulp had kunnen vragen. Het geraas van de motor was nu vlak achter me. Er klonk woedend getoeter en gegier van remmen. Ik huilde en stamelde: 'Alsjeblieft… Alsjeblieft…' Toen gooide ik mijn stuur om en hobbelde over het natte gras, rietstengels sneden in mijn gezicht, schaafden langs mijn armen en benen, de geur van teer en rottende bladeren steeg op en langzaam kroop het stinkende water mijn laarzen, mijn broek en mijn mouwen in. Er klonk een klap en daarna geborrel, ik klauwde met mijn handen naar de rietstengels, en opende mijn mond, die zich vulde met het zoete, zanderige water, evenals mijn neus. Ik trapte en sloeg in het rond, mijn hoofd kwam weer boven water en ik gilde als een varken in doodsangst. Iemand vloekte, noemde me stomme trut en hees me hardhandig bij mijn oksels het water uit.

'Als je nu niet ophoudt met dit hysterische gedoe, ga ik je slaan!'

Ik keek omhoog, recht in het gezicht van een rood aangelopen, vloekende Ivo.

Druipend en snikkend zat ik aan de kant van de sloot met Ivo's leren jas om me heen geslagen, terwijl hij vloekend mijn fiets uit het water trok.

'Wat je me nou weer flikt! Mijn schoenen naar de klote… Ben je gek geworden of zo?'

Ik kon alleen maar klappertanden. Ik rilde over mijn hele lichaam en mijn kaken waren zo verstijfd van de kou, dat ik geen woord uit kon brengen. Ivo's hond likte mijn gezicht en ging zachtjes piepend en kwispelend naast me zitten.

'Kom,' zei Ivo, terwijl hij streng voor me ging staan. 'Die fiets moet je zelf maar ophalen. Later.'

Hij stak zijn hand naar me uit en trok me overeind. Daarna liep hij naar zijn auto, legde een stuk plastic op de stoel en sloeg erop, ten teken dat ik kon gaan zitten. Ivo pakte mijn benen en begon aan mijn laarzen te rukken. Toen deze eindelijk uit plopten, gutste er slootwater uit. Vervolgens stroopte hij mijn sokken van mijn voeten, kneep erin en stopte ze in een plastic tas, samen met mijn laarzen. Zijn zorgzaamheid ontroerde me. Hij sloeg het portier dicht, liep om de auto heen, maakte de achterklep open voor de hond, kwam naast me zitten en startte de motor, mijn blik vermijdend. Hij schakelde in zijn achteruit, reed naar achteren, draaide driftig aan het stuur en reed de weg op, terug in de richting van zijn huis.

'Je hebt wel lef, om na alles wat er gebeurd is mijn huis binnen te dringen,' zei hij kwaad, zijn blik strak op de weg gericht, 'en er dan als een betrapte dief vandoor te gaan. Wat mankeert je, Karen?'

Voor het eerst keek hij me aan. Zijn ogen stonden vermoeid en triest.

'Dat kan ik beter aan jou vragen,' antwoordde ik, terwijl mijn tanden nog steeds klapperden, waarop Ivo de blower op volle kracht zette.

'Als een dwaas achter me aan rijden. Ik dacht dat je me ging vermoorden. Ik wist toch niet dat jij het was?'

'Deze auto had ik al besteld voordat Hanneke...' Hij leek ineen te krimpen bij het uitspreken van haar naam en begon te fluisteren.

'Ik was het helemaal vergeten, weet je dat? Wie denkt er aan een nieuwe auto als zijn vrouw overlijdt?'

Liefdevol streelde hij het dashboard.

'Toen belden ze eergisteren. Uw auto staat klaar. Ik wilde hem eerst helemaal niet ophalen. We hebben hem samen uitgezocht, Hanneke en ik. Zij vond deze witte bekleding zo mooi, in combinatie met het notenhout. Zo Zuid-Frans.'

Ik douchte tot mijn vel rood opgloeide en al het fijne zwarte slootzand – dat overal zat, in mijn haren, neus en oren, tussen mijn tenen en mijn nagels, zelfs mijn tanden knarsten ervan – in het putje was verdwenen. Daarna droogde ik me af voor de hoge, onverbiddelijke spiegel en bekeek mijn gehavende lichaam en gezicht. Over mijn wang liep een diepe snee richting mijn oog en een aantal minder diepe rode striemen. Ook langs mijn linkerzij en over mijn buik waren rode strepen te zien. Mijn hart klopte nog steeds alsof een moordenaar me op de hielen zat en die angst lag ook in mijn ogen. Voorzichtig smeerde ik calendulazalf op mijn wonden, waarna ik het stapeltje kleren dat Ivo voor me had klaargelegd tegen mijn neus drukte in de hoop nog iets van Hanneke te kunnen ruiken, maar ik rook uitsluitend wasverzachter. Ik trok haar gladde, zwarte Björn Borgslip aan, die iets te strak zat, evenals haar spijkerbroek, deed haar strakke witte T-shirt aan en daarna haar rode kasjmieren trui, die in mijn hals kriebelde en bekeek mezelf toen nogmaals in de spiegel. Opnieuw raakte de gedachte dat ik haar nooit meer terug zou zien me als een klap. Wat er ook gebeurde, wat ik ook deed, welke waarheid er ook aan het licht zou komen, het zou haar niet terugbrengen, hoewel het soms onbewust wel zo voelde. Ze dreef steeds verder van me af. Haar geur was al uit haar kleren. Nog even en ook haar kleren zelf werden weggedaan. Haar kinderen zouden vergeten hoe ze eruitzag, hoe haar stem klonk, hoe ze rook, wat ze zong, waar ze van hield. Het zou op een bepaald moment misschien niet eens meer uitmaken hoe ze aan haar eind was gekomen. Ik sloeg mijn armen om me heen en sloot mijn ogen. Ik hoopte vurig dat er iets moois was, na dit leven en dat zij daar was, met Evert.

'Hou ze maar,' mompelde Ivo wijzend op Hannekes kleren. Ik streelde de trui en antwoordde dat ik daar heel blij mee was. Hij pakte een flesje bier uit de koelkast, opende het en zette het aan zijn mond. Daarna ging hij op het aanrecht zitten en keek me vorsend aan.

'Waar ben je mee bezig, Karen? Wat deed je hier?'

'Eigenlijk kwam ik voor je werkster,' begon ik, 'toen bedacht ik dat hier nog heel veel spullen van mij lagen. Een paar boeken en cd's, mijn diskman. Ik dacht, laat ik die maar meteen meenemen...'

Ivo schraapte zijn keel, nam nog een grote slok bier, sprong van het aanrecht af en liep naar de bijkeuken, waaruit hij terugkwam met mijn doorweekte tas.

'Ik heb hier geen boeken, geen cd's, en geen diskman in aangetroffen. Wel een telefoonrekening van mijn vrouw!'

Woedend smeet hij de tas op tafel. Ik dook ineen. Al mijn spullen vlogen over de grond.

'Waarom?' riep hij, naar me wijzend, met zijn neusvleugels wijd opengesperd. 'Een bloedzuiger, dat ben je! Jij zou eens naar een psychiater moeten gaan!'

'Ivo, alsjeblieft,' zei ik zachtjes. 'Ik snap dat je boos bent...'

'Boos? Woedend zul je bedoelen! Achter mijn rug om zoeken naar... Naar wat eigenlijk? Wat wil je zo nodig bewijzen? Waarom ben je zo vastbesloten ons huwelijk te bezoedelen?'

Hij liep onrustig heen en weer en wreef nerveus met zijn hand over zijn gemillimeterde haren.

'Hanneke neukte met Evert, dat weet inmiddels iedereen dankzij jou. Maar wat schiet je ermee op vragen op te werpen rondom hun dood? Verdachtmakingen rond te strooien? Moet er nog meer kapot?'

Met zijn vlakke hand sloeg hij naast me tegen de kast. Ik wendde mijn hoofd af en hoorde hem snuiven. Ik probeerde mijn angst weg te slikken.

'Heb je dan geen enkele twijfel?' vroeg ik voorzichtig, mezelf klein makend, me schrap zettend voor een volgende woede-uitbarsting.

'Nee,' zei hij bars, meer tegen zichzelf dan tegen mij. Hij pulkte aan het etiket van zijn flesje bier en staarde naar de grond. 'Ze was al maanden zichzelf niet, en sinds de brand leek het wel alsof ze steeds verder wegzakte in haar verdriet. Als ik iemand iets verwijt, is het mezelf wel. Ik kon er niet tegen dat ze zo heftig treurde om een ander. Dat ze de kinderen nauwelijks nog zag staan. De hele dag zat ze achter in haar werkkamer te paffen. Ik was alleen maar boos op haar, terwijl, als ik meer open had gestaan... Meer mijn best had gedaan met haar te praten...'

Zijn ogen vulden zich met tranen, die hij met een driftig gebaar wegveegde. Ik legde mijn hand op zijn arm, maar hij schudde hem van zich af.

'Het heeft geen zin. Je moet hiermee stoppen, Karen. Kijk vooruit. Alsjeblieft. Dat is in ieders belang. Richt je op je man en je kinderen. Ze hebben je nodig. Het gaat niet om het verleden. Het gaat om hen en de toekomst. Als iemand deze les keihard heeft geleerd, ben ik het wel.'

'Hoe bedoel je?'

'Ik bedoel dat ik haar had moeten vergeven in plaats van haar continu te straffen. Dan was ze hier misschien nog geweest. Maar ik wilde niet naar haar luisteren.'

Het deed me pijn te zien dat hij zich Hannekes dood verweet. Het liefst nam ik hem in mijn armen en fluisterde ik in zijn oor dat hij niet schuldig was, dat hij een lieve, goede echtgenoot voor haar was geweest en dat zijn reactie op haar verhouding met Evert niet meer dan logisch was, maar ik wist dat hij zijn pijn niet met mij wilde delen. Zwijgend pakte ik mijn sleutels, mijn zeiknatte portemonnee en mijn mobiel van het aanrecht en stopte die in mijn tas. 'Ik weet dat je me nu haat...' zei ik met schorre stem, 'maar ik wil je toch zeggen dat ik met je meevoel. En dat wat er ook gebeurt, of is gebeurd, je altijd een beroep op mij kunt doen. Richt je woede maar op mij, als dat je helpt, maar weet dat ik alles wat ik doe uit liefde voor Hanneke doe. Net zo goed als jij.'

Hij keek niet op toen ik mijn hand op zijn schouder legde.

'Laat ons gewoon met rust. Dat is het beroep dat ik op jou doe,' zei hij.

'Oké,' antwoordde ik en ik pakte de grote plastic zak met mijn kleren, zwaaide mijn natte handtas over mijn schouder, zei gedag en liep de deur uit. Eenmaal buiten merkte ik pas dat ik stond te zwaaien op mijn benen van duizeligheid.

34

Ik zag hen allemaal om de tafel zitten, achter de warme chocomel, terwijl mijn meisjes druk zaten te praten tegen Babette, die Annabelles haar stond in te vlechten. Een misselijkmakende golf van walging sloeg door me heen. Ik kon niet langer aanzien hoe ze zich met haar giftige tentakels over mijn kinderen ontfermde.

Babette keek vreemd op toen ik verwilderd en in Hannekes kleren de keuken binnenstapte en mijn dochters meetroonde naar boven. Ik wist er nog net een glimlachje uit te persen en te melden dat ze hadden beloofd hun kamers op te ruimen en dat ik boven ging werken.

Natuurlijk kwam ze achter me aan. Ze sloeg haar arm om me heen en vroeg of het ging. Wat ik in Hannekes kleren deed. Hoe die kras op mijn gezicht kwam. Ik haalde mijn schouders op en zei dat ik de kleren nog in de kast had hangen, en ineens een grote behoefte had gevoeld ze aan te trekken en dat ik in de tuin tegen een tak gelopen was. Ze ging er verder niet op in. Ze draalde om me heen als een schoothond tot ik haar vroeg weg te gaan. Ik zei dat ik even een paar dingetjes moest doen op de computer. Traag liep ze weg.

Ik graaide in mijn tas en viste mijn mobiel eruit. Er drupte water uit en het beeldscherm was grijs. Alles was weg. Het nummer van Dorien, van Simon, zijn berichtje, alles. Ik kon Simon niet antwoorden, en Dorien kon me niet helpen als ik in de problemen kwam. Vermoeid legde ik mijn hoofd naast mijn toetsenbord en probeerde door diep adem te halen mijn paniekgevoel enigszins te temperen.

De envelop waarop ik het telefoonnummer van Mo had geschreven, zat nog in mijn tas. Het nummer was weliswaar doorweekt en vervaagd, maar ik kon het nog steeds ontcijferen. Met trillende vingers toetste ik de cijfers in op mijn werktelefoon. Mo nam vrijwel meteen op. Op de achtergrond klonk geruis, waaruit ik opmaakte dat ze in de auto zat. Ik zei mijn naam en vertelde dat ik een vriendin was van Hanneke Lemstra. Ze moest even nadenken. Haar stem klonk aardig, een beetje hoog en rasperig.

'Je mailt met haar,' zei ik, waarop er een stilte viel. Toen ze weer sprak, leek ze op haar hoede.

'Oké. Nu snap ik het. Je bedoelt Han64. Zo noemde ze zich op het forum. We hebben een tijdje intensief contact gehad, maar de laatste weken niet meer.'

Ik realiseerde me dat ze niet wist dat Hanneke dood was en dat dit nieuws hard aan zou komen.

'Ben je aan het rijden?' vroeg ik.

'Ja, maar dat geeft niet, want ik bel handsfree. Vertel, wat is er met haar?'

'Volgens mij moet je de auto toch maar even langs de kant zetten…'

'O. Ook goed. Ik zie daar een tankstation, ik sla nu af…'

Ik luisterde naar het geraas van auto's en probeerde me voor te stellen hoe deze Mo eruit zou zien. Te horen aan haar stem was ze van mijn leeftijd. Ik hoorde haar afremmen, de autoradio uitzetten en een sigaret opsteken.

'Ik sta nu stil,' zei ze. Ze nam een diepe trek van haar sigaret. 'Je maakt me wel bang.'

Ik sprak haperend. Aan de andere kant van de lijn klonk zo nu en dan een kreet van ontzetting.

'Wat vreselijk! Wat erg! En ik maar denken dat ze niets meer met ons te maken wilde hebben... Zelfmoord, zeg je? Dat kan toch niet? Ik geloof het gewoon niet!'

'Sorry dat ik je hier zo mee overval,' ging ik verder. 'Maar ik moet je een paar dingen vragen. Ik geloof namelijk ook niet dat ze zelfmoord heeft gepleegd.'

Weer een stilte. Ik hoorde haar sniffen.

'Ze was zo vrolijk. Ze was echt een voorbeeld voor ons allemaal.'

'Wie zijn "ons"?'

'Van het forum. We kennen elkaar van internet. Via het relatieforum. We schreven met elkaar over onze problemen.'

'En welke problemen zijn dat?'

'Nou ja, ik weet niet of ik je dat zomaar ga vertellen...'

'Ik was Hannekes beste vriendin. Wat je aan mij vertelt, blijft onder ons.'

'Dat kun je nu wel zeggen, maar misschien ben je van de politie. Ik ga in ieder geval niet getuigen. Onder geen beding.'

'Ik beloof je dat ik je hierna nooit meer lastig zal vallen.'

'Ik weet het niet...'

Er borrelde een enorme woede in me op.

'Luister, ik denk dat Hanneke is vermoord. Jij bent de enige die me kan helpen, die me kan vertellen wat haar bezighield voordat ze stierf.'

Ze zuchtte en snoot hoorbaar haar neus.

'Sorry,' zei ze zachtjes en even was ik bang dat ze op zou hangen.

'Alsjeblieft. Hanneke verdient het niet dat haar kinderen opgroeien met het idee dat ze hen niet de moeite waard vond om voor te blijven leven.'

'Hanneke had een verhouding,' begon ze.

'Zover was ik ook.'

'We hebben elkaar leren kennen toen ze reageerde op mijn oproep op het forum. Ik wilde contact met vrouwen die net als ik van twee mannen houden. We steunden elkaar. Weet je, het is zo moeilijk een geheim leven te leiden naast je gewone bestaan, met niemand je gevoelens te kunnen delen. Zonder veroordeeld te worden, of verraden. Via internet konden we dag en nacht met elkaar praten, huilen, advies geven.'

'Hoe lang is het geleden dat zij op jouw oproep reageerde?'

'Ongeveer een halfjaar. Haar verhouding heeft ook niet zo lang geduurd. Al na een maand stopte hij ermee. Ik neem aan dat je weet dat haar minnaar ook dood is?'

'Ja,' zei ik. 'Ik kende hem goed. Waarom stopte hij met de verhouding?'

'Ze werden betrapt. Iemand had ze samen gezien en heeft dat aan zijn vrouw verteld. Hij koos onmiddellijk voor zijn huwelijk, hoewel zijn eigen vrouw, als ik Han moet geloven, een afschuwelijk mens is.'

'Wat heeft Hanneke over haar verteld?'

Ik keek over mijn schouder naar de deur. Die was dicht.

'Het meest bizarre dat ze ons vertelde, was dat hij zijn eigen vrouw moest betalen voor seks. Ze kleineerde hem en kleedde hem financieel helemaal uit. Dat zijn haar woorden, niet de mijne. Ik vond het eerlijk gezegd ook nogal ver gaan wat ze allemaal beweerde. Ik bedoel, een vrouw die haar man mishandelt, dat lijkt me toch sterk.'

'Mishandelt?'

Een angstig gevoel bekroop me. Ik wist ineens niet meer zeker of ik dit allemaal wilde horen, of ik dit wilde weten. Als je maar diep genoeg graaft, dan vind je overal stront, had Michel gezegd. Het begon inmiddels aardig te stinken.

'Daar had ze het over, ja. Dat ze hem wel eens sloeg. En dat hij daar niets tegen deed, uit angst dat hij de kinderen nooit meer zou zien, maar ook omdat hij een reputatie hoog te houden had. Maar ik weet het niet. Een man is zoveel sterker... Welke sukkel laat zich in elkaar slaan door zijn eigen vrouw?'

'Dat is waarschijnlijk precies de reactie waar hij bang voor was.'

'Ik moet wel zeggen dat ik er een raar gevoel bij kreeg toen ik hoorde dat hij dood was. Hanneke schreef alleen maar: "Er is een ramp gebeurd. Mijn liefje is dood." We waren allemaal geschokt, ook omdat ze zich zo vaak zorgen maakte om hem.'

'Dat forum van jullie, kan ik dat nog vinden op internet?'

'Ja hoor. Bij www.relaties-online.nl, onder het kopje "Twee liefdes".'

Ik tikte de URL in.

'Dank je, Mo, voor je openhartigheid. Ik ga kijken.'

'Ik wil anoniem blijven. Ik ben ook getrouwd en moeder van drie kinderen. Mocht je nog wat willen weten, vraag het me dan via Hotmail. Je vindt mijn adres op het forum.'

'Ik begrijp het. Bedankt. En sterkte verder.'

'Jij ook.'

Ik surfte door de berichten, verbaasd dat er zoveel vrouwen waren met twee liefdes die ook nog tijd hadden om daarover eindeloos te chatten. Ik vond Hanneke, ofwel Han64 in het berichtenarchief. Ik scrolde door naar haar allereerste bericht.

Beste Mo,

Ook ik heb 2 liefdes in mijn leven op dit moment. Met de 1 ben ik nu 8 jaar getrouwd, de ander ken ik 2 jaar. Hij is een vriend van mijn man en zijn vrouw is een vriendin van mij. Gecompliceerd dus. Ik noem hem voor het gemak maar nr2. Onze relatie heeft zich verdiept toen hij opgenomen was, ivm een zware burn-out. Ik ben ook ooit opgenomen geweest, als student, dus ik wist als geen ander wat hij doormaakte, hoe eenzaam en onbegrepen je je voelt, hoe vreselijk het is als vrienden je ineens uit de weg gaan en aanstaren alsof je in een aap bent veranderd. Ik wilde hem steunen en er voor hem zijn, omdat er toentertijd niemand voor mij geweest was.

Om een lang verhaal kort te maken, er groeide iets tussen ons, de gesprekken werden steeds intenser en vertrouwelijker en al snel bleek ook dat we beiden vastzaten in moeizame huwelijken, waarover we met niemand konden praten. Onze andere vrienden hebben allemaal perfecte relaties, althans, zo op het oog, ze doen zich allemaal graag perfect voor. Als er problemen zijn, geeft niemand thuis, dat heb ik wel gemerkt.

Sinds nr2 weer thuis is, heeft onze relatie ook een seksueel karakter gekregen. De hunkering was zo groot, we verlangden zo naar oprechte, gepassioneerde liefde, mijn gevoelens voor hem zijn zo groot en heftig...

Ik voel me vreselijk schuldig over deze verhouding, en toch kan ik het niet opbrengen ermee te stoppen. Ik ben nog nooit zo gelukkig en tegelijkertijd ongelukkig geweest. Ik leef voor de gestolen momenten die we samen hebben en daartussenin verlang ik alleen maar zo hevig naar hem, dat het pijn doet.

Misschien zochten we allebei spanning of troost, ik weet het niet. Probleem blijft dat we intens verliefd op elkaar zijn geworden, hetgeen verboden is. Het mag niet. Ik wil mijn nr1 geen pijn doen en nog belangrijker, mijn kinderen deze ellende besparen. En nr2 heeft allang duidelijk gemaakt dat hij nooit bij zijn vrouw weggaat, omdat hij niet zonder zijn kinderen kan leven.

Ik kan nog wel uren doortikken, maar daar zit niemand op te wachten. Weet dat ik met je meeleef en dat je niet de enige bent.

De tranen gleden langs mijn wangen over mijn handen die ik voor mijn mond geslagen hield. Het was alsof Hanneke tegen me sprak. Alsof ze er nog steeds was, niet fysiek, maar haar woorden zweefden in de virtuele ruimte, ze had me toch nog iets nagelaten. Weliswaar niet met die intentie, en goed verstopt, maar ik had haar woorden gevonden en ze raakten me diep. Ik was een van die vrienden met een op het oog perfecte relatie, die geen oren had gehad naar haar problemen. Ik streek mijn klamme handen door mijn haar en zocht in mijn herinneringen, maar ik wist zeker dat ze nooit had geprobeerd met mij over haar problemen met Ivo te praten. Ik wist ook niet dat ze zelf opgenomen was geweest.

Nou, het is dus gebeurd. We zijn betrapt. Iemand die zich een vriend noemt, heeft ons samen gezien en dat aan zijn vrouw verteld. De hel is losgebarsten, vooral bij hem thuis. We hebben elkaar net 10 minuten gesproken aan de telefoon en hij zat er helemaal doorheen. Ze heeft hem gekrabd, geslagen, geschopt, uitgescholden en gedreigd dat hij zijn zoons nooit meer te zien zal krijgen. Sla maar terug, riep ze, dan heb ik nog meer reden om van je te scheiden. Hoe kan hij van zo iemand houden, zo'n hysterische heks verkiezen boven mij? Ik zei dat hij naar de politie

moest gaan, maar dat heeft volgens hem geen zin. Hij vindt dat hij fout is en wil me voorlopig niet zien of spreken. Hij gaat er nu alles aan doen om zijn huwelijk te redden, zei hij en toen ben ik kwaad geworden, stomme trut die ik ben. Hij huilde en zei dat hij niet anders kon, dat hij nooit gelukkig kon worden in de wetenschap dat hij twee gezinnen kapot had gemaakt. En dat is natuurlijk waar, verdomme. Maar mijn god, wat doet dit pijn. Ik stop nu, want het schijnt dat ze onderweg is. Ik loop de hele tijd naar de wc van de zenuwen.
Tot gauw.

...

God, wat een crisis. De hele nacht met nr1 gepraat, geschreeuwd, gehuild. Nr2 was hier met zijn vrouw en we hadden een heel fatsoenlijk gesprek. Als er anderen bij zijn, gedraagt ze zich als de meest invoelende, lieve vrouw die er is...

Nr1 heeft zich nu opgesloten in zijn kantoor. Hij voelt zich zo bedrogen. Het is afschuwelijk om te zien hoeveel pijn het hem doet. Het breekt mijn hart. Voor het eerst in maanden heb ik weer iets van gevoel voor hem, maar nu wijst hij mij af. Ik weet niet of dit ooit goed komt. Ik ben bang dat ik straks alleen kom te staan. Mijn nr1 is vooral bang dat het hele dorp dit te weten komt. Ik heb hem beloofd er met niemand over te praten.

...

We hebben nu al een maand geen contact en nog steeds kijk ik om het uur op mijn mobiel of er geen berichtje is. Wanneer gaat deze onrust over? Ik word er gek van. We zien elkaar alleen nog als er anderen bij zijn en ik heb het gevoel dat iedereen dan op ons let. Met hem gaat het niet goed, dat kan ik zien. Hij is zo in zichzelf gekeerd, hij drinkt heel veel en maakt ruzie. Zijn vrouw is volgens mij bezig met een wraakactie. Zij hangt bij alle mannen om de nek. Het is om te kotsen gewoon. Dat niemand ziet hoe zij werkelijk in elkaar zit. Ik durf niets te zeggen. Ik ben bang dat ze hem dan nog meer pijn gaat doen. Ik snap het niet meer. Nu gaan ze ineens verhuizen... Ze voert iets in haar schild, ik voel het gewoon. Ik ben bang. En alleen. Gelukkig heb ik jullie.

...

Er is een ramp gebeurd. Mijn liefje is dood.

Dat was haar laatste bericht. Ik sloot af en klikte met mijn muis op het msn-icoontje. Daar vulde ik hannekelemstra@hotmail.com in en probeerde diverse wachtwoorden. Bij de vijfde poging kwam ik erdoor. Haar wachtwoord bleek simpelweg haar huisadres.

Er staan geen berichten in deze map

stond er op het beeldscherm. Al haar ontvangen en verzonden e-mails waren verwijderd. Iemand was mij voor geweest.

35

Ik weet niet meer hoe ik me door die avond heen heb gesleept, hoe ik daar aan tafel zat met Babette, Michel en de kinderen, terwijl mijn hoofd aanvoelde alsof er een zwerm bijen doorheen raasde. Ik wist het op te brengen zo nu en dan te glimlachen, op een stukje biefstuk te kauwen, dat ondanks hevig verzet van mijn slokdarm door te slikken en te doen alsof ik luisterde naar de enthousiaste schoolverhalen van de kinderen. Als Michel mij aanraakte, veerde ik op alsof ik een elektrische schok kreeg en wanneer ik naar Babette keek, raakte ik vervuld van walging. Het was in ieder geval zeker dat deze vrouw mijn huis uit moest. Haar aanwezigheid was als een besmettelijk, dodelijk, virus. Maar het was onmogelijk dit diezelfde avond nog voor elkaar te krijgen, zonder argwaan te wekken.

Ik informeerde zo achteloos mogelijk naar haar afspraak met de makelaar, waarop ze zuchtte en antwoordde dat het zo moeilijk was een leuk huurhuis te vinden dat voldeed aan haar eisen. Ze had zo'n heerlijk huis gehad. Ze had altijd gedacht oud te worden in dat huis. Weer gooide ze haar tranen in de strijd, terwijl ze opsomde wat er allemaal zo fijn was geweest: samen bij de open haard zitten, wakker worden en uitkijken over het bos, haar gezellige woonkeuken waarin we zoveel feestjes gevierd hadden.

Hou je bek, dacht ik. Bespaar me dit toneelstuk. Maar Michel ging er vol in mee en zat na drie wijntjes ook te janken.

Ik gooide water bij mijn wijn. Ik wilde nuchter blijven. Ik wendde hoofdpijn aan als excuus, en dat was niet gelogen. Ik ruimde de tafel af, zette de vuile vaat in de afwasmachine, waste de pannen af, en sloot me af voor het gesprek dat Michel en Babette voerden en zei dat ik naar boven ging met de kinderen. Daar liet ik het bad vollopen, plantte de kinderen voor de televisie en zocht het visitekaartje van Dorien Jager op. Ik had me gerealiseerd dat ik dat nog moest hebben. Ik belde haar met Michels mobiel en vertelde haar alles over de berichten van Hanneke op internet. Ze beloofde ernaar te kijken en zei dat dit helaas nog niets bewees.

'Evert is opgenomen geweest. We kunnen niet bewijzen dat hij werkelijk werd mishandeld. Voor hetzelfde geld is het een psychotische fantasie. Mail me een foto van haar, dan ga ik daarmee vanavond nog naar die hoteleigenaar. Ik kan je alvast wel vertellen dat zij geen strafblad heeft. Dat is allemaal al nagetrokken.'

Ze zei dat ik voorzichtig moest zijn, en ook op mijn hoede moest blijven voor Simon.

'Dorien?' vroeg ik, om ons gesprek te rekken, de eenzame angstige nacht die voor me lag uit te stellen. 'Misschien moet ik ermee ophouden. Me neerleggen bij de situatie. Ik weet soms niet meer voor wie ik dit doe. Voor Hanneke, ja, en voor jou...'

'Voor jezelf, Karen. Je doet het voor jezelf. Jíj bent niet corrupt.'

We hingen op en daar zat ik, op ons bed, verkleumd en rillerig van de zenuwen, met Michels mobiel in mijn hand. Ik drukte op 'Menu', en vervolgens op 'Berichten'. Voor het eerst in mijn leven controleerde ik de gangen van mijn man. De inbox was leeg.

De knoop in mijn maag klopte pijnlijk tegen mijn middenrif. Ik wierp de telefoon van me af en duwde mijn hoofd in zijn kussen. Snoof de mij zo vertrouwde geur van zijn haar, zijn huid, zijn slaap op en huilde om ons.

Nadat ik mezelf enigszins bij elkaar had geraapt, stopte ik de kinderen in het warme, schuimende bad. Ik waste hun ruggetjes, hun vlassige haren, voelde aan losse tanden en telde de nieuwe blauwe plekken, opgelopen bij het buitenspelen. Daarna droogde ik de dunne lijfjes af, een voor een, kietelde ze en stopte mijn neus in hun vochtige halzen. Ze trokken hun pyjama's aan en ze mochten van mij met z'n vieren op één kamer slapen. De jongens sleepten met verbeten gezichtjes hun matrassen naar de slaapkamer van de meisjes, terwijl wij het poppenhuis opzij zetten, waarna ze met z'n allen onder een dekbed kropen en ik voor ging lezen uit *Pluk van de Petteflet.* Ik wilde het liefst hier blijven, bij de rozige, onschuldige kinderen, de deur op slot draaien en te midden van barbies en babypoppen wachten tot alles voorbij zou zijn.

Om drie uur die nacht sliep ik nog niet. Ik had mezelf er inmiddels van overtuigd dat het een complot betrof. Iedereen had een aandeel in de moorden op Evert en Hanneke, zij waren geëlimineerd omdat ze dissidenten waren, zich verzetten tegen de macht die Simon over ons uitoefende. Hij had belangen in ieders bedrijf, ons succes was zijn succes, maar als hij de stekker eruit trok, zou alles als een zeepbel uit elkaar spatten.

Buiten wakkerde de wind aan tot de zoveelste westerstorm. Een flinke hagelbui kletterde tegen de ramen. Ik had het koud, ondanks mijn pyjama, het dikke dekbed en een warme, ronkende man tegen me aan. De kou kwam van binnenuit. Mijn bloed was veranderd in ijswater. Ik was zo bang voor de gedachten die ineens op me af kwamen, dat ik amper nog kon ademhalen. Ik moest uit dit bed. Ik kon geen seconde langer naast Michel liggen. Als het een complot was, zat hij er ook in. Hij had zich misschien verzet tegen dit plan, maar kon uiteindelijk niet anders dan ermee instemmen, uit zelfbehoud. Ik keek naar zijn rustig slapende, verkreukelde gezicht, het gezicht van mijn man, de vader van Annabelle en Sophie en had het gevoel dat daar een vreemde lag. Voorzichtig kroop ik onder het dekbed vandaan, schoof mijn ijskoude voeten in pantoffels en sloeg een ochtendjas om mijn schouders. Michel draaide zich om en snurkte verder. Op mijn tenen liep ik naar de deur, verliet de slaapkamer en sloop de trap af, al die tijd hijgend alsof iets me op de hielen zat.

De keuken rook muf en het was er vreselijk koud. Mijn tanden klapperden. Ik stak de oven aan en zette de ovendeur open. Daarna pakte ik een kleine pan uit de kast, waarin ik een plens melk gooide en die ik op het vuur zette, ondertussen malend, niet in staat mijn gedachten onder controle te krijgen of richting te geven. Toen de melk kookte, goot ik hem in een grote beker, schonk er een scheut cognac bij en ging huiverend in de warme golf die uit de oven kwam zitten.

Ik dwong mezelf opnieuw over alles na te denken, stap voor stap, vanaf de mail die Evert aan Hanneke had gestuurd. Het was een volstrekt normale, rationele mail geweest. Uit niets bleek dat Evert dood wilde of psychotisch was, noch dat hij zijn gezin iets aan wilde doen. Wel werd duidelijk dat hij een conflict met Simon had dat hij niet kon winnen. Ik nam een slok van de warme melk. De alcohol brandde aangenaam in mijn keel. Babette was dicht genoeg bij Evert geweest om zijn pillen te verwisselen en haar kinderen en zichzelf te drogeren.

Ik pakte Michels sigaretten van de schouw, zette de afzuigkap aan en stak er een op. Ik inhaleerde diep en staarde naar Babettes gouden haarklem, die voor me op het aanrecht lag. Maar waarom? dacht ik. Waarom zou ze zulke grote risico's nemen?

Ik weet niet meer hoe lang ik daar zat te roken bij de oven, en te genieten van het langzaam opwarmen van mijn botten. Gedachten en herinneringen die mijn theorie bevestigden, buitelden in mijn hoofd over elkaar heen en het was onmogelijk nu te gaan slapen. Ik stond er alleen voor, maar dat gaf niks. Het was eigenlijk wel een heerlijk gevoel om weer eigen gedachten te hebben, niet gestuurd door Michel of de eetclub. Ik snapte ook ineens waarom Hanneke was gevlucht naar een hotel, want ik had dezelfde aanvechting om weg te gaan, me te verstoppen tot ik een oplossing had bedacht, of bewijs had gevonden. Het moeilijkste zou worden om zo normaal mogelijk te blijven doen.

Ik stond op om een nieuwe scheut cognac in mijn afgekoelde melk te gooien, toen ik zachte voetstappen op het grindpad hoorde. Het was kwart voor vijf, zag ik op het klokje op de oven. Niet bepaald een tijdstip voor visite en nog veel te vroeg voor de krantenbezorger. Babette en Michel sliepen. De voetstappen kwamen dichterbij, leken recht op de keukendeur af te lopen. Het had nu geen zin meer om weg te rennen of me te verstoppen. Degene die buiten liep zou me zien. Mijn hart bonsde luid en mijn borst begon zeer te doen. Als dit het was, als iemand me nu kwam halen, dan zou ik me verdedigen. Mij zouden ze niet het zwijgen opleggen. Ik wist het, ik voelde dat ik in staat was geweld te gebruiken. Ik schuifelde naar het messenblok en legde mijn hand om het koude, zwarte kunststof handvat van het keukenmes. Ik zou steken. Iemand stak een sleutel in het slot en duwde de klink omhoog. Langzaam zwaaide de deur open en toen hield ik het niet meer. Mijn schreeuw leek ergens anders vandaan te komen, niet uit mijn eigen panisch gespannen lijf.

'Rot op!' gilde ik. 'Rot op of ik bel de politie!'

Met een trillende hand trok ik het mes uit het blok. In de deuropening stond Babette, gehuld in een beige regenjas over haar witsatijnen pyjama. Natte haren kleefden aan haar gezicht, dat rood en vlekkerig was. Ze staarde me angstig en verbijsterd aan.

Haar ademhaling gierde, waardoor ze klonk als een dier in nood. Michel was de keuken binnengestormd zonder een onderbroek aan te schieten en stond in zijn blote billen met zijn haar rechtop en warrig van de slaap tussen ons in. Ik beefde van top tot teen en kon geen stom woord uitbrengen.

'Sorry. Sorry. Sorry,' piepte Babette, eveneens trillend, terwijl haar ogen van mij naar Michel flitsten.

'Godverdomme. Zijn jullie helemaal gek geworden!' Ook Michel hijgde. Op de gang klonk het getrippel van kindervoetjes en angstig gehuil.

'Lekker ben jij!' fluisterde Michel in mijn oor en hij rende naar de kinderen, maar realiseerde zich halverwege dat hij piemelnaakt was. Hij graaide mijn nepbontjas van de kapstok, sloeg deze om zijn schouders en ontfermde zich over de vier kindjes, die dikke tranen zaten te huilen op de trap.

'Karen? Sorry. Ik wilde je niet laten schrikken. Ik had je niet gezien...'

Babette stak een bevende hand naar me uit. Ik stond nog steeds tegen het aanrecht gedrukt, met het mes in mijn handen. Ik keek naar het glimmende, scherpe lemmet en bedacht dat het zo lang was, dat het waarschijnlijk dwars door haar heen was gegaan. Als ik had gestoken. En ik had het gedaan, als het nodig was geweest. De heftige golf van woede en agressie die door me heen sloeg toen de deur openging, had me volkomen verblind, even had ik geen grip op mezelf gehad en wilde ik haar of wie het ook was die mijn gezin kwam bedreigen, doden. Werkelijk afmaken. Ik kon nooit meer beweren dat ik nog geen vlieg kwaad zou doen. Ik had het kwaad gevoeld, de bijna orgastische tintelingen ervan ervaren, ik bleek een oneindig veel slechter mens dan ik ooit had gedacht.

Ik legde het mes op het aanrecht en keek Babette strak aan.

'Waar kom jij vandaan? Het is verdomme vijf uur 's nachts...'

'Ik kon niet slapen. Sorry.'

Ze sloeg haar ogen neer en peuterde aan de ceintuur van haar jas.

'Maar dan ga je toch niet buiten lopen? Het is noodweer!'

'Ik ben een stukje gaan rijden. Ik moest er even uit. Ik werd gek. Mijn hoofd was te vol. En...' Ze ging over op fluisteren. 'Ik denk steeds maar aan wat je zei, aan Everts brief aan Hanneke, dat hij niet klonk als iemand die dood wilde... Dat heeft me ontzettend geraakt. Maar het heeft ook iets naar boven gehaald. Iets dat er al zat, een gedachte die ik zo beangstigend vond, dat ik hem steeds maar weer wegstopte. Het is verschrikkelijk, het is walgelijk, maar het is ook heel logisch. Ik denk dat je gelijk hebt.'

De kinderen liepen bedremmeld de keuken in met hun behuilde gezichtjes om ons een kus te brengen en om te zien of het allemaal goed ging. Sophie en Annabelle sloegen allebei hun armpjes om mijn nek.

'We dachten dat iemand ons kwam vermoorden, mam!' Ik aaide hun magere ruggetjes.

'Natuurlijk niet! Mama was gewoon geschrokken van Babette,

en Babette schrok weer van mama. Niemand komt ons vermoorden, helemaal niemand. En je hebt een heel sterke papa en een heel sterke mama, dus je hoeft nooit bang te zijn!'

Beau en Luuk leunden lijkbleek tegen hun moeder aan. Babette kuste ze en spoorde ze aan weer naar boven te gaan. Gelaten sjokten ze alle vier met Michel naar boven.

'Jij denkt dat ik gelijk heb. Waarin?' vroeg ik aarzelend.

Babette fluisterde onheilspellend zacht.

'Als Evert is vermoord, als die brand een aanslag op ons gezin was, dan kan maar één iemand het gedaan hebben: Hanneke.'

'Nee,' mompelde ik, 'nee, dat geloof ik niet.'

'Wacht, luister.' Ze raakte voorzichtig mijn schouder aan. 'Evert had het uitgemaakt met haar. Ze was ten einde raad. Jij weet ook dat ze veel dronk, zeker de laatste paar maanden, dat het niet goed met haar ging. Ze had een motief, ze had toegang tot ons huis... Een week later pleegt ze zelfmoord. Het is zo logisch dat ik het raar vind dat de politie deze mogelijkheid niet heeft onderzocht.'

Ik kon haar aanraking, haar woorden, haar nabijheid nauwelijks verdragen.

'Laten we maar gaan slapen. We zijn zo moe dat we heel rare dingen gaan zeggen.'

'Waarom moest ik gisteravond de hele avond naar jou luisteren en weiger je nu naar mij te luisteren?' Ze sperde haar neusvleugels open en keek me kribbig aan.

'Morgen,' zei ik, 'morgen praten we verder,' en ik slofte naar boven. Ik lag wakker tot ik zeker wist dat ook zij naar haar kamer was.

36

Ik reed als een kip zonder kop over het parkeerterrein van het motel, mijn handen zo vochtig dat ze nauwelijks grip hadden op het stuur, en zocht naar een parkeerplaats waar mijn auto niet zomaar herkend zou worden. Ik voelde me ziek van de zenuwen. Mijn buik knorde en borrelde en ik zweette als een otter.

Ik draaide mijn auto achteruit een parkeerplek in, raakte bijna de zijkant van de auto naast me, klapte mijn spiegeltje open en keek nog een keer naar mijn verschrikte gezicht, als een gehavend konijn in een felle koplamp. Ik kneep in mijn wangen om er nog iets van kleur op te toveren, smeerde wat gloss op mijn lippen, spoot nog wat parfum in mijn zwarte zijden bloesje, dat klam van het zweet aan me vastplakte en stopte een kauwgumpje in mijn mond, waar ik driftig op begon te kauwen. Mijn mobiel was stuk. Ik had Dorien niet meer kunnen bereiken. Ik kon alleen maar hopen dat ze er zou zijn.

In de oubollige, bruine lobby van het hotel was het een komen en gaan van kwetterende zakenlieden, voortschuifelende bejaarden, vermoeide moeders achter bepakte buggy's en zo nu en dan een schichtig ogend stel dat vermoedelijk buitenechtelijk kwam neuken. Met grote borden werden families en groepen welkom geheten en verwezen naar diverse zalen, maar nergens stond een bord dat de weg naar de kamers wees. Er zat dus niets anders op dan het te vragen aan de receptioniste, iets waar ik verschrikkelijk tegen opzag. Ik probeerde mezelf onzichtbaar te maken, voor zover dat mogelijk was in de felverlichte, open hal en tegelijkertijd niet al te opvallend nerveus te zijn. De man voor mij checkte in terwijl hij iemand aan de telefoon had tegen wie hij zei dat hij nog minstens een dag langer in Londen moest blijven, waarna hij naar mij knipoogde als gebaar van verstandhouding. Ik bloosde.

Toen de receptioniste vriendelijk vroeg waarmee ze mij van dienst kon zijn, bloosde ik nog heviger en moest mijn keel schrapen alvorens ik de vraag uit mijn mond kreeg. Opgewekt vertelde ze dat de heer Simons al ingecheckt was, en ze wees me de weg, zonder naar naam of paspoort te vragen. Ik onderdrukte de neiging om een ingewikkelde smoes te verzinnen waarom ik hier met hem had afgesproken. Ze had alle excuses waarschijnlijk al eens gehoord. Ik liep achter de bakken vol uitheemse palmen richting de ontluisterend grauwe, armoedige gang en ik repeteerde in gedachten wat ik zou doen en zeggen, hoewel beelden van ons, vrijend, zich steeds meer opdrongen.

Ik klopte. Eerst zachtjes. Later harder. Ik hoorde muziek. Herman Brood. Ik bonkte. Er klonk gestommel, de muziek werd zachter gezet. Toen zwaaide de deur open. Simons overhemd hing open en hij aaide zichzelf over zijn platte buik, kroelde met zijn vingers door zijn grillige zwarte borsthaar. Zijn donkere, halflange haar hing voor zijn ogen en hij stak zijn hand uit naar de snee op mijn wang. We zeiden niets tegen elkaar. Voor het eerst zag hij er eenzaam en kwetsbaar uit. Onze handen vonden elkaar zweterig en hij trok me naar zich toe. Zijn hoofd leunde zwaar in mijn nek en hij mompelde mijn naam. Ik duwde de deur dicht. Minutenlang bleven we zo staan, zwijgend en zuchtend, elkaars gespannen ruggen strelend, totdat Simon zich terugtrok, mijn hoofd in zijn handen nam en een kus op mijn lippen drukte. Het ontroerde me, omdat het voelde als een afscheid. Zijn hypnotiserende blauwe ogen waren bloeddoorlopen en keken opgefokt. Ik rook dat hij had gedronken.

'Doe mij er ook maar een,' zei ik en ik wees op de fles Stolichnaya die op het nepnotenhouten tafeltje stond. Simon liep ernaartoe en schonk een glas voor me in. De kamer was ruim, met in het midden een kingsize bed, overtrokken door een synthetisch roze sprei en het zwembad was nauwelijks een zwembad te noemen, zo klein. Twee teakhouten deckchairs maakten de illusie van luxe compleet en ik vroeg me af of er ooit werkelijk iemand in ging liggen.

'Vind je dit niet te gek?' vroeg Simon lachend, rondzwaaiend met zijn glas. Hij reikte me mijn glas aan en ik nam een grote slok.

'Super,' zei ik en bedacht me dat het eigenlijk een knullige, kitscherige bedoening was, waarom ik, als ik hier met Michel was geweest, heel hard had kunnen lachen.

Simon ging op het deinende waterbed zitten en klopte met zijn hand op de plek naast hem. 'God, Karen, wat ben ik blij dat je er bent,' zuchtte hij, terwijl hij naar de grond staarde. Zijn houding verontrustte me. Dit was niet de Simon zoals ik hem kende, vol lef en zelfvertrouwen. Ik nam plaats naast hem en hij legde zijn hand op mijn knie, pulkte aan mijn rok en zuchtte weer. Hij zat erbij alsof hij gebukt ging onder een loodzware last.

'Heb je spijt?' vroeg ik voorzichtig, en draaide de wodka rond in mijn glas, waarna ik het in één teug achteroversloeg.

'Nee,' antwoordde hij. 'Ja en nee. Ik weet het niet. Er is zoveel gaande... Ik ben niet relaxed. Sorry.'

'Hoe komt dat?'

Ik keek naar hem, naar de kleine rimpeltjes rond zijn ogen, zijn zware wenkbrauwen, zijn kaakspieren die zich spanden, zijn prachtige, volle lippen die sensueel krulden, en ik voelde hoe een warm verlangen mijn lichaam langzaam week maakte. Ik verzette me tegen dit gevoel. Ik moest mijn hoofd erbij houden.

Simon liet zich achterovervallen en keek me aan, afwachtend, misschien hopend dat ik het initiatief zou nemen.

'Wat deed jij bij Ivo?'

'Dat heeft hij je waarschijnlijk zelf al verteld.'

'Ja. Ik schrok er eerlijk gezegd een beetje van.'

'Ik ook,' zei ik, terwijl ik opstond en onze glazen bijvulde. Dit was mijn laatste glas. Om rustig te worden. Hierna moest ik op water overgaan. Ik mocht in geen geval de controle over mezelf verliezen. 'Van hem dan. Hoe hij me achternakwam.'

'Waarnaar ben je op zoek, Karen? Je kunt het toch ook gewoon vragen? Aan hem, aan mij...' Zijn hand brandde op mijn rug. Ik staarde naar zijn harige platte buik. Zou het ooit overgaan, deze idiote begeerte?

Ik ging naast hem liggen en zocht zijn blik. Hij keek me meewarig aan.

'Oké,' zei ik, 'dan vraag ik het je gewoon: geloof jij dat Hanneke zelfmoord heeft gepleegd?'

Hij kneep zijn ogen samen.

'Ik geloof wat de politie concludeert na gedegen onderzoek. En dat is dat zij, onder invloed van drank en pillen van het balkon is gesprongen of gevallen.'

'Laatst zei je nog dat jij geen vriend van de politie bent. Dat je ze niet vertrouwt...'

'In dit geval zullen we wel moeten...'

Het was bijna ondraaglijk zo dicht bij elkaar te zijn en elkaar niet te kussen.

'Waarom willen jullie de waarheid niet weten? Waarom verzwijgen Patricia en Angela hun bezoek aan Hanneke? Waarom hou jij de e-mailcorrespondentie van Evert en Hanneke achter? En,' mijn hart begon nu hevig te bonzen, terwijl hij spottend glimlachte, 'belangrijker nog: hoe kom jij aan die mailtjes?'

Hij legde een koele hand op mijn gloeiende wang.

'Mijn eigen Miss Marple.'

Zijn hand gleed van mijn hals naar mijn borst, waar hij bleef liggen, ter hoogte van mijn hart.

'Zo,' zei hij, 'dat gaat tekeer.'

'Simon...'

Met een ruk kwam hij overeind, pakte zijn glas en dronk het

leeg. Hij stond voor me en keek bezorgd op me neer.

'Ik kan je geen antwoord geven. En geloof me, ik handel ook in jouw belang. Je moet stoppen, echt stoppen hiermee. Vertrouw me als ik zeg dat ik alles onder controle heb. Dat het opgelost wordt.'

Hij boog zich over me heen. Hij rook naar kokos.

'Karen, laten we onze kostbare tijd niet hieraan verspillen...'

Even geloofde ik niet dat ik het was, die hier lag te kijken naar deze prachtige man, dat deze suite voor mij gehuurd was, om met mij te vrijen, dat ik dit meemaakte, dat deze man mij uit had gekozen. Het was te mooi. Het kon niet waar zijn dat hij dit wilde omdat ik zo onweerstaanbaar aantrekkelijk was. Dat was ik niet. Voor hem was ik waarschijnlijk niet meer dan een trofee, een van de velen. En met deze constatering kwamen de schaamte en het schuldgevoel. Kippenvel kroop over mijn armen, mijn benen, mijn borsten en ik verlangde ernaar te verdwijnen, als een grijze muis in een spleet achter de kast, en ik voelde me plotseling lelijker en onnozeler dan ooit.

'Vertrouw me nu maar,' mompelde Simon en hij kuste me, maar de walging die zich in mij had vastgezet, was niet meer te stoppen. Ik walgde van mezelf, van hoe ik erbij lag, potsierlijk, met opgestroopte rok en half opengeknoopte blouse, van hem, zijn aanstellerij, dit toneelstuk, de manier waarop ik me had laten gebruiken en manipuleren en van ons, twee volwassenen, een vader en een moeder, dit ranzige bedrog.

Ik rolde onder hem vandaan van het bed af, mijn blouse dichtknopend.

'Dit is zo verkeerd, zo verkeerd,' stamelde ik en ik kon hem niet meer aankijken.

'O god, nu krijgen we dit drama...' zei hij zachtjes en geïrriteerd.

'Simon, hoe kun jij vragen om je te vertrouwen, onder deze omstandigheden. Als iemand weet dat jij niet te vertrouwen bent, ben ik het wel...'

'Jezus, Karen, wat doe jij moeilijk. Er staat voor mij evenveel op het spel. Misschien wel meer.'

'Hou op! Hou op met dat vage gelul!'

Mijn angst verdween, samen met de knoop in mijn maag en werd vervangen door woede.

'Wat staat er op het spel? Waar ben je bang voor? Je gaat het me gewoon nú vertellen!' schreeuwde ik tegen hem. Ik pakte mijn sigaretten uit mijn tas en stak er een op, zoog trillend van woede de nicotine naar binnen en zag hoe hij instortte. Zijn schouders begonnen te schudden en een vreemd hoog hikje ontsnapte aan zijn keel. Hij huilde. Simon Vogel, de man van zes miljoen, zoals Hanneke en ik hem altijd spottend noemden, jankte tranen met tuiten.

'Schreeuw niet tegen me. Daar kan ik niet tegen... Jezus, Karen... alsjeblieft...'

Hij strekte zijn armen naar me uit. Ik bleef als bevroren staan.

'Ik ben een kleine man, Karen, ik lijk misschien groot, maar dat ben ik niet. Ik ben bang... kun je je dat voorstellen? Simon Vogel bang... Dit gaat me alles kosten wat ik heb opgebouwd, waar ik voor gevochten heb. Alles...'

Hij sprak snel en hijgend, alsof hij in zichzelf praatte.

'Ik wilde niet aan haar twijfelen toen het net was gebeurd. Ik wist dat het moeilijk ging, tussen hen, dat ze bij hem weg wilde, dat hij niet wilde scheiden. En ergens... weet je, ik was bang voor hem. Dat hij me iets aan zou doen, na alles wat er was gebeurd, ook zakelijk... hoe hij naar me keek af en toe... Dus stiekem was ik ook opgelucht...'

Zijn stem sloeg over. Ik werd koud, ijskoud.

'Waar heb je het over? Begin eens bij het begin...'

'Babette. Die stapelgekke, zieke vrouw. Vannacht ook weer. Zat ze in haar auto naar ons huis te staren... Ze belt me de hele dag. Mailt me, sms't me. Dreigt alles aan Patries te vertellen. Ik weet niet hoe ik haar moet stoppen. Je moest eens weten hoe ik me voelde, toen dat huis in de fik stond... Met Evert erin. En Beau en Luuk...'

'Hoe jíj je voelde?'

'Ik had er een einde aan gemaakt. Heb haar gezegd dat ze bij Evert hoorde, dat hij het niet verdiende om zijn vrouw aan mij te verliezen. Evert wist het van ons. Die trut had hem alles opgebiecht. Maar goed, ik wilde ermee stoppen. De lol was er inmiddels wel af... Zoals zij mij achternazat... zelfs naaktfoto's mailde naar kantoor...'

Hij maakte een hulpeloos gebaar. Aan het puntje van zijn neus hing een traan, die hij wegveegde met de mouw van zijn overhemd.

'Ze wilde steeds meer. Terwijl ik... Ik wil niet weg bij Patricia. Ik heb het goed. Misschien niet seksueel, maar in welk huwelijk is dat nog wel goed? Dat is *part of the deal.* Echte goede seks heb je alleen maar stiekem.'

Ik wilde met mijn volle vuist op zijn rechte neus slaan, tot het bloed eruit spoot. Met mijn knie in zijn kruis stoten en hem kermend over de grond zien kruipen.

'In het ziekenhuis zei ze: nu staat hij ons in ieder geval niet meer in de weg. Ik schrok me kapot, echt waar.'

'Dus jij had je vermoedens, al die tijd, en je zei daarover niets tegen de politie?'

'Je snapt het niet, Karen, zo werkt het niet. Stel je voor dat ik dat had gedaan. Wat zou dat betekenen voor mijn gezin, mijn bedrijf? Terwijl het niet eens zeker is dat zij het heeft gedaan?'

'En toen Hanneke viel? Twijfelde je toen nog?'

'Ik weet het niet... Nee, eigenlijk niet. Babette kwam met die mailtjes naar me toe, waarin Evert schreef over onze verhouding en over onze problemen met de FIOD... Evert en ik hadden een handeltje in voedingssupplementen voor sporters. Hij verkocht het in zijn winkels, en aan sportcentra. We haalden die pillen zogenaamd uit Zwitserland, maar in feite kwam het spul uit Zuid-Amerika. Nou ja, ingewikkeld verhaal, maar de bedoeling was dat we heel veel geld richting onze Zwitserse bankrekening gingen sluizen. Het was een prachtig plan, tot de FIOD op de stoep stond. En zijn naam stond onder alle contracten, de Zwitserse rekening stond op zijn naam. Hij was dus de lul. Ik ben alleen maar stille vennoot... In ieder geval, in die mailtjes naait Hanneke hem nogal op tegen mij en Babette. Koren op de molen van Dorien Jager... Hanneke dreigde ermee naar de politie te gaan.'

'Dat weet Patricia ook...'

'Patricia geloofde geen woord van wat Hanneke beweerde...'

'Ach, rot op. Jullie weten allemaal dat het niet klopt! Zelfs Ivo... Zijn eigen vrouw wordt vermoord! Mijn god, en jullie blijven allemaal zwijgen!' schreeuwde ik.

'Ivo regelde alle contracten, de boekhouding. Daar heeft hij heel veel geld mee verdiend. Maar hij raakt voor altijd beschadigd, mocht het uitkomen hoe hij heeft gesjoemeld. Wat kan hij? Hij moet toch ook voor zijn kids zorgen...'

'Ga je mij nu ook vermoorden, Simon, nu je me dit allemaal hebt verteld? Want ik zwijg niet. Al kom je met miljoenen aanzetten...'

'Ik heb niemand vermoord.'

'Jawel. Jij bent net zo verantwoordelijk voor hun dood als Babette. Maar je bent zo laf, zo min, je wacht gewoon tot zij me de hersens inslaat.'

'Ik heb overwogen een eind aan mijn eigen leven te maken...'

Er werd op de deur geklopt. Ik schrok.

'Niet schrikken, dat is denk ik de wijn die ik heb besteld.'

Simon veegde zijn ogen droog met zijn mouw.

'Doe maar open.'

Ik keek door het spionnetje en zag niemand staan. Waarschijnlijk hadden ze de fles al voor de deur gezet. Ik opende de deur en hoorde eerst een sissend geluid. In een reflex duwde ik de deur weer dicht, maar de persoon aan de andere kant was sterker en het sissen ging door, er was geen ontkomen aan, mijn ogen leken brandend uit hun kassen te puilen en mijn keel zwol zo hevig, dat ik geen adem meer kon halen.

Ergens ver weg hoorde ik Simon schreeuwen. De deur klapte dicht en plotseling voelde ik een heftige, overweldigende golf van pijn in mijn been, die doorsloeg naar de rest van mijn lichaam, alsof ik werd opgeblazen. Ik schokte, kwam van de grond, mijn tanden boorden zich in mijn tong en ik viel met een smak neer, lag stuiptrekkend op de grond. De metalige smaak van bloed sijpelde mijn keel in, vermengde zich met braaksel, dat leek te stollen, mij de adem benam, en ik kon niets zien, het was of de vlammen uit mijn ogen sloegen. Er klonk glasgerinkel en hysterisch gevloek. Simon smeekte huilend om vergiffenis, om in leven te mogen blijven, terwijl ik over de stugge, synthetische, roze vloerbedekking kroop, bevend van de pijn, mijn nagels braken, een voor een, mijn vingers bloedden en mijn hart, mijn arme hart bonkte panisch, alsof het het elk moment kon begeven.

37

Iemand sjorde aan mijn benen. Ik probeerde me te verzetten, maar had nog steeds geen controle over mijn spieren. Simon kermde als een gewonde hond en Babette vloekte.

'Bespaar me dit gejank, Simon Vogel. Help me liever.'

'Ik zie niks… Ik ben blind. Jezus, Babette. Wat heb je met me gedaan? Mijn gezicht…' piepte hij en hij begon weer te kreunen.

Ze liet mijn benen vallen.

'Godverdomme! Zak die je bent! Je verdient niet beter! Als je je smoel niet houdt, krab ik je ogen hoogstpersoonlijk uit je kop!'

Er kwam iets van gevoel terug in mijn pijnlijk tintelende lijf, maar ik hield mezelf zo slap mogelijk. Ik hoorde haar stampen door de kamer, een kraan opendraaien, weer terugkomen en vervolgens het plenzen van water, waarop Simon schreeuwde.

'Als je nog één keer zo krijst, geef ik je wat die hoer daar heeft gehad!'

Haar driftige voetstappen kwamen mijn kant weer op, en voor ik het wist joeg ze een nieuwe klap door me heen, vloog ik opnieuw sidderend van kramp en pijn de lucht in. De stroomstoot snelde recht op mijn hart af, het pompen haperde, stopte even, waarna mijn hart als een vlinder in mijn borst begon te fladderen. Een verzengende pijn drong zich via mijn nek mijn hoofd binnen.

Simon snifte.

'Dat je haar uitgerekend hier ontmoet, Simon! Hier! In onze kamer... God, dat vind ik nog het ergste!'

Er schroeide iets, Simon kreunde ingehouden.

'Verrader! Vuile, vuile, vuile bedrieger!'

'Babette... Alsjeblieft...'

Alle kracht was uit zijn stem verdwenen. Ik probeerde mijn gezwollen tong te bewegen, mijn verstijfde kaken van elkaar te krijgen. Het lukte niet. Heel voorzichtig wiebelde ik mijn tenen, spande en ontspande ik de spieren in mijn billen en benen, bewoog ik mijn vingers. Ik hoorde dat ze naar me toe liep. Ze stopte naast mijn hoofd, boog zich over me heen. Ik hoorde haar ademhaling, rook haar zware parfum.

'Jij betekent niets voor hem, Karen. Je bent geen partij. Simon hoort bij mij. Dat was van het begin af aan duidelijk. Wij zijn een mooi paar, vind je niet?'

Ze greep me bij mijn haar en trok mijn hoofd naar achteren, terwijl haar knie in mijn rug drukte. Mijn lichaam was nog steeds verlamd. Ze schoof iets wat aanvoelde als een zijden of satijnen shawl om mijn nek.

Ik hoorde Simon stommelen. Waarschijnlijk kon hij nog steeds niets zien, net als ik.

'Ik zag hem en ik wist dat hij mij toebehoorde. We móésten elkaar ontmoeten. Hij had een vrouw nodig zoals ik. Ik een man zoals hij. Ik vond het zo vreemd dat niemand dat inzag.'

Ze trok de shawl langzaam strakker. Ik hapte naar adem en probeerde haar van me af te gooien. Mijn spieren weigerden. Mijn hoofd begon te zoemen en ik kokhalsde.

'Babette, stop daarmee. Alsjeblieft! Laat haar los!' Simon jammerde. 'Je hebt gelijk. Wij horen bij elkaar! Maar als je haar doodmaakt, kunnen we nooit meer samen zijn...'

Ze lachte hoog en hysterisch en liet de shawl wat vieren. Ik haalde gierend adem.

'Je weet dat ik je kan maken en breken. Niet dat ik dat wil. Liever niet. Ik wil dat je gewoon voor míj kiest, Simon. Omdat jij ook weet dat wij het perfecte paar zijn...'

Ik knipperde met mijn ogen. Het branderige gevoel nam af. Ik draaide mijn hoofd opzij en zag Simon verslagen in een stoel hangen.

'Als je van me houdt, Babette, dan geef je me de tijd. Dan komt alles goed, dat beloof ik je...'

'Ik heb je genoeg tijd gegeven. En niemand staat ons geluk nog in de weg, Simon! Waarom laat je me dan vallen? Waarom ga je haar dan neuken?'

Ze duwde haar knie in mijn nek, zo hard dat mijn nekwervels kraakten. Ik dacht aan Hanneke, stuiptrekkend op een koude, smerige Amsterdamse stoep, aan Evert stervend in de vlammen, aan de wanhopige, betraande gezichtjes van hun kinderen. Ik mocht niet bang zijn.

'Patricia is er ook nog... En mijn jongens. Jouw jongens...'

'Patricia! Patricia! Zij geeft je toch niet wat ik je geef? Dat heb je zelf gezegd... Als je overnieuw kon beginnen, zou je dat met mij doen. Wij zouden samen een geweldig stel zijn. Je zei dat ik je op juiste waarde wist te schatten... Dus begin nu niet over die saaie doos!'

Ze liet mij los en stormde woedend op hem af. Ik hoorde glas breken. Ik kromp ineen. Simon hief zijn handen op uit zelfbescherming. Ik zag wazig dat ze zich weer naar mij toe draaide en bleef zo slap mogelijk liggen, mezelf voorbereidend op een nieuwe stroomstoot. Er volgde slechts een trap in mijn buik.

'Jij bent mijn meisje, Babs. Zij niet. Ze kwam naar mij toe... Ik miste jou...'

Ik hoorde aan zijn stem dat hij zichzelf had hervonden en wist door de stilte die volgde, dat hij iets in haar raakte. Ik nam aan dat hij loog om tijd te rekken.

'Maar waarom weiger je met me te praten? Waarom ga je me ineens uit de weg? Dat moet je niet doen, Simon, daar word ik gek van!'

Ze drentelde heen en weer en huilde, anders dan ik haar ooit had horen huilen. Dit was het geluid van een waanzinnige.

'Ik was bang, Babette… Dat snap je toch wel? Ik dacht, het is beter als we een tijdje uit elkaars buurt blijven… maar ik miste je, liefje. Echt…'

Ik werd misselijk van zijn gefleem.

'Zij moet weg,' hoorde ik haar fluisteren. Hij antwoordde niet. Ik vroeg me af of hij mij op zou offeren voor zijn eigen veiligheid. Ik schoof mezelf haast onzichtbaar hun kant op, mijn pijn verbijtend.

'In het zwembad,' fluisterde ze. 'Ik geef haar hier een klap mee, en jij gooit haar erin. Dan weet ik het zeker.'

'Wat?' vroeg Simon angstig.

'Dat je van me houdt.'

'Nee, Babs, dat kunnen we niet doen…'

Ze kwam mijn kant op. Ik spande al mijn spieren, waarin het gevoel weer was teruggekeerd en wist dat ik een seconde had. Mijn razernij gaf me kracht. Ik wierp mezelf naar voren, op Simons zwarte koffertje, dat onder de kapstok stond, greep het handvat, sprong op en haalde uit. Het koffertje sloeg met volle kracht tegen haar hoofd. De scherpe punt raakte haar slaap. Het kraakte. Ik sloeg nog een keer, in haar gezicht ditmaal. Ze wankelde. Het stroompistool vloog uit haar hand, waarna ze kermend en bloedend op de grond viel. Simon greep het stroompistool en zei dat het genoeg was. Maar ik wilde niet stoppen. Mijn hoofd suisde, alles in me zinderde van woede. Weer tilde ik het koffertje op, ik hoorde Simon 'ho, ho, ho!' roepen en ik draaide zijn kant op, wilde hem in zijn arrogante smoel slaan, zijn neus breken, zijn mooie mond scheuren.

'Dit wil je niet, Karen. Ik loog, ik loog alles, om haar te kalmeren… Stop Karen, stop, laten we gaan zitten en een oplossing bedenken…'

Ik sloeg het koffertje in zijn maag, waardoor hij dubbel klapte en kermend op de grond viel.

Daarna liep ik naar de telefoon naast het bed en toetste met bevende vingers het nummer van Dorien in. Ik hield het koffertje nog steeds in mijn hand.

Simon hoestte. Traag kwam hij overeind. Hij vloekte en hees zichzelf op het bed.

'Wacht. Bel je de politie? Karen... Laten we eerst even goed bedenken wat we hen gaan vertellen...' stamelde hij.

'We bedenken helemaal niets. We vertellen precies wat er is gebeurd.'

'Karen, dit is ook in jouw belang...'

'Ik weet heel goed wat in mijn belang is. De waarheid. Eindelijk. Zelfs al doet die pijn.'

'En Michel? Hij zal je vervloeken...'

'Misschien. Maar ik ben daar niet meer bang voor.'

Dorien bonsde op de deur en riep mijn naam. Toen ik haar zag, begon ik te huilen.

'Er is een ambulance onderweg,' zei ze en sloeg haar arm om me heen. Een agent kwam achter haar aan en boog zich over Babette. Hij riep iets in zijn mobilofoon. Ik vroeg hem of ze dood was. Hij antwoordde van niet.

Dorien greep me bij de schouders en zei dat het voorbij was. Ze leidde me naar een stoel en gaf me een glas water. De agent ontfermde zich over Simon.

'Ze is gezien bij het hotel, Karen, de hoteleigenaar heeft haar herkend. Ze moet jullie gevolgd zijn. Ik was eigenlijk met hem op weg naar jouw huis, om haar mee te nemen voor verhoor.' Ze wees op de agent.

'Ik dacht dat jij van de zaak af was gehaald...'

'Ik wist mijn chef te overtuigen. Met die e-mail en de verklaring van de hoteleigenaar.'

Ik keek naar het ineengezakte lichaam van Babette. Haar prachtige benen, haar slanke, gebruinde armen, het gouden armbandje om haar pols.

Er kwam een andere, oudere man binnen, met grijs krullend haar, die zich voorstelde als Gijs van Diemen en hij ratelde een heel verhaal af over dat ik niets hoefde te zeggen, dat wat ik zei als bewijs gebruikt kon worden, en dat hij mijn advocaat kon bellen. Ik keek naar Dorien. 'Ik heb niets misdaan... Zij kwam...'

Ik wees naar Babette.

'Ze spoot traangas in mijn ogen. Sloeg me met dat ding.'

'Zeg maar niks,' fluisterde Dorien, terwijl ze zachtjes over mijn rug wreef.

Simon kreeg hetzelfde praatje te horen als ik. Hij keek me aan, met een van pijn en angst vertrokken gezicht. Tranen glinsterden in zijn ogen. Ik realiseerde me dat hij niet huilde om wat er was gebeurd, maar om wat hem te wachten stond.

38

De omvang van mijn bedrog werd me in één klap duidelijk toen ik thuiskwam en Michel compleet overstuur aantrof. Hoewel ik er meer dan ooit van overtuigd was dat ik bij hem wilde zijn, vreesde ik dat er geen weg terug meer was, dat ik weliswaar de waarheid aan het licht had gebracht, maar daarmee mijn eigen leven, mijn eigen gezin, kapot had gemaakt.

Ik herhaalde het verhaal vele malen, gaf zo eerlijk mogelijk antwoord op al zijn vragen, al deed ik hem daarmee vreselijk veel pijn. Opnieuw liegen was pijnlijker geweest. Het luchtte op om eindelijk de waarheid te kunnen vertellen. Elk woord bracht me voor mijn gevoel weer dichter bij hem, dichter bij de relatie die we ooit hadden gehad en terwijl ik vertelde, realiseerde ik me al hoezeer ik hem had onderschat, hoe verkeerd het was geweest te denken dat hij dit niet aan zou kunnen. We schreeuwden, we huilden, hij gooide een wijnglas door de keuken, dreigde met overslaande stem Simon helemaal verrot te slaan, we rookten samen een pakje sigaretten leeg en spraken de hele nacht en de daaropvolgende nachten. Gesprekken die steeds eindigden in ruzie, waarna hij bij de kinderen ging slapen en ik alleen wakker lag in ons grote bed.

Hij vroeg me waarom ik met Simon had gevreeën, waarom ik had besloten hem dat niet te vertellen, waarom ik hem, Michel, stukje bij beetje uit mijn leven had gebannen zonder er ooit met hem over te praten en ik kon alleen maar antwoorden dat ik het niet wist. Ik wist niet waar het fout gegaan was. Wanneer ik begonnen was mijn aandacht op buitenstaanders te richten in plaats van op hem. Ik zei hem dat hij daar ook schuldig aan was. Net zo goed als ik had hij zijn idealen losgelaten, had hij afspraken tussen ons verbroken. We zouden samen in dit dorp gaan wonen, samen dit gezin runnen. Hij had mij ook in de steek gelaten, hier in de polder.

Ik heb gesmeekt om vergiffenis. Michel erkende voorzichtig dat hij ook fouten had gemaakt. Het duurde weken, maanden voordat we ons weer langzaam op ons gemak begonnen te voelen in elkaars gezelschap. Maar de dag kwam dat we weer voorzichtig konden lachen, dat we elkaar weer op een vanzelfsprekende manier aanraakten en uiteindelijk weer aarzelend met elkaar vreeën. We waren er nog niet, nog lang niet zelfs, van tijd tot tijd laaiden de verwijten weer knetterend op en het was moeilijk om zijn vertrouwen terug te winnen, om weer oprecht intiem te zijn. Soms vroegen we ons af of bij elkaar blijven de juiste keuze was en of we het niet uitsluitend voor de kinderen deden, maar dat deden we nu hardop en gaven elkaar daarmee weer een kans.

We wilden allebei verhuizen. Ergens anders opnieuw beginnen. Niet terug naar de stad, wel dichter in de buurt van Michels kantoor. Weg van het gefluister bij het schoolplein, weg van de loerende blikken in de supermarkt en de dubbelzinnige opmerkingen in het café en vooral weg van mijn voormalige vriendinnen, die schichtig de straat over schoten wanneer ze me zagen naderen, of rechtsomkeert maakten als ze me in de rij voor de kassa zagen staan. Op een dag kwam Michel thuis en zwaaide woedend met de *Quote*, waarin een interview met Simon stond. Hij sprak over Ivo, die hij stapelgek noemde en die hij ontslagen zou hebben, dat hij met de FIOD 'alles had afgedeald' en dat hij, als rijke jongen, alles kon kopen, maar dat je er ook 'de verkeerde mensen bij kreeg'. 'Als het bij mij regent, druppelt het bij anderen. Ik ben daar te naïef, te gemakkelijk mee omgegaan. Daar is met grote regelmaat misbruik van gemaakt, zie ik nu in.' Michel stak na lezing van dit verhaal, waarbij een foto van Simon en Patricia, gelukzalig stralend in hun tuin, geplaatst was, het tijdschrift in de fik. Ook hij had nog iets af te dealen met Simon en dat was geen fijn gevecht.

De ochtend voor de verhuizing fietste ik een laatste keer door het dorp, langs de kerk en de bloeiende kastanjes, kocht een bos witte rozen op het pleintje en zag ze zitten op het terras van Verdi. Patricia en Angela. Naast hun stoelen stonden winkeltassen. Ze lachten beiden hard om iets en verstomden toen ze mij langs zagen lopen. Ik glimlachte. Zij wendden hun hoofd af. Ik sprong op mijn fiets en wuifde. Ze staarden me met stomheid geslagen na.

In de buurt van het kerkhof drong het tot me door dat de vogels floten, dat het rook naar zomer en dat het fluitenkruid weer manshoog was. Fluitenkruid zou me altijd blijven herinneren aan Hanneke, aan de lange zomerdagen in haar tuin, aan het dansen met de kinderen en haar schaterende, schorre lach. Sterker dan ooit had ik het gevoel dat ik haar met me meedroeg, dat ik iets van haar stoerheid over had genomen. Ik glimlachte zomaar, voelde me licht als een veertje in de wind en neuriede een stom, oud liedje over de zomer, dat spontaan in me opkwam.